AF139652

Liebeslügen

15 Geschichten über Liebe und Betrug

erzählt von
Petra Weise

Bibliografische Information der Deutschen Nationalbibliothek
Die Deutsche Nationalbibliothek verzeichnet diese Publikation in der
Deutschen Nationalbibliografie, detaillierte bibliografische Daten sind im
Internet über http://dnb.dnb.de abrufbar

Titelbild: Grafikstudio Hoffmann

2. Ausgabe
C 2018 Petra Weise
Herstellung und Verlag: BoD – Books on Demand Norderstedt

ISBN 978-3-7347-9267-0

Möglicherweise gibt es Ereignisse, die sich genauso oder so ähnlich zugetragen haben wie von mir erzählt.

Vielleicht glauben auch einige Leute, sich in den Personen meiner Geschichten zu erkennen.

Aber das wäre reiner Zufall, denn ich habe alle fünfzehn Liebeslügen frei erfunden.

Petra Weise

Inhaltsverzeichnis

Das fremde Kind

„Wer ist denn dieser süße Fratz?", fragt mich meine Freundin Astrid. Sie zeigt auf den kleinen Tim, der im Gitterbett liegt und mich anlacht.

„Der Jüngste meiner Freundin Ute."

Tim streckt seine Arme in die Luft. Mehr kann er nicht tun, denn er steckt von der Brust bis zu den Knien festgezurrt in einem Körperkorsett, in dem er sich nicht bewegen kann. Ich schlage die Decke zurück und zeige auf das Bündel aus Plastik, Haken und Gurten. Astrid hält sich vor Schreck die Hand vor den Mund.

„Du liebe Zeit! Was es alles gibt. Muss der arme Kleine den ganzen Tag da drin stecken?"

„Ja. Auch nachts. Noch volle zwei Monate. Aber zum Windeln, Waschen und Umkleiden darf ich das Monstrum hier öffnen." Ich zeige mit der Hand auf einen breiten Haken und seufze. „Vielleicht bekommt der Kleine später, wenn er laufen lernt, so eine Stütze für die Beine. Aber das hat noch Zeit."

„Wie alt ist er denn?"

„Letzten Dienstag ein Jahr geworden."

„Da müsste er längst krabbeln und die ersten Schritte tun." Astrid seufzt. Ich sehe ihr an, wie leid ihr der Kleine tut. „Wie kommt es, dass er bei dir ist?"

„Weißt du." Ich überlege, wie ich die Katastrophe formulieren soll. „Ute ist alleinerziehend. Ihr Mann hat sie noch vor den Sommerferien sitzen lassen."

„Mit einem kranken Kind?"

Ich nicke. „Es kommt noch schlimmer. Ute hat noch zwei Kinder. Seit es Tim gibt, haben Ute und ihr Mann nur noch Streit. Ich vermute sogar, dass der Kleine der Scheidungsgrund ist."

„Weil er krank ist?"

„Möglich. Jedenfalls hat Utes Mann einfach seine Sachen genommen, ist ausgezogen und hat die Scheidung eingereicht."

„Und wie geht es Ute?"

„Ich weiß nicht so recht. Nach außen wirkt sie ruhig und gefasst, als wäre es nicht so tragisch für sie, dass ihr Mann sie verlassen hat. Aber auch sie hat offenbar Probleme mit Tim. Vielleicht gibt sie dem kranken Kind die Schuld für das Ende ihrer Ehe. Unbewusst natürlich."

Ich öffne den Haken, der das Gestell zusammenhält, und binde die vier Gurte auf. Tim strampelt mit den Beinen und quietscht vor Vergnügen. Ich nehme ihm die Windel ab und hebe Tim aus dem Bettchen. Er krallt sich in meinen Pulli und patscht mit der freien Hand in mein Gesicht.

Ich passe oft auf Tim auf. Er ist ein ruhiges und immer zufriedenes Kind. Im Sommer war es nicht so einfach mit ihm, als das Gestell noch neu war und an vielen Körperstellen drückte und die zarte Babyhaut wund rieb. Mein Mann Ingo und ich behielten den Kleinen während der gesamten Schulferien. Das war kein Problem, denn Ingo ist Lehrer, hatte sowieso frei und somit Zeit für den Kleinen. Unser Kindergarten ist während der Schulferien ebenfalls drei Wochen geschlossen, für die anderen drei Wochen nahm ich Urlaub, damit sich Ingo nicht allein um das Kind meiner Freundin kümmern muss. Ich kann mir gut vorstellen, dass Ute erst einmal Abstand braucht, Abstand von ihren Sorgen um das kleine kranke Kind und um das Ende ihrer Ehe. Mit den zwei älteren Kinder hat sie genug zu tun. Sie fuhr mit ihnen wie geplant an die Ostsee und danach bis zum Ferienende zu ihrer Mutter nach Thüringen.

Eigentlich wollten wir ebenfalls zwei Wochen wegfahren. Ich hatte mich schon auf das bereits gebuchte Ferienhäuschen direkt am

Strand auf Usedom gefreut. Aber meine Freundin Ute brauchte mich erst einmal dringender – Urlaub kann ich mein ganzes Leben noch genug machen. Ich war sehr überrascht und vor allem erfreut, als sich Ingo sofort bereit erklärte, auf unseren Urlaub zu verzichten und sich statt dessen mit mir um den kranken Tim zu kümmern. Ich bin mächtig stolz auf meinen Mann.

„Was macht Ute eigentlich?" will Astrid wissen.

„Sie hat sich frei stellen lassen, weil sie für den Kleinen hier keinen Kitaplatz bekommt, so lange er das Gestell noch tragen muss. Später könnte er zu mir in den Kindergarten, wir haben einige integrierte Plätze, ich habe schon mit der Leiterin gesprochen."

„Wo ist eigentlich Ingo?" wundert sich Astrid.

„Bei Ute."

„Nanu? Was macht er denn bei ihr?"

„Er hilft ihr bei allem, was ein Mann im Haushalt besser kann als eine Frau."

„So so." Astrid lacht.

„Außerdem baut Ingo für Utes Großen eine Landschaft für seine Eisenbahn – es ist doch bald Weihnachten."

„Und Utes Mann? Macht der gar nichts für seine Kinder?"

„Ich weiß nicht, Ute spricht nicht darüber. Vielleicht will sie es nicht. Ich kann mir vorstellen, wie verletzt sie ist."

„Die Männer sind echt gemein. Wie kann man eine Frau mit drei kleinen Kindern sitzen lassen – noch dazu, wenn das Jüngste schwer krank ist? Ich verstehe das nicht."

„Das versteht keiner. Das kann man auch nicht verstehen. Dieter ist eben ein echtes Arschloch. Stell dir vor, dieser Mistkerl hat sogar bei mir angerufen und versucht, Ute mies zu machen."

„Wie das?"

„Ja, sie wäre falsch und ich würde sie schon noch kennenlernen. Ich fand das unverschämt und habe ihn gar nicht ausreden lassen. Seitdem haben wir keinen Kontakt mehr. Ist auch besser so."

„Wollte er sich bei dir einschleimen?"

„Keine Ahnung. Schließlich weiß er, dass ich Utes Freundin bin."

„Weiß er, dass dein Mann Ute hilft?" Astrid schaut auf ihre Armbanduhr. „So lange? Es ist schon fast neun Uhr."

„Ja, er kann mit der Bastelei erst anfangen, wenn die Kinder im Bett sind."

„Wäre es nicht einfacher, er würde die Eisenbahn hier bei euch in der Wohnung bauen?"

„Darüber habe ich noch gar nicht nachgedacht. Aber weißt du, ich bin froh, dass überhaupt jemand Ute hilft. Eigentlich bin ich richtig stolz auf Ingo, hätte ich ihm gar nicht zugetraut." Ich lächle Astrid an.

„Hast du nicht Angst, dass zwischen den Beiden was läuft?"

„Wie meinst du das?"

„Du weißt schon. Wenn die zwei so oft zusammen sind." druckst Astrid.

Jetzt bin ich richtig sauer. Astrid ist nicht die Erste, die das Thema anspricht. Etwas schärfer als gewollt gebe ich zurück: „Wie kannst du so primitive Gedanken haben? Es ist besser, du gehst jetzt. Es ist schon spät und ich muss Tim noch baden."

Als Tim wieder in seinem Bettchen liegt, setze ich mich daneben, streichle den Kleinen und singe: „Schlafe, mein Prinzchen, schlaf ein." Tim schließt die Augen und schläft sofort.

Ute ist meine allerbeste Freundin. Ich lernte sie über Ingo kennen, denn sie sind beide Lehrer und unterrichten in der gleichen Schule, Ingo Mathematik und Ute Sport und Biologie.

Zuerst war Ute nur eine gute Kollegin von Ingo,

aber sie wurde immer mehr meine Freundin. Ich merkte schnell, wie sympathisch sie ist und wie viele Gemeinsamkeiten wir haben. Seit der Trennung von ihrem Mann kommt sie fast täglich zu mir. Wir können über alles reden, stundenlang. Ute kann mich mitten in der Nacht anrufen. Ich werde immer Zeit für sie und ihre Probleme haben.

Ich bin jedenfalls sehr stolz auf meinen Mann, weil er sich so selbstlos um meine allein-erziehende Freundin und ihre Kinder kümmert. Und ich freue mich sehr über seine schier unendliche Geduld mit dem kleinen Tim. So kleine Kinder ist Ingo nicht gewöhnt, er unterrichtet die Großen ab der fünften Klasse.

Ich hätte selbst sehr gern ein Kind, aber Ingo will keine Kinder. Er meint, dass wir beide durch unseren Beruf täglich stundenlang Kinder um uns haben und er nicht auch noch daheim Kinder ertragen könnte. Vielleicht hat er Recht.

Doch seit der kleine Tim so oft bei uns ist, habe ich meine Meinung geändert. Ich kann mir ein Leben als Familie mit Kind wieder sehr gut vorstellen. Wir könnten uns die Elternzeit teilen und ich das Kleine nach einem Jahr mit in den Kindergarten nehmen. Wir haben eine Gruppe mit sechs Babys. Ich wäre immer in der Nähe.

Am nächsten Tag sitzen wir gemeinsam am Abendbrottisch. Ich habe kleine Schnittchen und einen Feldsalat mit Mandarinen gemacht und eine Flasche Rotwein dazugestellt.

Ingo setzt sich zu mir, öffnet die Flasche und gießt uns ein. Er lächelt mich an. „Was feiern wir denn?"

Ich lächle zurück und greife nach Ingos Hand. „Sollten wir nicht noch einmal über ein eigenes Kind sprechen?"

„Wozu? Es ist alles gesagt."

„Ich möchte so gern ein Baby."

„Du weißt, dass ich keine Kinder mag."

„Das glaube ich dir nicht. Dann wärst du nicht Lehrer geworden. Außerdem brauche ich dich nur anzuschauen, wie wunderbar du mit Tim umgehst. Du bist ein idealer Vater."

„Ich habe dir gesagt, ich will kein Kind und damit gut. Mir reicht es!"

Die letzten Worte hat Ingo sehr scharf gesagt. Er steht auf und geht aus der Küche. Ich höre, wie er sich seinen Schlüssel nimmt und die Wohnungstür zufällt. Schnell laufe ich in den Hausflur und rufe ihm nach: „Wo gehst du hin?"

„Zu Ute. Hab's ihr versprochen."

Jetzt sitze ich wieder allein hier. Ich schalte den

Fernseher an und zappe mich durch die Programme. Ingo schaut nicht gern fern, er liest lieber. Ich mag Reportagen über ferne Länder oder französische Filme. Im Grunde bin ich froh, dass Ingo nicht wie andere Männer stundenlang vor dem Fernseher klebt und Sport schaut. Er mag überhaupt keinen Sport. Schon wandern ist ihm zu sportlich. Den Urlaub verbringt er am liebsten am Strand. Ich mag das Meer ebenfalls, aber ich möchte nicht den ganzen Tag wie Ingo untätig herumliegen. Ich sehe mir lieber die Stadt an, die Kirchen und Museen. Ich möchte in ein Hotel und mich verwöhnen lassen und viel sehen. Ingo reicht ein einfaches kleines Zelt, das er irgendwo aufschlägt und wo er bleiben kann, ohne etwas zu tun außer Lesen. Er würde beim Lesen sogar die Mahlzeiten vergessen, wenn ich nicht aufpasse.

Ich mag kein Zelt, keine Luftmatratzen, keine feuchten Kleider aus Koffern und Kisten. Ich mag es bequem. Deshalb fährt Ingo manchmal allein mit seinem Zelt in irgendeinen Wald oder an irgendeinen See. Meist übers verlängerte Wochenende bis zum Montag, denn Montags hat er seinen Studientag und muss nicht in die Schule.

Mir macht das nichts aus, die Wochenenden allein zu verbringen. Ich bin ganz gern mal allein. Wenn Ingo diese Ausflüge braucht, um glücklich zu sein, soll es mir recht sein.

Ingo spricht nicht viel. Das kommt sicher daher, dass er in der Schule so viel reden muss. Anfangs wollte ich immer über alles sprechen, alles gemeinsam klären. Aber ich merkte schnell, dass dies Ingo nicht gefiel. Er denkt lieber für sich nach – ganz allein. Und wenn er zu einem Ergebnis gekommen ist, dann teilt er es mir mit. Das ist nicht einfach für mich, weil ich nie weiß, wie er zu dieser Lösung gekommen ist, was seine Gründe sind. Sollte ich Einwände oder Fragen haben, dann muss ich sie für mich behalten, denn für ihn ist die Sache fertig und bedarf keiner Diskussion.
In einem Punkt ist er besonders eigen: Ingo besteht auf seinem eigenen Konto. Er bezahlt von seinem Lehrergehalt die Miete, ich muss nur die alltäglichen Dinge übernehmen wie Lebensmittel und Toilettenartikel. Den Rest kann ich sparen oder für Kleider ausgeben.
Leider ist er ein sogenannter Sexmuffel. Vielleicht hängt das mit meinem Kinderwunsch zusammen und er fühlt sich gedrängt. Vielleicht

ist es, weil wir schon drei Jahre verheiratet sind und der Alltag wohl die Liebe braucht, aber keinen Sex. Anfangs hat es mich gewundert, dass Ingos Lust immer mehr nachließ und er seit einiger Zeit sogar auf der Luftmatratze in seinem Arbeitszimmer schläft. Er sagt, für ihn ist das bequem – fast so schön wie in seinem geliebten Zelt. Mich stört das nicht.

Auf jeden Fall ist Ingo mir treu. Mir ist das sehr wichtig. Ich weiß, dass ich ihm völlig vertrauen kann. Er schaut nicht einmal den Frauen auf der Straße hinterher.

Angenehm ist, dass wir uns nie streiten. Es gibt kein Geschrei wie bei anderen Paaren – wie bei Ute zum Beispiel. Ute hat ein sehr heftiges Temperament und schrie ihren Mann oft an – und der schrie genauso heftig zurück. Mit Ute könnte Ingo nie zusammenleben.

Dienstag. Ich will nach der Arbeit noch Lebensmittel besorgen und fahre zum Supermarkt in der Schönherrstraße, in dem ich gern einkaufe. Ich stehe an der Ampelkreuzung, die Ampel zeigt Rot, ich schaue mich um. Da sehe ich Ingo und Ute direkt auf mich zukommen. Ich hupe und winke, aber die beiden sehen mich nicht.

Jetzt hupt es hinter mir. Die Ampel ist inzwischen grün. Ich fahre nicht wie geplant geradeaus, sondern biege nach rechts ab und halte direkt neben Ingo und Ute. Sie sehen mich immer noch nicht. Sie stehen eng umschlungen keine zwei Meter von mir entfernt. Dann lösen sie sich voneinander, halten sich aber an den Händen fest und schauen sich an. Es ist ein sehr inniger Blick, das kann ich deutlich sehen. Jetzt küssen sie sich. Ute muss ihren Kopf fast in den Nacken legen, um Ingo in die Augen zu schauen, weil er einen ganzen Kopf größer ist als sie.

Ich weiß nicht, was ich machen soll. Aussteigen? Natürlich muss ich jetzt aussteigen. Aber meine Beine sind wie Watte. Mir ist speiübel. Ich öffne die Tür, doch meine Beine gehorchen mir nicht. Ich lasse die Scheibe der Beifahrertür herunter und rufe: „Ingo!" Meine Stimme klingt piepsig. Ingo hört mich nicht. Jetzt werde ich wütend. Der Zorn gibt mir Kraft und ich springe mit Wucht aus dem Auto. „Ingo!" Laut und drohend.

Ingo dreht sich um, ganz langsam. Er lässt Utes Hand nicht los. Ute lächelt immer noch und schaut mich ganz ruhig an.

Ich stehe wortlos vor den beiden und hebe hilflos meine Arme.

„Gut." Ingo spricht langsam und gefasst. „Gut, dann muss ich nicht mehr viel sagen. Morgen ziehe ich aus, zu Ute."

„Aber ..."

„Nein, du musst dich um nichts kümmern. Ich mach das schon. Am besten, du gehst morgen nach deiner Arbeit mal zu Astrid oder ins Kino. Da treten wir uns nicht auf die Füße."

„Aber ..."

„Schon gut. Jetzt müssen wir weiter."

Ingo winkt mir kurz zu, dreht sich um und geht, Utes Hand in seiner.

Ich setze mich ins Auto. Mein Herz hämmert so stark in meiner Brust, dass ich das Pochen körperlich spüre. Ich habe einen dicken Kloß im Hals und fürchte, keine Luft zu kriegen. Was soll ich jetzt tun? Ich verstehe das nicht ganz. Die beiden sind ein Paar? Seit wann? Ingo ist ein Ehebrecher. Er hat eine Affäre mit Ute. Nein, keine Affäre. Er will zu seiner Geliebten ziehen, er will mit ihr leben. Und wieso Ute? Sie ist meine beste Freundin. Sie WAR meine beste Freundin. Wie soll es jetzt weitergehen? Was passiert, wenn Ingo tatsächlich auszieht?

Mit einem Mal ergeben die vielen Abende, die Ingo bei Ute verbrachte, einen ganz anderen Sinn. Aber wie stellt sich Ingo sein Leben mit Ute vor? Er mag laute Frauen nicht. Und er sagt, dass er daheim keine Kinder erträgt, sondern seine Ruhe braucht. Weiß er nicht, was er tut? Oder hat er mich all die Jahre über angelogen?

Zu Astrid möchte ich jetzt nicht gehen, auch morgen nicht. Sie hat geahnt, dass mit Ingo irgendetwas nicht stimmt. Sie hat mich direkt gefragt, ob er ein Verhältnis mit Ute hat. Mir fällt ein, dass Astrid nicht die Einzige war, die Ingo eine Affäre mit Ute zutraute. Alle unsere Freunde waren misstrauisch. Oder haben sie sogar etwas gewusst? Wieso ist mir gar nichts aufgefallen?

Morgen habe ich Spätdienst und muss bis 18 Uhr im Kindergarten bleiben. Das trifft sich gut. Dann ist Ingo weg, wenn ich nach Hause komme.

20 Uhr. Ich war nach der Arbeit noch einkaufen und wollte anschließend beim Italiener eine Pizza essen. Aber sie schmeckte nicht. Ich bekam kaum einen Bissen runter. Jetzt muss ich nach Hause, gleichgültig, was mich dort

erwartet.

In der Wohnung ist es dunkel. Ich schalte das Licht an. Der Flur sieht seltsam aus. Jetzt merke ich, dass er völlig leer ist. Die große Truhe ist weg, auch der antike Garderobenschrank. Ich gehe in die Küche. Dort sieht alles aus wie immer – die zwei Kaffeetassen von heute Morgen stehen im Spülbecken. Ich setze mich auf den Stuhl, stehe wieder auf, nehme ein Glas aus dem Regal und fülle es mit Wasser direkt aus dem Wasserhahn. Eigentlich brauche ich jetzt ein Glas Wein. Oder noch besser: einen Schnaps. Im Kühlschrank steht keiner mehr. Auch im Korb ist keine einzige Flasche. Habe ich so schlecht aufgepasst und vergessen, neuen Likör und Whisky zu besorgen? Oder hat etwa Ingo alle Reserven mitgenommen?

Ich gehe ins Bad. Es sieht leer aus. Ingos Utensilien fehlen, sein Shampoo, sein Deo, sein Duschbad, sein Kamm, der ewig voller Haare war. Und es fehlt das Rollo und sogar der Vorhang. Ich gehe durch die ganze Wohnung und schaue in jedes Zimmer. Nirgendwo hängen Gardinen vor den Fenstern, sogar die Stangen wurden abmontiert. Auf dem großen Bett liegen alle meine Kleider übereinander, die Wäsche, die Blusen, die Hosen – alles. Der große Kleiderschrank ist weg. Das Bücherregal fehlt und sämtliche Bücher ebenfalls. In der Ecke liegt meine Gitarre.

Wie in Trance hebe ich sie auf, setze mich auf die Bettkante und streiche mit der rechten Hand über die Seiten.

Jetzt muss ich doch noch weinen.

Alles ging so schnell, doch das ist gut so. Ich habe keine Zeit zum Nachdenken, konzentriere mich auf meine Arbeit und gestalte an den Abenden meine Wohnung um. Wir hatten bisher keine Stube, weil Ingo ein Arbeitszimmer brauchte. Dieser Raum ist nun leer. Ich habe ihn sonnengelb tapeziert und ein kleines Sofa und einen Couchtisch gekauft. Auch ein neues Bücherregal. Nur die Bücher fehlen noch, stattdessen stehen einige Vasen drin und zwei Bilder mit Sonnenblumen, die ich vorgestern gemalt habe. Und ich habe jetzt wieder einen Fernseher. Ingo mochte keinen Fernseher, aber unseren aus dem Schlafzimmer hat er trotzdem mitgenommen.

Ich hoffe, dass Ingo mit Ute glücklich wird. Man kann die Liebe nicht erzwingen, das ist mir klar geworden. Das einzige, was ich nach wie vor nicht verstehen kann, ist, dass die Beiden mich so belogen haben. Darüber denke ich oft nach, obwohl mir das auch nicht weiterhilft.

Einen Monat später liegt Post in meinem Briefkasten. Eine Ansichtskarte mit einem hübschen Fachwerkhaus drauf und ein Brief von der Wohnungsverwaltung. Darin werde ich aufgefordert, umgehend meine Mietschulden der letzten sechs Monate zu begleichen, da ich bei Nichtzahlung bis zum dritten Arbeitstag im nächsten Monat meine fristlose Kündigung erhalte und mit einer Zwangsräumung rechnen muss. Das muss ein Irrtum sein, denn ich habe für diesen Monat pünktlich bezahlt. Bis zum letzten Monat hat Ingo unsere Miete wie vereinbart überwiesen. Oder nicht? Ich stehe allein im Mietvertrag – das weiß ich genau.
Bevor ich die Wohnungsverwaltung anrufe, setze ich mich an den Küchentisch und lese die Karte.
Auf der Karte steht: „Urlaubsgrüße aus dem Harz. Uns tut alles sehr leid, Du warst uns eine gute Schwiegertochter. Schade, dass Du keine Kinder wolltest. Aber nun haben wir in Tim endlich den ersehnten Enkel und sind

überglücklich, zumal er Ingo wie aus dem Gesicht geschnitten ist. Alles Gute für Dich wünschen Hartmut und Isolde."

Internet

„Sollen wir nicht zusammenziehen?", säuselt Christine.

„Lustiger Gedanke", über den er kichern muss.

„Willst Du?", fragt sie weiter.

„Geht nicht."

„Warum?"

„Ich kann hier nicht weg."

„Aber ich. Ich kann zu Dir kommen."

Was sollte er auf diesen Unsinn antworten? Christine hat oft seltsame Einfälle, aber einfach so hier aufkreuzen kann sie nicht. Und schon gar nicht hier einziehen. Er kennt sie überhaupt nicht, sie spielen nur zufällig die gleichen Spiele im Internet. Und sie chatten täglich – wie jetzt im Augenblick. Aber das sind nur Albernheiten, nichts Ernstes.

„Basti?"

„Bin noch da."

„Warum antwortest Du nicht?"

„Ich muss weg. Tschau."

„Denk drüber nach."

Darüber wird er nicht nachdenken – auf gar keinen Fall. Außerdem ist seine Wohnung viel zu klein für zwei Personen: in der winzigen Küche und dem sehr schmale Bad kann sich kaum eine Person drehen. Die Stube ist der schönste Raum mit drei Fenstern über Eck Richtung Südwesten mit wunderbarem Blick über die ganze Stadt. Die Schlafstube ist in Ordnung, aber er hat nur ein normal breites Bett – für einen reichlich, für zwei zu schmal. Bett - will sie etwa mit in sein Bett?

Er merkt, dass er nun doch darüber nachdenkt, ob Christine in seine Wohnung passt. Möglicherweise passt sie in seine Wohnung, aber sie passt sicher nicht zu ihm. Zumindest nicht zu ihm in die Wohnung. Er weiß nicht einmal, wie sie aussieht. Auf dem Foto im Internet sieht sie sympathisch aus. Aber er hat so seine Zweifel, ob tatsächlich Christine darauf abgebildet ist. Dass sie gelb gefärbte, glatte Haare hat, stört ihn nicht weiter. Braune Locken sind ihm zwar lieber, aber die Haarfarbe ist ihm nicht wirklich wichtig. Außerdem spielt sie bei einer Internet-Bekanntschaft sowieso keine Rolle. Die Stimme ist ihm wichtiger, falls er eines Tages mit ihr reden sollte. Das wird aber nie passieren, denn Christine wohnt irgendwo im Schwarzwald, das ist sicher 500

Kilometer oder noch weiter entfernt von Chemnitz.

Was will Christine überhaupt in Chemnitz? Er lebt eben nicht in einer Stadt, die so beliebt ist wie Hamburg, Berlin oder München, wo die Leute wohnen wollen. Hier in Chemnitz will keiner wohnen. Er dagegen lebt gern hier, hier fühlt er sich wohl, hier ist es schön.

Außerdem lebt Christine in einer Beziehung. Da kann sie nicht einfach dort aus dem warmen Bett heraus und in seines steigen. Er merkt, dass er immer noch über Christines Vorschlag nachdenkt und ärgert sich darüber.

Er lernte Christine vor einem knappen Jahr im Internet kennen. Sie spielten das gleiche Strategiespiel. Schon am zweiten Tag schickte sie ihm private Grüße: „Schön, dass Du da bist" und „Ich muss weg, gute Nacht.". Es dauerte nicht lange und sie begann, ihm an den Tagen, an denen sie nicht mitspielte, zu fehlen. Und bald wurden aus den kurzen Grüßen längere Nachrichten, fast wichtiger und lustiger als das Spiel selbst. Mit der Zeit erfuhr er immer mehr aus Christines Leben.

Sie lebt mit einem Mann zusammen, der an einen Rollstuhl gefesselt ist. Außerdem wohnt der Vater des behinderten Mannes in der gleichen Wohnung. Christine ist die Haushaltshilfe der Beiden und bekommt dafür außer Kost und Logis noch 400 Euro Bargeld. Zusätzlich trägt sie am Morgen, wenn die beiden Männer noch schlafen, Zeitungen aus.

Das wäre nichts für ihn. Außerdem braucht er keine Putzfrau. Er braucht überhaupt keine Frau. Er ist froh, dass er allein lebt und seine Ruhe hat, keine Verantwortung, keine Einschränkung. Er kann tun, was er will und wann er es will und mit wem er es will. Er kann ohne nachzudenken in den Tag hinein leben. Er kann im Bett bleiben. Er kann hinaus gehen. Er kann jeden Tag etwas anderes versuchen und ist niemandem Rechenschaft schuldig.

Eine Frau schränkt die Freiheiten drastisch ein, das ist allgemein bekannt. Und ein Kind käme sowieso nicht in Frage.

Christine hat zwei Kinder, aber die scheinen schon älter zu sein oder beim Vater zu leben, sie hat nie näheres darüber geschrieben und bisher hat es ihn auch nie interessiert.

Zwei Tage später blinkt sein Briefkasten. Er klickt ihn an.

„Ich muss hier weg. SOFORT!!!"

„Was ist passiert?"

„Der Typ will mich heiraten."

„Na und?"

„Er geht mir an die Wäsche."

„Vom Rollstuhl aus?"

„Ich ...."

Danach kommt keine Post mehr, vier Tage lang.

Er überlegt, was passiert sein kann. Hat Christine sich geärgert? Ihm kann es gleichgültig sein, es ist ihr Problem. Schließlich sorgt er sich doch, als sie auch am fünften Tag nicht online ist, und schreibt ihr.

„Chris, ist alles in Ordnung? Melde dich."

Statt einer Antwort erscheint eine lange Nummer mit der Unterschrift „Chris". Weiter nichts. Im gleichen Moment schaltet sich Christines Status auf offline. Mechanisch greift er zum Handy und wählt die Nummer.

„Basti, bist Du's?" Die flüsternde Stimme klingt ängstlich.

„Chris?"

„Warte! Gleich kann ich reden. In einer Stunde, ja?" Es klickt. Christine hat aufgelegt.

Was soll das jetzt wieder? Für derartige Spielchen hat er keine Nerven und schon gar keine Lust. Außerdem hasst er es, wenn sie ihn

Basti nennt. Das klingt nach einem Vorschulkind.

Eine Stunde später klingelt sein Handy. Er kennt die Nummer nicht und drückt sie weg. Es klingelt wieder. Er drückt die Taste und nimmt das Gespräch an, ohne sich zu melden.

„Basti? Ich bin's, Christine." Ihm ist sofort klar, dass sie seine Nummer nach seinem Anruf speicherte. Nun braucht sie darum nicht mehr zu bitten.

„Du wolltest mich sprechen?"

Spinnt sie jetzt? Wütend faucht er: „DU hast mir die Nummer geschickt, also wolltest DU mich sprechen."

„Ja. Und ich bin dir so sehr dankbar, dass du angerufen hast. Vorhin konnte ich nicht reden. Mein Mitbewohner stand neben mir."

„Na und?"

„Er weiß von dir. Aber er weiß nicht, dass ich ihn verlassen werde."

Er überlegt, worauf sie hinaus will. Sagte sie nicht, dass der Rollstuhlfahrer ihr Arbeitgeber ist? Das heißt, sie kann jederzeit ganz normal kündigen. Jetzt spricht Christine davon, ihn zu verlassen. Was soll das?

„Ich halte es hier nicht mehr aus. Ich komme zu dir."

„Du kannst nicht zu mir kommen. Meine Wohnung ist viel zu klein und ich kenne dich gar nicht."

„Das ist nicht wahr, Basti. Wir kennen uns fast ein Jahr."

„Kennen ist was anderes." Er atmet geräuschvoll aus.

„Ich bleibe nicht lange, nur ein paar Tage, bis ich eine eigene Wohnung gefunden habe."

Er weiß nicht, wie er aus dieser Situation wieder heraus kommt. Er will keine Frau in seiner Wohnung. Es war noch nie eine Frau in seiner Wohnung. Jedenfalls nie länger als eine Nacht.

„Basti, ich bitte dich. Ich flehe dich an, hilf mir! Ich weiß nicht, wo ich hin soll. Ich muss heute noch weg."

„Heute?", fragt er schockiert.

„Ich habe meine Tasche schon im Auto. Bitte, Basti, gib mir deine Adresse!"

Verärgert läuft er in seiner Wohnung hin und her. Vom Schlafzimmer in die Stube und zurück. Dann wirft er sich seine Jacke über und geht zum Supermarkt zwei Straßen weiter. Dort kauft er Brot, Käse, Pralinen und eine Flasche Sekt. Wieder daheim packt er Sekt und Käse in den Kühlschrank. Dann nimmt er einen großen Müllsack und stopft alle herumliegenden Zeitungen, Zeitschriften, drei Pizzaschachteln und mehrere leere Flaschen hinein, leert die Aschenbecher und holt frische Handtücher aus dem Schrank. Vom Sessel und den zwei Stühlen sammelt er gebrauchte Socken und Hemden und zwei T-Shirts ein und steckt sie gleich in die Waschmaschine. Er schaut sich um und ist zufrieden. Die vielen Zettel auf seinem Schreibtisch schiebt er zusammen und legt sie in eine Briefablage. Dann geht er in die Dönerbude schräg gegenüber und bestellt sich einen doppelten Döner mit Käse, dazu ein Bier. Er trinkt gleich aus der Büchse, obwohl er das normalerweise überhaupt nicht mag. Heute hat er keine Lust auf ein Gespräch mit Kadir, er hebt nur grüßend die Hand und geht raus auf die Straße. Er fragt sich, worauf er sich da eingelassen hat. So viel Nähe erträgt er nicht. Er hält die Leute auf Abstand und sucht sofort das Weite, wenn einer diesen Abstand durchbrechen will.

In spätestens einer Stunde wird diese Christine hier sein. Er selbst hat kein Auto, das braucht er hier in der Stadt auch nicht. Ihm fällt ein, dass er noch seinen Namen am Klingelschild neben der Haustür anbringen muss, das hat er bisher nicht für nötig gehalten. Erfreut darüber, dass er weiß, was er jetzt machen soll, geht er nach Hause und fertigt das Schild an. Es passt nicht. Also schreibt er mit einem dicken Stift einfach „Bastian" direkt auf die Plastik.

Es klingelt. Er drückt den Summer und läuft die zwei Treppen hinunter. Christine hat für ihren kleinen Suzuki Wagon einen Parkplatz direkt vor der Haustür gefunden. Sie lacht ihn an und umarmt ihn herzlich. Das war einfach. Er hatte sich so viele Gedanken über die Begrüßung gemacht. Schnell greift er den Koffer und die große Tasche, Chris trägt ihre Handtasche, den Kosmetikkoffer und einen großen Lederbeutel. Sie zeigt mit der Hand auf eine Kiste, die noch im Kofferraum steht und sagt: „CDs und DVDs und mein Bettzeug."
Jetzt erst sieht er, dass im Auto keine Rücksitze sind, sondern eine zusammen-gerollte Matratze, obenauf ein großer blauer Müllsack, aus dem Christines Bettzeug hervorlugt. Es sieht aus, als hätte sie schon mehrmals in diesem kleinen Van übernachtet, wie ein Zigeuner.
Er nickt, dreht sich um und trägt die Koffer nach

oben. Er zeigt Christine, wo sie ihre Taschen abstellen kann und geht noch einmal ans Auto, um nacheinander die Kiste und den Sack mit dem Bettzeug raufzuschleppen.

„Hast du Hunger?"

Christine schüttelt den Kopf. Plötzlich fängt sie an zu weinen. Was soll er jetzt tun? Er geht zu ihr, nimmt sie in den Arm und klopft ihr beruhigend auf den Rücken. Dann zieht er sie zum Sofa. Christine schmiegt sich sofort an seine Schulter und krallt ihre Hände in seinen linken Unterarm.

„He! Ich laufe nicht weg. Ich wohne hier."

Christine schaut ihn an und lacht. Sie hat ein nettes Lachen. Und sie sieht tatsächlich so aus wie auf ihrem Foto im Internet: ein slawisch breites, ungeschminktes Gesicht mit hohen Wangenknochen und wasserblauen Augen, glatte, halblange blonde Haare und einen etwas zu breiten Mund mit dicken Lippen. Nicht besonders hübsch, aber auch nicht unangenehm. Ihm gefällt, was er sieht. Ihm gefällt auch, dass Christine ganz normal gekleidet ist, Jeans, einen blauen Pulli, darüber eine schlichte dunkle Jacke, flache Schuhe. Nicht so aufgebrezelt wie die meisten Frauen, die er kennt. Christine ist etwas fülliger als er sich vorgestellt hatte, aber das stört ihn nicht. Und sie scheint älter zu sein als er selbst. Ihm fällt ein, dass sie noch nie über ihr Alter gesprochen hatten.

„Magst du Sekt? Ich habe extra zur Begrüßung eine Flasche Metternich besorgt."

Christine nickt und wischt sich mit dem Ärmel die letzten Tränen weg.

Sie haben die ganze Nacht geredet. Irgendwann ist Christine auf dem Sofa eingeschlafen. Er breitet ihre Decke über sie aus, geht ins Bad und dann ins Bett. Wider Erwarten kann er sofort einschlafen.

Als er am nächsten Morgen wach wird, duftet es nach Kaffee. Der Tisch in der Stube ist hübsch gedeckt. Also hat sich Christine in der Küche bereits umgesehen und zurecht-gefunden. In einem Korb liegt Toastbrot, er muss also jetzt keine frischen Brötchen holen.

„Guten Morgen. Schon auf?"

Bastian lässt sich gleich im Schlafanzug auf den Stuhl fallen. Er sieht ihren aufgeklappten Laptop auf dem Sofa und schaut Christine fragend an.

„Ich habe einen Stick und kann mich über mein Handy einwählen."

Bastian nickt.

„Und ich habe schon nach Arbeit gesucht. Bei Flott und Sauber könnte ich sofort anfangen, heute noch."

Bastian zuckt mit der Schulter. „Willst du etwa putzen gehen?"

„Warum nicht? Das ist ein leichter Anfang. Ich habe früher schon geputzt, in Reinigungsfirmen werden immer Leute gesucht. Wenn alles klappt, suche ich mir eine eigene Wohnung und du bist mich wieder los."

Er nickt wieder.

Christine zeigt ihm den Stadtplan auf dem Bildschirm, worauf zwei rote Fähnchen Start und Ziel anzeigen.

„Ich könnte das Auto nehmen oder mit dem Stadtbus fahren. Die Linie 21 hält fast hier vor dem Haus und direkt vor der Firma."

Ihn beeindruckt es sehr, dass diese Frau weiß, was sie will und selbst handelt. Er muss sich keine Sorgen machen. Insgeheim ist er trotzdem ein wenig enttäuscht, dass sie seine Hilfe nicht braucht.

Christine trägt ihre Jeans und einen dunkelroten Pulli, ihre Haare hat sie mit einem kleinen Kamm zusammengesteckt. Sie sieht gut aus, kompetent und tüchtig und wird den

Job bekommen.

„Hast Du einen Schlüssel für mich? Oder bist du am Nachmittag hier, wenn ich zurück bin?"

„Ich werde da sein."

Ein zweiter Schlüssel müsste zu finden sein, aber er weiß im Moment nicht, wo er suchen soll. Er nimmt sich vor, seine Schubladen durchzuforsten und findet den Schlüssel schließlich in der Küche zwischen Korkenziehern, Dosenöffnern und anderem Kram.

Christine wohnt nun schon sieben Monate bei ihm und hat sein Leben komplett verändert. Bereits in der zweiten Nacht wurden sie ein Paar. Christine ist eine geschickte Liebhaberin, ansonsten eher ein Kumpeltyp. Sie lässt ihn in Ruhe die ganze Nacht über seine Spiele im Internet daddeln. Morgens geht sie drei Uhr leise aus dem Haus, um im Museum zu putzen, später im Theater. Zum Mittag ist sie daheim und kocht. Christine kocht sehr gut und sie backt genial guten Kuchen. Das gefällt ihm. Gegen Abend geht Christine noch einmal für zwei Stunden weg, dann putzt sie in einem Kindergarten. Sie wäscht und bügelt die Wäsche und putzt seine Wohnung. Er muss nur einkaufen und das Abendessen vorbereiten.

Sein Leben hat nun Struktur und er hätte nicht gedacht, dass ihm dies so angenehm ist. Auch nicht, dass das Zusammenleben mit einer Frau so einfach sein kann.

Sie erwartet von ihm nur, dass er freundlich und pünktlich ist und alles zuverlässig besorgt, was sie ihm auf einen Zettel schreibt. Damit hat er keine Probleme. Allerdings kann er sich nicht einfach gehenlassen oder nur mit Kopfschmerzen herumlaufen. Sofort fragt sie argwöhnisch, was sie ihm getan hat. Dann würde er sie manchmal gern anschreien. Aber er tut es nicht.

Bis jetzt hatte er nur Gelegenheitsjobs. Eine Zeit lang war er Wärter im Mineralien-Museum, auch mal Tankwart, meist schrieb er als freier Reporter kurze Artikel für die Regionalpresse und die beiden Stadtsender. Er hatte viele Ideen, was er später mal machen wollte und konnte sich vieles vorstellen. Bis jetzt glaubte er, noch viel Zeit zu haben, ehe er sich festlegen müsste.

Aber Christine hat Recht, mit 30 Jahren sollte man wissen, was man will und eine feste Anstellung haben. Man kann mit 30 Jahren nicht mehr ziellos und ohne Geld und ohne

Plan durch Europa reisen und überall, wo es schön ist, eine unbestimmte Zeit bleiben. Im Grunde hatte er gedacht, dass es immer so weiter geht, dass er noch viel Zeit hat, bevor er sich festlegen muss, bevor er 30 Jahre alt wird. Doch nun sind es nur noch wenige Tage bis zu seinem 30. Geburtstag.

„Wir feiern diesen Tag ganz groß."

Nein, den wollte er auf gar keinen Fall feiern. Damit würde er zugeben, dass er alt ist.

„Deine Freunde werden den Tag kennen. Sie werden ein großes Fest wollen und sie werden kommen."

„Du hast Recht."

Er nimmt seine Jacke vom Haken und geht raus auf die Straße. Er will kein Fest, um den Abschied von der Jugend zu feiern. Schon den Gedanken daran erträgt er nicht.

Freunde. Welche Freunde? Im Grunde hat er nur zwei wirkliche Freunde. Ihm fällt auf, dass er seine Freunde schon lange nicht mehr getroffen hat, früher trafen sie sich fast jeden Abend im Brauhof, ihrer Stammkneipe. Ob Chris seine Freunde mag? Wozu eigentlich? Er ist noch nie auf die Idee gekommen, sie einander vorzustellen.

Frank ist der einzige seiner Freunde, der

seinen 30. Geburtstag gefeiert hat mit seinen Freunden, Freundinnen, Ex-Freundinnen, Feinden und der gesamten buckligen Verwandtschaft. Frank ließ sich feiern mit einem großen Schild „30" um den Hals und fühlte sich ganz offensichtlich wohl dabei. Aber auf Bastian wirkte es eher wie ein Abschied, ein Abschied von der Freiheit und er hatte sich geschworen, nie wieder das Älterwerden zu feiern und schon gar nicht seinen 30. Geburtstag.

Er ist sowieso der Meinung, dass jeder vernünftige Mensch mit 45 Jahren seinen Abschied nehmen sollte. Freiwillig und in Würde. Er sollte niomandem zur Last fallen wollen mit seinen Krankheiten und seinem alterndem Körper, seinem faltigen Gesicht.

Genau an seinem Geburtstag bekommt er eine Mail von seiner Redaktion mit dem Angebot einer Festanstellung, Anfangsgehalt 2.550 Euro. Ohne weiter darüber nachzudenken, sagt er sofort zu. Er weiß nicht, ob das klug ist. Er weiß auch nicht, ob das viel Geld für einen Journalisten ist oder ob ihn die Zeitung übers Ohr haut. Doch das ist ihm gleichgültig.

Jetzt ist sein Leben in Ordnung. Er hat eine

Aufgabe, eine konkrete Pflicht. Er muss täglich zur Arbeit. Das heißt, so genau weiß er das nicht. Vielleicht kann er seine Artikel wie gewohnt von daheim aus schreiben. Darum wird er sich morgen kümmern. Heute hat er Geburtstag und wird ihn allein mit Christine feiern. Er hat einen Tisch für zwei Personen im Schlossgarten bestellt und will mit seiner Freundin ein richtig großes Festmenü mit mehreren Gängen genießen. Christine wird begeistert sein.

Am Tag darauf trifft er sich mit seinen Freunden, die in ihrer alten Stammkneipe warten. Heute wollen sie sich so richtig besaufen, ihre Jugend ertränken und den Eintritt in ein geregeltes Erwachsenenleben feiern. Er ist sich nicht sicher, ob das ein Grund zum Feiern ist. Aber er freut sich sehr auf seine beiden Kumpel, die er in letzter Zeit nur noch selten gesehen hat.
Der Wirt winkt ihnen zu und lässt sofort drei Weißbier ein – wie früher. Gisa, die Kellnerin, stellt die Gläser lachend auf den Tisch und beugt sich dabei weit vor. Er betrachtet ihren wunderschönen Ausschnitt. Gisa merkt es und lacht noch mehr. Sie neckt: „Na, schon

verheiratet?"

„Wieso?"

„Darfst nimmer raus?"

„Quatsch."

So sehen sie ihn also, als Pantoffelhelden. Dabei fühlt er sich einfach nur wohl daheim.

„Mal ehrlich, willst du heiraten?"

Er schüttelt mit dem Kopf. „Irgendwann schon, aber nicht jetzt."

Und nicht Christine, hätte er hinzufügen müssen. Er und Chris verstehen sich bestens und haben ein wirklich schönes Leben zusammen. Jetzt mit seiner Festanstellung ab übernächsten Montag wird es noch besser werden. Er weiß schon lange, dass Christine geheiratet werden will, aber er kann sich dazu nicht entschließen. Es liegt nicht daran, dass Christine knapp zehn Jahre älter ist als er. Sie ist einfach nicht die Frau seines Lebens.

Frank haut ihm mit Wucht auf die Schulter und sagt: „Richtig so. Genieße das Leben und die Weiber in vollen Zügen! An die Kette kommst du früh genug."

Ein blöder Spruch. Christine hätte sicher nichts dagegen, wenn er sich mit seinen Freunden trifft, aber er fühlt sich wohl daheim. Er wäre sich blöd vorgekommen, ohne Christine auszugehen.

„Heiraten. Einen Baum pflanzen. Einen Sohn zeugen."

„Nein, heiraten kommt in dem Spruch nicht vor. Es heißt nicht heiraten, sondern *ein Buch schreiben*."

„So ein Quatsch. Warum sollte man ein Buch schreiben? Ist doch schon alles gesagt und geschrieben."

„Aber einen Baum pflanzen würde schon Spaß machen. Man könnte ihn über die Jahre wachsen sehen. Und ernten, wenn es zum Beispiel ein Apfelbaum wäre. Den Sohn darauf herumklettern lassen."

Sein Freund lacht. Bastian lacht nicht. Er hat es ernst gemeint. Auch die Sache mit dem Sohn. Eigene Kinder wären gut, auch wenn er sich ein Leben mit Kindern nicht wirklich vorstellen kann. Vermutlich ist das reiner Stress. Und man müsste viel zu viele Kompromisse machen. Dazu ist er nicht bereit. Noch nicht – auch nicht mit 30.

„Wollen wir nicht eine größere Wohnung suchen?"

„Warum?" Er versteht Christines Frage nicht.

„Na, hier ist es doch sehr beengt. Und seit wir

das breite Bett haben, kann man sich im Schlafzimmer nicht mehr drehen. Eine größere Küche mit Platz für einen Esstisch würde mir gefallen. Und vor allem ein Balkon."

„Wozu denn einen Balkon?"

„Ich könnte die Wäsche draußen aufhängen. Wir könnten draußen frühstücken oder am Abend ein Glas Wein trinken. Und du könntest draußen rauchen."

„Stört es dich, dass ich rauche? Das hast du nie gesagt."

„Nein, nicht direkt. Aber die Sachen riechen alle. Draußen rauchen wäre schon besser."

Darüber muss er nachdenken. Aber nicht heute.

„Schau, Basti, wir leben nun länger als ein Jahr hier zusammen. Wäre es da nicht Zeit, dass wir uns eine größere, bequemere Bleibe suchen? Ich hätte auch gern ein neues Sofa, ein schönes helles. Das alte ist schon so durchgesessen."

„Ich werde mal im Internet schauen, ob ich eine passende Wohnung für uns finde", verspricht er.

Christine hat Recht. Sie leben seit vierzehn Monaten zusammen. Und sie haben ein wirklich schönes Leben. Sie reden viel

miteinander, es gibt kaum Meinungs-
verschiedenheiten. Er genießt die täglichen
Rituale und die Ausflüge an den Wochenenden.
Und er mag Christine wirklich sehr. Vielleicht ist
es keine Liebe im herkömmlichen Sinne mit
den berühmten Schmetterlingen im Bauch. Es
ist eine enge und ruhige Vertrautheit. Es wird
wirklich Zeit für eine größere Wohnung mit
Balkon, einer schönen Wohnküche und einem
modernen Bad mit Fenster, in der sie sich beide
wohl fühlen.
Inzwischen hat er Christines erwachsenen
Sohn kennengelernt, die Tochter nicht. Zu ihr
besteht kein Kontakt, auch nicht zu Christines
Eltern. Was ihn ein wenig irritiert sind ihre
Ehemänner. Christine war vier Mal verheiratet,
vier Mal geschieden. Damit kommt er nicht klar.
Es ist nicht so, dass er keinesfalls Ehemann
Nummer Fünf werden will. Er versteht nur die
Gründe für die vielen Trennungen nicht.
Für die erste Beziehung war sie zu jung, wollte
nur weg von den Eltern und kam damit von
einer Abhängigkeit in die nächste. Mit dem
ersten Mann hat sie die beiden Kinder. Dem
zweiten Mann war sie zu fleißig, er wollte nicht,
dass sie arbeitet, sondern bei den Kindern
bleibt. Und er wollte zweimal im Jahr mit ihr in

den Urlaub fahren. Dabei fällt ihm ein, dass er mit Christine noch nie im Urlaub war. Sie hatte ihm mal gesagt, dass sie Reisen für Geldverschwendung hält. Der dritte Mann soll sie geschlagen haben. Das ist natürlich ein Grund für eine Trennung. Mit dem vierten hatte sie eine Transportfirma, die pleite ging. Der Mann hat sie verlassen und sie musste für die gesamten Schulden allein aufkommen. Es muss aber noch mehr Männer gegeben haben. Bastian ärgert sich, dass er nie näher nachgefragt hat. Er erinnert sich nur daran, dass Christine stolz erklärte, dass sie IMMER nur mit einem Koffer kommt und mit einem Koffer wieder geht, wenn es Zeit wird. Und sie hat gesagt, dass sie noch nie allein gelebt hat, sondern immer zusammen mit einem Mann.

Zwei Wochen später hat er die perfekte Wohnung gefunden. Sie ist näher an der Innenstadt, die man leicht zu Fuß in weniger als zehn Minuten erreichen kann. Für 17 Uhr hat er den Besichtigungstermin vereinbart. Da können sie vorher in Ruhe Kaffee trinken, Kuchen hat er bereits besorgt. Dann wird er Christine überraschen und er freut sich schon über ihre Freude, malt sich ihr Gesicht aus und wie sie ihm um den Hals fällt. Er hält es nicht mehr aus und ruft Christine an.

„Ich bin gleich da, habe Kuchen dabei, kannst schon Kaffee aufsetzen."

„Ich wollte gerade weg." Christines Stimme klingt nicht erfreut.

Er ist enttäuscht, versucht aber, sich diese Enttäuschung nicht anmerken zu lassen.

„Nein, geh jetzt nicht weg, bitte. Ich habe nicht nur Kuchen, sondern eine Überraschung. Eine sehr große Überraschung."

„Na gut, wenn es nicht lange dauert." Christine hat aufgelegt.

Er läuft die Treppe hoch, nimmt gleich drei Stufen auf einmal. Christine steht nicht in freudiger Erwartung in der offenen Wohnungstür. Er schließt auf. Sie steht im Mantel vor ihm und sagt, dass sie jetzt gehen wird. Er versteht nicht. Sie wollen doch Kaffee trinken und Kuchen essen.

„Ich habe eine Wohnung gefunden."

„Ich auch."

„Toll!" Er freut sich. „Hat es mit deiner Wohnung noch Zeit? Ich habe für heute 17 Uhr einen Besichtigungstermin. Drei Zimmer, Küche, Diele, Bad und ein großer Balkon. Ist in Mitte. Und wann können wir deine Wohnung sehen?"

Christine steht noch immer im Mantel.

„Gar nicht. Es ist MEINE Wohnung. Für mich. Verstehst du jetzt?"

Er versteht nicht.

„Ich ziehe aus. Jetzt."

Bastian setzt sich an den Tisch und sagt leise: „Damit scherzt man nicht."

Aber das hat Christine nicht mehr gehört. Sie ist einfach gegangen.

Silberhochzeit

In zwei Wochen ist nun der große Tag: meine bzw. unsere Silberne Hochzeit. Ich kann es noch gar nicht fassen, dass wir schon so lange miteinander verheiratet sind. 25 Jahre. Ich liebe meinen Mann noch genauso wie am Anfang und wenn ich an ihn denke, habe ich nach wie vor Schmetterlinge im Bauch.

Uwe und ich heirateten an meinem 20. Geburtstag. Wenn man so jung ist wie wir damals waren, sind schon drei Jahre eine kaum vorstellbare Ewigkeit. Uwes Bruder war damals seit drei Jahren verheiratet. Er lachte viel mit seiner Frau und tanzte abends beim Fest mit ihr eng umschlungen. Das fanden wir toll und wünschten uns, dass es bei uns ebenso bleibt. Mindestens drei Jahre, am besten noch länger oder gleich für immer. Wir waren jung und konnten uns nicht vorstellen, wie es ist, einmal 30 Jahre alt zu sein. Das erschien uns furchtbar fern und furchtbar alt.

Meine Eltern feierten im gleichen Jahr Silberhochzeit. Sie waren damals 45 Jahre alt – genauso alt wie wir heute. Sehen wir heute ebenso alt aus wie meine Eltern damals? Ich fühle mich nicht alt, ganz im Gegenteil. Ich fühle mich gut und weiß, dass ich ganz passabel aussehe mit meinen ungefärbten dunkelbraunen Naturlocken, den großen braunen Augen, der schlanken Figur. So manches Mädchen würde wohl gern zu ihrer Hochzeit so aussehen wollen wie ich heute nach 25 Jahren Ehe.

Ich weiß, dass ich Uwe nicht nur optisch gefalle. Aber ich weiß auch, dass ihn kräftige Frauen mit dicken Hintern und drallen Brüsten erregen. Sorgen mache ich mir darüber keine, denn ich weiß, dass er mich liebt und ich ihm vertrauen kann.

Ich lernte Uwe beim Tanz kennen. Er fiel mir sofort auf, als er zusammen mit seinen Freunden den Tanzsaal betrat und ich wusste, dass er dieser eine Glücksfall ist, auf den die meisten von uns vergeblich warten. Nicht, weil er so unbeschreiblich attraktiv war mit seinen schulterlangen dunklen Locken, der schwarzen Hornbrille, dem auffallend großen Mund – er strahlte eine seltsame Ruhe aus, die mich völlig in seinen Bann zog. Ich war unfähig, irgendetwas anderes zu tun als ihn wortlos anzustarren. Er überragte seine Freunde, war sehr schlank und hatte breite Schultern.

Groß ist er immer noch, aber sein Bauch wölbt sich leicht über dem Hosenbund, sein Haar wird langsam lichter und hat einzelne graue Stellen. Er sieht nach wie vor blendend gut aus. Ich liebe ihn sehr. Ich liebe ihn nicht nur, ich brauche ihn, um glücklich zu sein. Ich kann mir kein Leben ohne Uwe vorstellen und möchte ihn nicht einen einzigen Tag missen. Mit ihm ist alles schöner, jede Mahlzeit, jeder Spaziergang, jeder gemeinsam angeschaute Film. Uwe geht es sicher ebenso.

Wenn er zur Arbeit fährt, verabschiedet er sich von mir mit einem Kuss und wünscht mir einen angenehmen Tag. Meist sagt er, ich soll mich in der Schule, wo ich als Lehrerin arbeite, nicht ärgern lassen. Wenn er aus der Tür ist, winke ich ihm noch lange nach.

Wir haben ein schönes Leben und genießen unseren Alltag. Es gibt kaum noch Streitpunkte, denn wir kennen uns so viele Jahre und haben uns irgendwie aneinander angepasst.

Unsere drei Kinder sind aus dem Haus, die Große hat schon eine eigene Familie. Die Jungs studieren beide, der eine in Dresden und der Kleine in Leipzig. Wir telefonieren regelmäßig und treffen uns immer am ersten Sonntag im Monat zum Familientag. Alles läuft ruhig und harmonisch.

Im Februar laufen wir Schi im Stubaital und den August verbringen wir in unserer Ferienwohnung in Andalusien. Uns gefällt diese Regelmäßigkeit. Uns geht es um Stetigkeit und Verlässlichkeit des Lebens überhaupt.

Wir frühstücken morgens lange. Dann fährt Uwe in seine Bankfiliale und ich laufe wenige Minuten später zur Schule. Das ist ein sehr kurzer Fußweg, denn die Schule ist gleich zwei Blocks weiter. Ich unterrichte Deutsch in vier verschiedenen Klassen und bin bereits 15 Uhr wieder daheim. Uwe kommt meist gegen 19 Uhr, da habe ich das Abendessen schon fertig vorbereitet. Danach schauen wir einen Film im Fernsehen und spätestens 23 Uhr schlafen wir eng aneinander geschmiegt ein.

Seit ich Uwe kenne, denke ich nie mehr als ICH, immer als WIR, als ein Teil vom Ganzen. Für mich sind Liebe und Familie die Erfüllung geworden. Für Uwe mit Sicherheit ebenfalls.

Heute Nachmittag wollen wir noch einmal in den Silbersaal fahren und einige Details für unsere Feier besprechen. Uns gefällt die Idee, im Silbersaal unsere Silberhochzeit zu feiern. Der Gasthof hat an diesem Abend nur für unser Fest geöffnet und bewirtet keine Laufkundschaft. Wir können uns also über den gesamten Gastraum ausbreiten.

Da wir in jedem Sommer unseren Urlaub in Spanien verbringen, haben wir ein spanisches Buffet bestellt: verschiedene Tapas, Serrano-Schinken, eingelegten Schafskäse, marinierte Meeresfrüchte, Bauernsalat, Hühnchen, Kaninchen, Paella mit Scampi und Fisch, diverse Creme-Nachspeisen, Käseplatten und natürlich spanische Weine und Liköre.

Wir haben uns CDs mit spanischer Musik besorgt, die während des Essens laufen soll. Danach legen wir Ravels Boléro auf, zu dem wir extra einen Tanz einstudierten. Uwe wird einen schwarzen Hut tragen, ich einen roten und dazu einen roten Fächer. Die Gäste bekommen Kastagnetten und kleine Handtrommeln, das stelle ich mir sehr lustig vor.

Die CDs mit Tanzmusik für die lange Nacht hat Uwe selbst zusammengestellt. Bei Musik überlässt er nichts dem Zufall, auch nicht bei der Technik. Uwe will sich unbedingt die Musikanlage des Gasthofes genau anschauen.

Er versteht viel von der Technik und von Lautsprechern und Mikrofonen – da muss für ihn alles stimmen.

Uwe nimmt seinen dicken Kalender, den er immer bei sich trägt, unter den Arm und schließt unsere Wohnungstür ab. Wir gehen zum Auto und fahren los. Kurz darauf biegen wir auf den Stadtring und es gibt ein seltsames Geräusch: „Bupp. Bupp." Irgendetwas muss auf die Straße gefallen sein. Ich drehe mich um und sehe Uwes Kalender auf der Straße liegen und schnell kleiner werden.

„Halt an! Sofort! Dein Kalender fliegt davon."

Uwe bremst und fährt an den Rand. Autos brausen vorbei. Ich öffne die Beifahrertür und steige aus. Ich sehe einzelne Kalenderblätter durch die Luft fliegen. Einige bleiben auf der Wiese neben der Straße liegen, andere weht der Wind weiter oder zurück auf die Straße. Die vielen Autos wirbeln die Seiten hoch. Endlich kann auch Uwe aussteigen und versuchen, so viele Blätter wie möglich einzufangen.

Sein Kalender ist wichtig. Er ist die Basis für alle privaten und dienstlichen Kontakte und Termine, denn er beinhaltet auch sämtliche Adressen, Telefonnummern, Visitenkarten und

Notizen zu Kundenbesuchen.

Uwe rennt so schnell er kann hin und her und sammelt die herumfliegenden Seiten auf. Ich kann seine Aufregung verstehen. Aber ich kann mich nicht auf das Sammeln konzentrieren, denn ich habe große Angst, dass ein vorbei brausendes Auto Uwe erfasst, wenn er sich gerade nach einem Blatt bückt. Ich laufe die Straße zurück, um die dicke Mappe zu holen, aus der immer noch Seiten herausfliegen. Ich winke mit meinem rechten Arm, damit die entgegen kommenden Autos abbremsen und hoffe, dass sie unser Auto und meinen Mann sehen.

Ich hebe die Mappe auf und sammle noch ein paar der herumfliegenden Seiten ein. Viele sind es nicht. Ich hoffe, dass der Verlust der vielen Blätter, die wir nicht greifen konnten, nicht gar so schlimm ist. Uwe sieht jedenfalls sehr besorgt aus, als ich ihm die Mappe übergebe.

Beim Einsteigen trete ich zufällig noch auf eine Seite, hebe sie auf und stecke sie schnell in meine Manteltasche.

Dann können wir weiterfahren.

„Wie konnte das passieren?" Mir fällt ein, dass Uwe die Mappe aufs Autodach legte, um seine Jacke in den Kofferraum zu legen.

„Du hast Deinen Kalender auf das Dach gelegt. Erinnerst du dich?"

„Lass mich!"

Uwe ist einsilbig und auch im Lokal nicht ganz bei der Sache. Ich kann das gut verstehen, sicher ist er in großer Sorge über die verloren gegangenen Kalenderblätter, kann sich nicht konzentrieren und möchte am liebsten sofort nachschauen, ob und was zu retten ist.

Daheim fällt mir das Blatt in meiner Manteltasche wieder ein. Ich laufe zur Garderobe, ziehe es heraus und streiche es glatt. Es ist etwas schmutzig, aber man kann alles lesen, was Uwe notiert hat. „Gabi. 106-86-96 und eine Telefonnummer. Helga. 108-78-102 und die Telefonnummer." Und noch eine ganze Tabelle weiterer Namen mit diesen seltsamen Zahlen und Nummern. Was bedeutet das? Das, was ich denke, was es bedeutet, kann es nicht sein. Sicher täusche ich mich und es gibt für alles eine völlig harmlose Erklärung. Aber mein Verstand sagt mir, dass es nicht so ist.

Ich gehe in die Stube, wo Uwe Sport schaut. Ein ganz ungünstiger Moment, ihn anzu-sprechen und zu stören, aber ich kann nicht warten. Ich stelle mich direkt vor den Bildschirm und halte ihm das Kalenderblatt hin, er greift danach. „Was ist damit?"

„Tu nicht so scheinheilig! Da stehen Namen und Zahlen und Telefonnummern."

„Na und? Dazu ist der Kalender schließlich da." Ich reiße ihm das Blatt aus der Hand und lese laut vor: „Gabi. 106-86-96 und eine Telefonnummer. Helga. 108-78-102 und die Telefonnummer. Soll ich weiterlesen?"

„Ich habe keine Ahnung, wovon du redest."

„Ach nein? Diese Weiber hast du alle hübsch sortiert nach Körpermaßen; Brust-Taille-Hintern. Hast Du sie angerufen? Dich mit ihnen getroffen? Hast du sie …?" Ich kann es nicht aussprechen.

„Du spinnst."

Uwe streitet alles mit so viel Wut und Empörung ab, dass ich erschrocken zusammenzucke. Das kann nur bedeuten, dass meine im ersten Zorn ausgesprochenen Vermutungen stimmen. Aber warum? Das muss er mir erklären.

„Rede!"

„Was hast du denn gefragt?" Uwe schaut demonstrativ an mir vorbei zum Fernseher.

„Sag endlich was!"

„Was soll ich schon sagen? Du weißt doch sowieso alles besser."

„Du hast Recht. Denn alles, was du sagst, ist sowieso nur Lüge. Lüge und Betrug. Du bist ein verdammter Betrüger."

Uwe schaut mich an – ganz ruhig. Ich sehe in seinen Augen Verachtung. Das trifft mich zutiefst. Mehr noch als sein Betrug.

„Von dir kriege ich die Wahrheit nicht, ich muss sie selbst finden."

Ich falte das Blatt zusammen und weiß nicht, was ich jetzt sagen oder machen soll. Uwe steht auf, greift grob nach dem Blatt, geht langsam durch die Tür und schlägt diese plötzlich mit Wucht hinter sich zu. Es kracht ohrenbetäubend. Ich zucke zusammen. Soll ich ihm nachgehen? Oder mich auf die Couch setzen und abwarten? Nein, das halte ich nicht aus. Ich gehe ihm nach und schreie: „Lauf nicht weg, wenn ich mit dir rede!"

„Du redest nicht, du schreist. Und du spinnst."

Uwe umfasst derb meine Oberarme und schiebt mich brutal zurück in die Stube. Dann schließt er hinter mir die Tür. Die Tür zwischen uns ist zu.

Essenszeit. Ich habe keinen Hunger. Ich gehe gleich ins Bett, obwohl es noch hell ist. Vielleicht würde mich Lesen ablenken. Aber ich will mich gar nicht ablenken. Ich will nachdenken. Ich muss nachdenken. Meine Gedanken drehen sich im Kreis und landen trotz der Namen und Zahlen immer wieder bei seinem Blick, der so voller Verachtung war. Er verachtet mich. Dabei bin ich diejenige, die ihn verachten müsste. Doch dazu fehlt mir irgendwie die Kraft. Ich fühle mich entsetzlich unsicher und mir ist schlecht.

Uwe kommt ins Schlafzimmer. Er knipst die Deckenlampe an, lächelt mir zu und will mir einen Gute-Nacht-Kuss geben. Ich zucke zurück, setze mich auf, schaue ihn an und bitte: „Willst du mir nicht endlich alles erklären?"

Uwe schüttelt seine Decke auf, legt sich ins Bett und schaut mich an. Mit seinem Blick sagt er mir, dass er auf meine Fragen nicht antworten wird, mich jedes Mal ins Unrecht setzen, aber nichts sagen wird.

„Ich werde gar nichts sagen. Kannst du dir nicht vorstellen, dass es peinlich für mich ist?"

„Peinlich? Weiter nichts? Und was ist mit mir?"

„Was soll schon sein? Lass mich jetzt in Ruhe! Ich will schlafen."

Uwe löscht das Licht, dreht sich zur Seite und schläft sofort ein.

Wie kann er jetzt schlafen? Ist ihm meine Not

gleichgültig? Bin ich ihm als seine Frau ebenso gleichgültig? Nur ein gewohntes Etwas, das immer verfügbar und somit völlig uninteressant ist?

Ich gerate in Panik und merke, dass ich meine Tränen nicht mehr zurückhalten kann. Schnell drücke ich mein Gesicht ins Kopfkissen, damit er es nicht hört. Ich kann mich nicht beruhigen – ganz im Gegenteil. In mir verkrampft sich alles und ich fange an zu schluchzen. Mich schüttelt es am ganzen Körper. Uwe merkt es nicht. Oder tut er nur so und stellt sich schlafend? Das macht mich wütend. Ich schalte meine Leselampe an und setze mich auf. Dabei wackelt die gemeinsame Matratze. Er merkt auch das nicht. Ich schubse mit der Hand gegen seine Schulter. Er rührt sich nicht.

„Kannst du etwa schlafen?", frage ich laut. Ich bin wütend und möchte, dass er das weiß. Aber meine Stimme klingt eher zaghaft als zornig.

Uwe richtet sich auf, schaut auf seine Armbanduhr und fragt: „Weißt du eigentlich, wie spät es ist?" Seine Stimme klingt barsch. „Mach endlich das Licht aus!"

Ich lösche das Licht, aber ich kann nicht schlafen. Also stehe ich auf, nehme meine Decke, setze mich in die Stube aufs Sofa und schalte den Fernseher ein. Es fliegen brennende Autos durch die Luft. In einem anderen Programm küssen sich zwei Verliebte. Ich drücke schnell weiter. „Ruf-mich-an!" Auch das noch. Ich weine wieder. Das Weinen ist albern, das ist mir klar. Keinem nützen mein Kummer und meine Tränen, aber mir schadet es. Ich gieße mir einen Kirschlikör ein und trinke ihn in einem Zug leer. Dann stelle ich den Ton leiser, kuschle mich in meine Decke und versuche, mich auf den sehr leisen Dialog des Filmes zu konzentrieren. Das lenkt mich von meinen Grübeleien ab und durch das leise Murmeln der Stimmen aus dem Lautsprecher fühle ich mich nicht so allein.

„Guten Morgen, meine Liebe."
Uwe will mir den gewohnten Kuss geben, aber ich drehe meinen Kopf zur Seite. Er fragt nicht, warum ich auf dem Sofa geschlafen habe. Bei dem Gedanken, dass er gar nicht merkt, wie schlecht es mir geht, geht es mir noch schlechter. Er tut so, als wäre heute ein ganz normaler Tag, als wäre alles wie immer. Uwe geht ins Bad und rechnet damit, dass ich inzwischen das Frühstück zubereite. Ich habe weder Hunger noch Appetit noch Lust, für ihn

den Tisch zu decken, aber einfach auf dem Sofa liegenbleiben bringe ich nicht fertig. Das ist kindisch. Also decke ich wie gewohnt den Frühstückstisch für uns.

Uwe setzt sich an den gedeckten Tisch, lächelt mich freundlich an und nimmt einen Schluck Kaffee.

„Du hast trotz allem gut schlafen können?"

„Was meinst du mit trotz allem?"

Seine Stimme klingt arglos. Ich fasse es nicht und schreie ihn an: „Stell dich nicht so dumm! Du bist fremd gegangen."

„Jetzt geht das Theater schon wieder los. Gib endlich Ruhe!"

„Wie kann ich das? Ich muss wissen, was passiert ist."

„Das geht dich nichts an. Das hat nichts mit dir zu tun. Du hast keinen Grund, dich zu beklagen. Ich gehe morgens wie immer aus dem Haus und komme abends wie immer nach Hause. Pünktlich. Alles ist wie immer."

„Nichts ist wie immer." Meine Stimme überschlägt sich. Dabei hatte ich versucht, ruhig und gelassen zu bleiben. Aber Uwes Ruhe bringt mich aus der Fassung.

Seine Stimme klingt kalt und sachlich: „Alles, was ich sage, wirst du später wieder aufgreifen und verwenden. Und genau deshalb werde ich überhaupt nichts sagen."

„Aber ich brauche die Wahrheit. Ich brauche sie als Boden unter den Füßen. Ich werde mir sonst eine eigene Geschichte zurechtlegen, die vielleicht gar nicht stimmt. Ich werde immer wieder neu darüber nachgrübeln."

„Das ist allein deine Sache."

„Ich werde nicht aufhören zu fragen."

„Ich weiß. Aber ich werde nicht antworten. Und ich weiß nicht, wie lange ich mich von dir nerven lasse. Ich gehe jetzt."

Uwe nimmt seine Tasche und geht zur Arbeit. Wie jeden Tag. Ganz offensichtlich ist für ihn heute ein Tag wie jeder andere Tag. Aber für mich ist alles anders. Nichts stimmt mehr. Nicht einmal die Vergangenheit. Alles, was wir zusammen erlebt haben, bekommt eine ganz andere Bedeutung.

Er fühlt sich von meinen Fragen bedrängt. Ich weiß, dass er nicht gern über sich spricht, dass er vor allem seine Ruhe will. Bis jetzt war mir nicht klar, dass er auch vor mir seine Ruhe will. So kalt wie gestern und heute habe ich ihn noch nie erlebt.

Ich rufe meine Freundin Sonja an. „Wir müssen

uns sehen."

„Wann?"

„Es muss heute sein. Hörst du? Wann bist du daheim?"

„Gegen 15 Uhr. Was ist denn passiert? Du klingst grauenhaft."

„Erzähle ich dir später."

Den ganzen Tag über quälen mich üble Kopfschmerzen und das Gefühl, einen schweren, sauren Klumpen im Magen zu haben. Allein die Aussicht auf das Gespräch mit Sonja hält mich auf den Beinen.

Kurz vor 15 Uhr klingle ich bei Sonja. Der Türsummer geht, sie ist also da. Erleichtert drücke ich die Haustür auf, steige die zwei Treppen nach oben, begrüße sie kurz und fange sofort im Flur an zu erzählen. Ich lasse nichts aus, keines von Uwes Worten und keinen meiner zermürbenden Gedanken und schließe mit den bestimmten Worten: „Ich werde dieses Schwein verlassen."

Sonja lacht schallend. Entsetzt schaue ich sie an.

„Du und Uwe verlassen? Das bringst du nicht fertig. Nie im Leben!"

„Doch! Mich ekelt sein Geruch, mir ist seine kalte Ruhe zuwider, ich halte seine Gegenwart nicht aus."

„Das mag sein. Aber ohne ihn hältst du es noch weniger aus. Du lebst quasi für ihn. Vielleicht ist ihm das zu eng. Vielleicht mag er das nicht."

„Was mag er nicht? MICH mag er nicht. Er verachtet mich. Das habe ich gestern deutlich zu spüren bekommen."

„Deine Art zu lieben ist viel zu einnehmend."

„Das verstehe ich nicht. Ich liebe ganz oder gar nicht, rückhaltlos eben."

„Eben." Sonja breitet ihre Arme aus, wie um ihrem Wort Nachdruck zu geben.

Soll das etwa heißen, dass ich selbst schuld bin, dass ich ihn mit zu viel Zuneigung vertrieben habe? Das ist doch Unsinn.

„Je mehr du ihn liebst, desto mehr wirst du leiden, wenn du ihm nicht verzeihen kannst."

„Verzeihen? Wie soll das gehen? Außerdem hat er mit keinem Wort darum gebeten."

Sonja nimmt mich in den Arm. „Jetzt geht es nicht um ihn, sondern allein um dich, meine Liebe."

„Er hat gesagt, das habe nichts mit mir zu tun."

„Natürlich nicht."

„Wieso? Er hat MICH betrogen."

„Ja und nein. Er hat sich selbst beglückt und dabei nicht an dich gedacht."

„Vielen Dank. Soll mich das trösten oder noch mehr entsetzen?"

„Das ist doch völlig gleichgültig! Wichtig ist allein die Konsequenz, die du daraus ziehst." Sonja fasst meine Hand und hält sie fest. „Du musst entweder so kalt sein wie er oder ihm verzeihen. Sonst gehst du kaputt oder schluckst eines Tages eine Packung Schlaftabletten."

Sonja gießt mir einen Kognak ein. Ich mag keinen Kognak, aber ich trinke das Glas in einem Zug leer.

„Hast du denn gar nichts geahnt?"

„Geahnt? Nein." Ich schüttle den Kopf und denke nach. „Naja - seit ungefähr einem Jahr verhält er sich anders, irgendwie seltsam. Damals fing er an, sich neue Sachen zu kaufen, ein paar gestreifte Hemden und ein dunkelblaues Jackett, das er auch gut zu Jeans tragen kann. Und ein Parfüm."

Sonja schlägt sich auf die Schenkel. „Wusste ich´s doch! Und du dumme Nuss hast wohl geglaubt, dass er sich für dich so aufbrezelt und eindieselt? Dir will er damit ganz sicher nicht gefallen."

Schlagartig wird mir klar, was es bedeutet, dass er diesen Aufwand nicht für mich betrieben hat.

Mir schießen wieder Tränen aus den Augen.

„Er hat gesagt, er sei nicht für mich verantwortlich."

„Natürlich nicht."

„Aber wenn es keine Verantwortung gibt, dann gibt es auch keine Liebe."

Ich merke, dass mich Sonja nicht versteht. Aber wenigstens kann ich mit ihr reden. Und sie reagiert auf alles, was ich sage, sie gibt Antwort. Bei Uwe habe ich manchmal das Gefühl, gegen eine Wand zu reden oder mit mir selbst, wenn von ihm keine Reaktion kommt.

„Treffe keine Entscheidung, bevor du die Konsequenzen nicht gründlich bedacht hast. Ich meine nicht nur die unmittelbaren Konsequenzen, sondern auch die länger-fristigen."

Mir ist klar, was Sonja meint. Aber mir ist auch klar, dass ich Uwe verlassen muss. Auch wenn Sonja glaubt, dass ich dazu nicht fähig bin.

„Fangen wir noch einmal von vorn an", bestimmt Sonja. „Du willst ihn verlassen."

Ich nicke.

„Wohin willst du gehen?"

„Das ist doch egal! Hauptsache weg!"

„Gut. Dann nimmst du deine drei Koffer, setzt dich in den Stadtbus und fährst weg. An der

Endstation steigst du aus und bist zufrieden." Sonja schubst mich leicht an der Schulter und lacht. Ich lache nicht. Mir ist zum Heulen zumute. Ich stelle mir vor, wie ich meine Blusen aus dem Schrank nehme und in einen Koffer packe. Aber welche Blusen nehme ich mit und welche lasse ich da? Vorerst zumindest. Und was wird aus meinen Büchern? Uwe braucht keine Bücher, er liest lieber Zeitung.

Sonja reißt mich aus meinen Gedanken: „Und was wird aus deiner neuen Küche? Die Betten? Das Auto! Das Auto läuft sicher auf Uwes Namen, oder?"

Ich nicke. So kalt und berechnend wie Sonja ist nicht einmal Uwe. Er würde nicht überlegen, wer den Tisch und wer das neue Bett bekommt.

„Mir geht es nicht um ein blödes Möbelstück. Mir geht es darum, dass Uwe mich nicht nur belogen und betrogen hat, sondern mich so eiskalt abserviert."

„Uwe war schon immer eiskalt." Sonja zuckt mit der Schulter. Ich schaue sie entsetzt an. „Du hast es nur nicht gemerkt, ihn immer nur angehimmelt."

Soll das schon wieder heißen, ich bin selbst schuld, weil ich ihn liebe? So ein Schwachsinn! Erbarmungslos spricht Sonja weiter: „Du hebst ihn auf ein Podest, wo er gar nicht hingehört, wo er vermutlich gar nicht sein will. Er ist ein ganz normaler Mann, genauso normal wie mein Klaus."

Das glaube ich jetzt nicht, dass sie meinen Mann mit ihrem ganz gewöhnlichen Klaus vergleicht.

„Du brauchst nichts zu sagen, ich sehe dir an, was du denkst. Der Mann ist supertoll oder hundsgewöhnlich, ein Gott oder ein mieses Schwein. Das ist dein verdammtes Entweder-Oder-Denken, du bist nicht für den kleinsten Kompromiss bereit."

„Was redest du von Kompromissen? Ich finde etwas gut oder schlecht, ich sage entweder Ja oder Nein. Ich hasse es, wenn sich die Leute nicht festlegen wollen und um den heißen Brei herumreden."

„Siehst du, du musst es gleich HASSEN. Kannst du etwas nicht einfach mehr oder weniger mögen, besser oder schlechter verstehen?"

„Nein, das kann ich nicht. Ich will es auch nicht."

„Du machst es damit allen nur unnötig schwer."

„Wieso? Jeder weiß genau, woran er mit mir ist, ich sage klar und eindeutig meine Meinung."

„Und haust sie allen links und rechts um die Ohren, stößt sie damit vor den Kopf und treibst sie in die Enge. Dir selbst machst du es damit ebenso schwer, weil allein du mit den Konsequenzen leben musst, ob du nun willst oder nicht."

Sonja schlingt wieder ihre Arme um mich. „Sei einfach mal locker."

„Ach, ich soll mal eben locker hinnehmen, dass mein Mann zu Nutten geht."

Sonja schüttelt ihren Kopf, so, als sage sie damit, dass es keinen Zweck hat, mit mir zu reden. Dann holt sie tief Luft und spricht weiter: „Wenn du Uwe verlassen willst, musst du dir VORHER eine Wohnung suchen. Das musst du gut vorbereiten."

„Und wenn ich IHN rausschmeiße?"

„Vor die Tür stellen wie ein ausgedientes Möbelstück? Das funktioniert nicht. Es sei denn, er geht von allein. Vielleicht hat er das längst geplant."

Daran hatte ich noch gar nicht gedacht. Mir wird schlagartig heiß. Ich kann hier nicht mehr so ruhig herumsitzen, ich muss nach Hause. Sofort.

An diesem Abend habe ich kein Essen

vorbereitet. Essen war mir immer sehr wichtig bisher. Ich habe stets großen Wert auf einen hübsch gedeckten Tisch und liebevoll zubereitete gemeinsame Mahlzeiten gelegt. Aber nun ist mir der Appetit verloren gegangen und damit auch die Lust am Kochen.

Obwohl es fast 19 Uhr ist und Uwe jeden Moment nach Hause kommen wird, setze ich mich auf die Couch und schalte den Fernseher an. Mir ist gleichgültig, was gesendet wird, ob es ein Film oder eine Talkshow ist. Talkshows mag ich eigentlich nicht. Denn eine Gesprächs-runde, an der ich nicht teilnehmen darf, weil ich nichts sagen, nichts einwerfen kann, ist unerträglich für mich. Aber jetzt ist es mir angenehm, anderen zuzuhören, ohne etwas sagen zu müssen. Oder zumindest das Gefühl zu haben, jemandem zuzuhören, der gerne etwas sagt.

Vielleicht ist es das, dass man nichts sagen und sich nicht festlegen muss, weshalb Uwe lieber fremden Leuten im Fernsehen zuhört als mir. Ich dachte immer, ihn interessiert es nicht, was ich so denke und fühle, ihm geht es auf die Nerven, wenn ich rede. Ich rede nie lange, weil von Uwe höchst selten ein Einwurf kommt in Form einer Frage. Oft fasst er meine Berichte zusammen, indem er sie korrigiert, für ihn, für sein Empfinden in Ordnung bringt.

Uwe bemerkt meine Not nicht. Er merkt nur, dass kein Essen bereit steht. Ohne sich zu beklagen, öffnet er den Kühlschrank, ich höre es im Hintergrund klappern. Dann stellt er ein Glas Rotwein und einen Teller mit Schnittchen, hübsch garniert mit Apfel- und Gurkenscheiben, auf den Couchtisch, setzt sich neben mich aufs Sofa und greift nach der Fernbedienung. Ich hasse es, wenn er ständig hin und her schaltet. Am meisten hasse ich es, wenn er das, was ich gerade ansehe, wortlos wegdrückt. Aber eigentlich ist es mir gleichgültig.

„Du solltest etwas essen."

Ich knabbere hier und da, aber ich bringe nichts runter. Uwe nimmt eines der Schnittchen und hält es mir direkt vor den Mund. Er will mich füttern wie ein kleines Kind. Genauso komme ich mir vor: Klein und sehr hilflos.

„Ich weiß, dass du mich brauchst." Uwe ist sich sicher – wie immer.

„Mag sein. Aber ich mag es nicht, wenn du besser weißt als ich, was ich brauche."

„Das ist nach 25 Ehejahren normal, meinst du nicht?"

„Möglich. Aber ich kenne dich nicht."

Uwe lacht. „Und ob du mich kennst, in- und auswendig."

„Ich weiß, was du sagen oder machen oder eben nicht sagen und nicht machen wirst. Aber ich kenne dich nicht, weil ich deine Gedanken nicht kenne. Du sprichst über Politik und Sport, aber du sprichst nicht über dich. Doch genau das ist es, was mich interessiert: deine Gedanken und Gefühle." Leise füge ich hinzu: „Falls du überhaupt Gefühle hast."

„Jetzt übertreibst du wieder!", tadelt Uwe.

Ich merke, dass ich ihn gar nicht mag und rücke von ihm weg. Mir ist seine Nähe, die ich bisher immer suchte, zu viel. Ich fühle mich nicht wohl in seiner Nähe.

„Liebst du mich nicht mehr?" Das ist keine wirkliche Frage, Uwe will nur eine Bestätigung.

„Nein", antworte ich sofort und bin von diesem Nein fest überzeugt.

„Das glaube ich nicht."

Uwe nimmt die Fernbedienung und zappt sich weiter durch die Programme. Für ihn ist das Gespräch beendet. Wahrscheinlich macht er sich keine weiteren Gedanken oder gar Sorgen. Während mich meine Sorgen schier erdrücken und regelrecht auffressen.

Sonja hat Recht: Uwe ist kalt. Mir fällt ein, dass

wir nie wirklich streiten, jedenfalls nicht im guten Sinne. Uwes Ruhe bringt mich jedes Mal zur Weißglut. Er weiß genau, dass ich es nicht aushalte, wenn er nicht antwortet. „Rede!" schreie ich oder „Antworte mir!" Doch Uwe antwortet nie, sagt nur „Lass mich in Ruhe!" Das kann ich nicht. Ich brauche die Antwort und weiß nie, wie ich es anstellen soll, diese Antwort zu bekommen. Ich provoziere ihn, so wie man nur jemanden provozieren kann, der einem wichtig ist. Immer in dem Moment, in dem ich aufgebe und keine Lust mehr habe, ihn zu fragen, lacht er. Dann könnte ich schreien in hilfloser Verzweiflung. Dann hasse ich ihn. Und ich hasse mich selbst, weil ich mich so zerstören lasse. Immer wieder. Ja, Uwe ist kalt. Er wird eines Tages an all den ungesagten Worten, an all den verweigerten Antworten ersticken. Nein, ich will nicht, dass er erstickt. Ich will nur, dass er erkennt, was er anrichtet.

Ich lege mich ins Bett. Gleich in meiner Tageskleidung. Wozu dieser ganze Zirkus mit Duschen und Gymnastik? Mir ist nicht nur die Lust am Kochen und Essen abhanden gekommen, sondern auch die Freude an den täglichen Ritualen des An- und Auskleidens, das Waschen. Vor allem kann ich diesen Mann nicht mehr ertragen. Mir ist übel. Ich will schlafen und an nichts denken. Dabei weiß ich, dass ich nicht schlafen kann, wenn er nicht neben mir im Bett liegt. Je länger ich daliege und nachdenke, desto wacher werde ich.

Ich bin noch immer wach, als er endlich kommt. Sicher ist Mitternacht längst vorbei – wie üblich. Dieses Mal schaltet er die Deckenlampe nicht an. Ich atme langsam und gleichmäßig, er soll denken, ich schlafe. Er legt sich ins Bett und ich merke seine Hand, die nach mir sucht.

Das halte ich nicht aus. Ich stehe auf und gehe in die Küche. Gibt es ein Mittel gegen Ehepartnerabneigung? So wie es Mittel gegen Erkältung gibt? Ich habe kein Mittel gegen meine erfrorenen Gefühle, aber ich habe Wodka. Ich gieße mir gleich ein ganzes Wasserglas voll ein, Sto Gramm, und trinke es in einem Zug leer. Das hilft. So langsam bildet sich ein Wattefilm in meinem Kopf und ich kann mich aufs Sofa legen. Leider habe ich die Decke vergessen, aber das ist mir gleichgültig.

Am nächsten Morgen wache ich mit Kopfschmerzen auf. Und mir ist klar, dass ich Uwe immer noch nicht mag. Das tut mir nicht leid, es ist eben so.

Uwe ist schon zur Arbeit. Umso besser. Ich reiße die Fenster auf, alle. Irgendwie stinkt es erbärmlich in der Wohnung.

Ich muss mich beeilen, nehme eine Aspirin, dusche und ziehe mich an. Dann laufe ich rasch zur Schule.

Unterwegs fällt mir der Spruch meiner Oma ein: „Liebe ist keine Sache des Gefühls, sondern des Willens." Schlagartig wird mir klar, was genau Oma damit meinte. Dazu muss ich erst einmal herausfinden, was ich will. Das braucht sicher etwas Zeit. Ich wäre wohl in der Lage, ihm sein Fremdgehen zu verzeihen, da es sich offenbar allein um Sex, um etwas Körperliches handelte. Aber Uwe hat mich nicht um Verzeihung gebeten, er spürt nicht einmal, wie sehr er mich verletzt hat. So, wie er mit mir spricht, scheint er weder das Fremdgehen zu bedauern, noch, dass er mich damit in hilflose Verzweiflung stürzt. Er achtet mich nicht. Ich achte ihn nicht. Kann man jemanden lieben, den man nicht achtet? Muss man sich nach 25 Ehejahren eigentlich noch lieben? Kann man auch ohne Liebe zusammenleben? Nein, das wird nicht gehen.

Ich kann unmöglich wie Uwe so tun, als wäre

nichts geschehen, als wäre es ein ganz normaler Morgen, ein ganz normaler Tag, ein ganz normaler Abend, eine ganz normale Nacht. Ich mag nicht neben ihm im Bett liegen, das ertrage ich nicht. Ich ertrage seine Nähe nicht. Aber würde ich es ohne seine Nähe aushalten? Ich weiß es nicht und kann es mir nicht einmal vorstellen.

Bis zur Silberhochzeit sind es noch zehn Tage. Es wird kein Fest geben, ich muss es absagen. Also setze ich mich an den Schreibtisch und notiere alle Namen von all den Gästen, die wir vor drei Monaten eingeladen haben und die sich auf das große Fest freuen. Auch ich hatte mich darauf gefreut. Ich feiere sehr gern und diese Feier wäre etwas ganz besonderes. Wäre. Wird aber nicht.

Ich überlege, ob ich per Telefon absagen soll oder einfach per Mail oder SMS. Das ist feige, aber die einfachste Lösung. Ich stelle mir das Gesicht meiner Kinder vor, meiner Schwester, meiner Schulfreundin, während sie die Nachricht lesen, dass es kein Fest geben wird. Muss man so eine Absage begründen? Meine Schwester und meine Freundin sind außer unseren Eltern die einzigen Paare, die so lange verheiratet sind wie wir. Die anderen Paare sind längst geschieden. 25 Jahre – so lange halten nur noch wenige Ehen. Die meisten Paare laufen viel zu schnell auseinander, manche schon beim ersten Streit. Wir haben jedenfalls viel gestritten während der ersten Jahre.

Ob gute oder schlechte Zeiten, es waren 25 Ehejahre und das sollte mit einem großen Fest gefeiert werden. Ich werde also das Fest nicht absagen, sondern wie geplant mit all unseren Freunden und Verwandten feiern, die uns während der 25 Jahre unserer Ehe zumindest stückweise begleiteten.
Danach sehen wir weiter.

Meine Schwiegertochter

Sie hieß Milena und war die neue Freundin von Robert, unserem Sohn. Er wollte uns das Mädchen nicht nur vorstellen, sondern es sollte gleich mit in seine Wohnung einziehen. Robert war schon 26 Jahre alt und wir konnten ihm schlecht verbieten, seine Freundinnen mit ins Haus zu bringen. Aber es war schließlich unser Haus, wir teilten uns den gleichen Flur, das Treppenhaus und würden uns täglich mehrmals begegnen.

Im Erdgeschoss befand sich unsere große Wohnküche, die Stube mit Zugang zur Terrasse und dem Garten, im Obergeschoss unser Schlafzimmer, das Bad und das Zimmer, in dem mein Vater schlief, der seit dem Tod meiner Mutter und seinem Schlaganfall bei uns lebte. Robert wohnte im Dachgeschoss, das wir für ihn ausgebaut hatten.

Bis jetzt hatte ich Roberts Wäsche gewaschen, seine Zimmer in Ordnung gehalten und auch für ihn gekochte. Zwar hatte er eine eigene Küche im Dachgeschoss, aber das war eher eine Kochnische, gut für einen jungen

Studenten, aber wohl kaum akzeptabel für eine Frau.

Robert kümmerte sich als Sozialarbeiter um Einwanderer. Er half ihnen bei Amtswegen und bei der Wohnungssuche und besorgte Dolmetscher. Dabei lernte er Milena kennen. Sie kam aus Serbien und hatte keine Familie mehr. Ich hatte so meine Zweifel an dieser Geschichte, denn man hörte so manches und das meiste davon war gar nicht gut.

Milena war erst drei Monate in Deutschland und verstand unsere Sprache noch nicht. Aber sie verstand es, sich an Robert heranzumachen. Mir gefiel es gar nicht, so ein fremdes Mädchen von nicht einmal 20 Jahren im Haus zu haben, von dem wir kaum etwas wussten. Ich war mir sicher, dass auch Robert nicht viel über Milena wusste.

Ich hatte trotzdem einen Kuchen gebacken, nicht wirklich gebacken, Johannisbeeren aus dem Garten auf einen fertigen Tortenboden geschichtet, steif geschlagene Sahne obenauf, in den Kühlschrank und fertig. Ich backe nicht gern, aber ich esse gern Kuchen, Robert und mein Mann auch.

Milena war sehr jung und sehr hübsch, hatte

lange schwarze Haare und schwarze Augen und lachte ein sehr nettes Lachen.

„Gutt", sagte sie zu meinem Kuchen, zeigte mit dem Finger auf sich und nickte.

Ihr schmeckte es also. Robert erklärte, dass Milena sehr gut backen und auch kochen kann.

„Umso besser", dachte ich verärgert. „Da brauche ich mich ums Dachgeschoss nicht mehr zu kümmern."

Robert schaute Milena verliebt an und Milena schaute genauso verliebt zurück.

„Wovon wollt ihr leben? Von deinem mickrigen Sozialarbeitergehalt?", erkundigte sich mein Mann.

„Milena hat Arbeit. Sie ist Hauswirtschafterin."

„Aha, Putze also."

„Das auch, aber sie schmeißt den gesamten Haushalt einer Großfamilie mit vier Kindern."

„Und wie verständigt sie sich?"

„Ach, das geht schon. Wir üben jeden Tag." Robert lachte Milena an und nahm sie in den Arm.

„Ist sie überhaupt angemeldet?"

„Klar, hier auf meine Adresse."

„Klar." Mein Mann brummte etwas undeutliches hinterher.

„Krankenkasse?"

„Wir wollen heiraten, dann ist sie bei mir mitversichert."

Das bedeutete wohl, sie bekam ihre Aufträge nicht von einer Krankenkasse.

„Robert, sei doch vernünftig. Du kennst sie gar nicht."

„Das, was ich kenne, reicht mir. Im übrigen ist es allein meine Sache. Seid ihr fertig mit eurem Verhör?"

„Verhör? Wir wollen doch nur, dass du glücklich bist."

„Dann ist ja alles gut."

Gut fand ich es allerdings nicht, dass Robert so schnell heiraten wollte.

Das Leben mit Milena im Haus gestaltete sich weit angenehmer als befürchtet. Sie übernahm wie selbstverständlich eine ganze Reihe der Hausarbeit, was mir große Erleichterung verschaffte. Am allerbesten jedoch war, dass sie so wunderbar mit meinem Vater zurecht kam. Er war ganz verrückt nach ihr und hatte es sich zur Aufgabe gemacht, sie die deutsche Sprache zu lehren. Viel mehr konnte er sowieso nicht tun von seinem Rollstuhl aus. Seit dem Tod meiner Mutter war er irgendwie in sich zusammengesunken. Er sprach kaum noch, murmelte nur Unverständliches vor sich hin. Besonders schwierig war, dass er sich von mir nicht waschen ließ. Vielleicht hätte er diesbezüglich mit meinem Mann keine Probleme gehabt, aber der wollte nicht, er wollte es nicht einmal versuchen. Aber von Milena ließ er sich rasieren, waschen, zur Toilette und ins Bett bringen.

Knapp zwei Monate später richteten wir die Hochzeit aus. Die Feier betraf nur uns, Milena hatte keine Familie. Sie war katholisch wie wir und hocherfreut, dass sie in der Kirche getraut werden sollte. Ohne den kirchlichen Segen fühlte sich Milena nicht richtig verheiratet.

Zwei Jahre lang waren wir eine glückliche Familie. Dann änderte sich alles. Robert kam plötzlich immer erst spät abends nach Hause. Er gab keine Erklärung dafür ab, wirkte nur abgespannt und verkrampft. Ich vermutete, dass ihn seine Arbeit so schlauchte. Er hatte nicht einmal mehr Lust, zum Sport zu gehen.

Wir saßen an einem Sonntag alle zusammen am Mittagstisch. Plötzlich sagte Robert zu Milena: „Ich möchte, dass du gehst, dass du mich freigibst."

Ich hielt vor Schreck die Luft an. Auch mein

Mann und mein Vater schauten entsetzt zu Robert und dann ängstlich zu Milena. Die blieb erstaunlich ruhig, als sie fragte: „Was willst du? Bist du nicht zufrieden mit mir? Mache ich etwas, was dir missfällt?"

„Mit dir hat das nichts zu tun. Ich liebe einfach eine andere Frau. Ich kann an nichts anderes mehr denken als immer nur an sie. Ich komme um vor Sehnsucht, wenn ich sie nicht sehe."

Milena blieb noch immer ruhig. „Das geht vorüber. Du wirst sie vergessen." Dann wurde ihre Stimme schrill: „Du bist mit mir verheiratet. Du hast es in der Kirche versprochen, vor Gott!"

„Ich weiß das alles,"

„Sei doch vernünftig, Junge", mischte ich mich ein. Ich fühlte, dass Robert einen riesengroßen Fehler machte, wenn er jetzt alles zerstörte. Und mir tat Milena unendlich leid. Ich sah ihr an, wie Roberts Worte so langsam ihr Hirn erreichten und wie sie sich in ihr Herz bohrten.

„Wirst du gehen? Wirst du mich freigeben?", hakte Robert energischer nach.

Milena schrie: „Nein, das werde ich nicht. Niemals! Ich bin deine Frau. Ich bleibe deine Frau. Für immer."

„Aber ich liebe eine Andere. Verstehst du das nicht?"

„Ich verstehe. Aber ich werde nicht gehen. Ich bleibe bei dir, wie ich es vor Gott versprochen habe. In guten wie in schlechten Zeiten."

Jetzt weinte sie.

„Gut, dann gehe ICH." Robert erhob sich und ging aus dem Zimmer. Er ging nicht aus dem Haus, sondern hinauf in seine Dachwohnung. Milena schöpfte Hoffnung. Sie sprang auf und lief ihm nach. Kurz darauf hörte ich sie schreien. Mein Vater zuckte zusammen.

„Er packt", sagte ich, das war mir plötzlich klar geworden.

Von diesem Tag an war die Stimmung im Haus unerträglich. Milena machte zwar wie bisher ihre Arbeit zuverlässig und gründlich, sie kümmerte sich um unseren Haushalt und um meinen Vater, aber sie sang nicht mehr, sie sprang die Treppen nicht mehr herunter. Sie weinte und sie hoffte. Sie wartete.

Uns tat sie unsagbar leid, wie sie so klein und verloren wirkte und sich trotzdem bemühte, alles richtig zu machen. Wir verstanden Robert nicht. Wie konnte er so eine Frau verlassen? Wie konnte er es übers Herz bringen, ein Mädchen, das ihn über alles liebte, so zu verletzen?

Die Situation schien mir völlig verrückt: unser Sohn war weg und seine Frau, mit der er nicht mehr leben wollte, lebte in unserem Haus.

Weihnachten. Am ersten Feiertag besuchte uns Robert. Aber keiner wagte es, seine große Freude über das Wiedersehen nach so langer Zeit offen zu zeigen. Milena belauerte jede von Roberts Regungen, während es mein Vater mit versteinertem Gesicht vermied, Robert anzusehen. Mein Mann wippte nervös mit seinem Fuß auf und ab und mir war zwischen all den verkrampften Leuten sehr unbehaglich zumute.

„Meine Freundin ist schwanger, wir bekommen Anfang Mai unser Kind. Wir wollen vorher heiraten."

„Du kannst nicht heiraten. Du bist schon verheiratet."

„Ich will jetzt die Scheidung. Das wird leicht gehen, weil wir seit über einem Jahr getrennt leben."

Milena sagte nichts. Sie sackte einfach in sich zusammen. Ich wusste nicht, wie ich ihr helfen könnte. Es war auch nicht möglich, sie war völlig untröstlich.

Im Sommer besuchte uns Robert, während Milena arbeitete. Er zeigte uns Bilder von seinem Kind und seiner Freundin. Sie waren noch nicht verheiratet, weil sich die Scheidung wegen Milenas Weigerung so lange hinzog. Irgendwann sah Milena ein, dass sie ihre Ehe, die schon lange keine mehr war, nicht allein fortführen konnte.

Auch mir wurde plötzlich klar, dass es keinen Sinn hatte, sich so lange Zeit über Dinge aufzuregen, die ich nicht ändern konnte.

Ich merkte, wie sehr ich meinen Sohn vermisst hatte. Und ich spürte ein fast unstillbares Verlangen, mein Enkelkind endlich im Arm zu halten und war auch bereit, seine Mutter kennenzulernen.

Ich traf eine Entscheidung: ich musste noch heute mit Milena sprechen und sie bitten, so schnell wir möglich aus unserem Haus auszuziehen.

Kammermusik

„Sei nicht traurig, Elisabeth!"
Sie mochte es nicht, wenn ihr Freund Elisabeth zu ihr sagte. Alle Welt rief sie Lisa. Nur ihr Freund Maximilian nannte sie konsequent mit dem vollen Namen. Nicht nur, weil er ihren Namen schön und edel fand, er mochte keine Abkürzungen und keine Verniedlichungen. Sie durfte ihn selbstverständlich nie Max nennen, sondern immer Ma-xi-mi-li-an. Furchtbar. Furchtbar lang. Furchtbar langweilig.
Nicht einmal Kosenamen waren gestattet, Schatz fand er übertrieben, Liebling albern und niedliche Tiernamen kämen sowieso nie in Frage. Das war nicht schlimm, nur unge-wöhnlich. Und es wirkte immer ein wenig steif und ernst. Und es passte gar nicht zu Maximilian, der ein eher offener, temperament-voller und witziger junger Mann war. Nicht so ruhig und verschlossen wie sie selbst.
„Elisabeth, nun weine doch nicht! Du wirst eine wunderschöne Zeit haben. Amerika! Das Land der unbegrenzten Möglichkeiten. Du wirst viel sehen und erleben."

„Ich weiß. Aber ohne dich."

„Mir tut es auch leid, Elisabeth. Ich kann mein Seminar nicht verschieben."

„Du hättest es genauso gut in einem halben Jahr machen können." Sie sprach nicht weiter. Es hatte keinen Sinn. Auch Maximilian sagte nichts mehr.

Sie spielten beide bei den Philharmonikern Flöte. Jetzt hatten sie die einmalige Chance, zusammen mit der neu gegründeten Kammerflötengruppe vier Monate durch Amerika zu reisen. Und ausgerechnet jetzt wollte Maximilian seinen Dirigentenlehrgang fortsetzen. Sie wusste, dass er sich schon sehr früh für den sehr teuren Lehrgang anmelden musste, um sich einen Platz zu sichern. Aber sie konnte nicht verstehen, dass er auf vier Monate Konzertreise mit ihr zusammen verzichtet. Die Gruppe bestand aus sieben Musikern, von denen Lisa bereits drei kannte. Ohne Maximilian vier Monate mit nahezu fremden Leuten in einem fremden Land - das gefiel ihr gar nicht.

„Zu deinem Geburtstag schicke ich dir einen großen Blumenstrauß", nahm Maximilian das Gespräch wieder auf.

„Ich will keine Blumen, ich will dich."

„Jetzt wirst du kindisch." Maximilian fasste sie um die Schulter und schob sie zur Passkontrolle. „Du musst los."

Als sie sich später noch einmal umdrehte, rief Maximilian: „Wenn du wieder hier bist, reden wir über die Hochzeit. Versprochen."

Lisa lief rot an. Wie kann er ihr so ordinär laut hinterher rufen und die Hochzeit hinausschreien? Sie hatte das Gefühl, dass sich alle Passagiere nach ihr umdrehten, mit den Fingern auf sie zeigten und über sie tuschelten. Schnell nahm sie ihre Handtasche hoch und kramte darin herum, ohne wirklich etwas zu suchen. Nur nichts sehen und schnell weg hier.

„Lisa! Hier sind wir!"

Sie hob den Kopf und schaute sich suchend um. Nur wenige Meter von ihr entfernt wedelte Babs mit beiden Armen. Zu Babs sagte Maximilian selbstverständlich Barbara.

„Steffi und Mats kennst du." In Gedanken übersetzte sie Stefanie und Matthias. „Zur Truppe gehören noch Tobias, Carla und Isolde." Sie gab jedem die Hand.

Im Flugzeug setzte sich Tobias neben sie. „Ich bin das Fagott."

Sie lächelte und sagte: „Ich spiele Quer und

Piccolo."

Sie mochte Tobias sofort.

Tobias war ein unglaublich guter Unterhalter. Er lenkte geschickt das Gespräch und hakte sofort nach, wenn er merkte, dass das Thema Lisa interessierte. Sie sprachen über Musik, ihre bisherigen Konzerte, Dirigenten, Komponisten, Zukunftspläne. Tobias liebte die Alpen ebenso sehr wie Lisa und wusste tausend Geschichten spannend zu erzählen. Lisa hörte lieber zu als dass sie sprach. Und ihr gefiel alles, was sie während der acht Flugstunden so hörte.

Bei ihrer Ankunft im Hotel war sie zwar müde, aber durch Tobis Unterhaltung und die Fahrt durch Manhattan regelrecht aufgewühlt. Sie stellte nur ihre Tasche in ihrem Hotelzimmer ab, das sie mit Babs und Steffi teilte, und ging sofort raus auf die belebte Straße. Gegen das unglaubliche Gewühl und Gedränge auf den Fußwegen und den Verkehr auf der breiten Straße kam ihr die Innenstadt von Frankfurt direkt wie eine geordnete Ruheoase vor.

Vor einem Schaufenster mit lustig bunter Mode aus den 50ern blieb sie stehen. Sie überlegte, ob sie das knallrote Kleid mit den weißen Punkten und dem Pettikot tragen und zu welchem Anlass sie so etwas überhaupt anziehen könnte. In diesem Moment legten sich zwei starke Arme um ihre Schultern und sie zuckte erschrocken zusammen. Im gleichen Augenblick erkannte sie Tobi, der sie zu sich herumdrehte und seine Wange an ihre lehnte.

„Entschuldige, Süße. Ich wollte dich auf gar keinen Fall erschrecken. Ich habe mich so riesig gefreut, dich hier stehen zu sehen." Er nahm ihren Kopf zwischen seine Hände, lachte sie an und bat: „Verzeihst du mir, bitte?"

Noch ehe sie antworten konnte, ergriff er ihre Hand und zeigte mit der anderen auf die gegonüberliegende Straßenseite.

„Als Buße werde ich dich jetzt dorthin einladen zu einem wohlschmeckenden amerikanischen Kaffee im Pappbecher." Tobi verzog das Gesicht und schüttelte sich.

Nun musste Lisa lachen und sagte: „Einverstanden."

Von da an waren sie unzertrennlich und ab Boston ein Paar, Sie teilten sich in jedem Hotel ein Doppelzimmer, saßen im Tourenbus dicht nebeneinander und Lisa war die glücklichste junge Frau, die man sich nur vorstellen kann. Ihr war, als liebe sie zum ersten Mal in ihrem

Leben. Tobi war ständig um sie bemüht, überraschte sie oft mit Kleinigkeiten wie einer Blume, einer hübschen Postkarte, einer lustigen Haarspange. Er liebte ihre braunen Haare und konnte nicht verstehen, dass junge Frauen wie Babs ihre Haare grau färbten. Babs fand das edel. In Wirklichkeit macht es einfach nur älter. Und wenn sie eines Tages tatsächlich echte graue Haare haben wird, färbt sie diese wahrscheinlich schwarz oder gelb mit Streifen. Haarefärben fanden sie beide unsinnig.

Die Konzertreise war ein absoluter Traum. Von Boston ging es nach Manchester, Montpelier und Albany und schließlich zurück nach New York. Sie spielten immer in ausverkauften Häusern. Nach zwei Abschlusskonzerten in Manhattan sollte es zurück nach Frankfurt gehen.

Heute war das vorletzte Konzert in Manhattans Kulturzentrum und Lisas 30. Geburtstag. Eigentlich hatte sie sich auf einen romantischen Abend mit Tobi gefreut, aber die anderen Musiker ihrer Gruppe planten eine kleine Feier in der Hotelbar nach einem gemeinsamen späten Abendessen.

Der Saal war voll. Sie spielten Hindemith und

Lisa hatte ein kleines Solo mit der Querflöte. Als sich alle zum Schluss verbeugten, kam ein Mann auf die Bühne mit einem riesigen Blumenstrauß, den er komplett nur Lisa übergab. Sie verschwand direkt hinter den vielen Blumen.

„Herzlichen Glückwunsch zum Geburtstag, liebe Elisabeth."

Lisa wurde puterrot – ihr war es peinlich und außerdem konnte sie den schweren überdimensionalen Blumenstrauß nicht mehr halten. Tobi musste das gemerkt haben. Er nahm ihr den Strauß ab. Aber Lisa hätte sich am liebsten sofort wieder dahinter versteckt, denn zu ihren Füßen kniete Maximilian und ergriff theatralisch ihre Hände.

„Nicht, bitte nicht", formte sie mit ihren Lippen und schüttelte leicht den Kopf. Doch Maximilian war nicht mehr zu stoppen. Er rezitierte Kahlau: „Ich liebe dich heißt auch: Komm, schlaf mit mir. Es kann auch heißen: Lass uns Kinder haben. Ich liebe dich. Ich bin sehr gern bei dir. Lass uns zusammen sein bis zum Begraben."

Sie konnte nur hoffen, dass keiner im Publikum diese deutschen Worte verstand.

Lisa legte Maximilian die Arme um den Hals und schaute ihn an. Dann beugte sie sich zu

Maximilian hinunter und küsste ihn langsam auf den Mund. Jetzt standen beide und wussten nicht so recht, was sie tun oder sagen sollten. Sie wollte nicht antworten – schon gar nicht vor all den fremden Leuten. Die Konzertbesucher waren längst aufgestanden, jubelten ihnen zu und applaudierten. Lisa verbeugte sich kurz in Richtung Zuschauerraum, der inzwischen hell erleuchtet war, dann verschwand sie hinter dem Vorhang.

Immer noch hochrot im Gesicht fuhr sie Maximilian an: „Was hast du dir dabei gedacht?"

„Ich wollte dich überraschen."

„Das ist dir auch gelungen", giftete sie.

„Freust du dich gar nicht?" Maximilians Stimme klang gekränkt.

„Du weißt, dass ich es nicht schätze, so überrumpelt zu werden."

Inzwischen hatten sich die anderen Musiker zu ihnen gesellt. Babs und Steffi zeigten eine betretene Miene, während die anderen eher neugierig wirkten. Babs schaute Maximilian an. „Wir haben einen Tisch bestellt." Dann bestimmte sie: „Komm einfach mit!"

Lisa nickte. „Wir sprechen später", sagte sie zu Maximilian.

Sie konnte Maximilian auf keinen Fall mit in ihr Zimmer nehmen. Es wäre ihr wie Verrat an Tobi vorgekommen. Also zog sie ihn in die hinterste Ecke zu den Sesseln neben der schon abgedunkelten Hotelbar.

Er umfasste ihre Hände. „Ich habe dir zu deinem Geburtstag einen Blumenstrauß versprochen. Ich halte meine Versprechen."

Sie wusste sofort, worauf er anspielte, doch sie schimpfte: „Findest du es nicht übertrieben, dass du mir die Blumen hier in New York selbst übergibst?"

„Nein. Für dich ist mir kein Weg zu weit."

„Jetzt wird er pathetisch und damit lächerlich", dachte sie.

„Ich habe dir geschrieben, dass ich mich in Tobi verliebt habe." Sie wollte schon korrigieren und Tobias sagen, ließ es aber bleiben.

„Ich habe dir nicht geglaubt. Und ich glaube dir auch heute nicht. Ich weiß, dass du mich liebst."

Sie nickte. „Ich liebe dich, aber anders als ich Tobi liebe. Deshalb kann ich zu dir nicht mehr sagen, dass ich dich liebe. Verstehst du?"

„Nein, ich verstehe nicht." Maximilian hielt noch immer ihre Hände.

„Ich begehre Tobi in jeder Minute. Es ist etwas,

das ich nicht kannte: Leidenschaft."

„Sieh ihn dir an! Er ist ein Dandy, ein Blender. Seine Schals, seine engen Hosen, seine Goldkettchen, der schwarze Ring im Ohr." Maximilians Stimme klang verzweifelt.

„Du kennst auch den letzten Vers des Kahlau-Gedichts: `Manchmal entsteht mehr daraus: WIR lieben UNS. Erst dieser Satz hat wirkliches Gewicht.` Verstehst du jetzt?"

„Wie konnte das passieren?"

„Das kann ich dir sagen. Tobi war da, als ich einsam und unglücklich war so ohne dich. Er hat sich um mich gekümmert und brachte mich zum Lachen. Ich habe mich noch nie so lebendig gefühlt wie mit Tobi. Ich fühle mich sicher in seiner Nähe. Ich kann mit ihm über alles reden, er hört mir zu. Er will, was ich will und er fühlt, was ich fühle."

Maximilian schüttelte seinen Kopf. „So etwas gibt es nicht, Elisabeth. Dieser Mann macht dir etwas vor, was gar nicht ist. Wenn er dich wirklich liebte, würde ich das sehen."

„Du kennst ihn nicht, aber ich kenne ihn. Wir sind seit vier Monaten Tag und Nacht zusammen und ich möchte keine einzige Minute missen."

Maximilian machte eine wegwerfende

Bewegung mit der Hand, als ob er aufgibt.

„Ich liebe ihn, hörst du?", sagte Lisa sanft.

„Ich höre, aber ich verstehe nichts. Was wird jetzt aus uns?"

„Es gibt kein UNS mehr. Es tut mir leid." Es tat ihr nicht leid, aber so etwas sagt man wohl in solchen Momenten. „Ich wünsche dir von Herzen alles Gute." Das war ehrlich gemeint. „Jetzt muss ich gehen." Sie stand auf, ging zum Fahrstuhl und ließ ihn einfach sitzen.

Während der letzten Woche in New York genoss sie die Zeit mit Tobi besonders. Sie hatten zusammen für ihre Freunde und Verwandten daheim lustige kleine Geschenke gekauft, von denen sie glaubten, dass es diese in Deutschland nicht gab. Beim Rückflug schmiedeten sie Zukunftspläne und überlegten, in welchem Orchester sie gemeinsam spielen könnten. Sie kuschelte sich zufrieden an Tobi und schlief fest ein.

Nach der Landung in Frankfurt zog sie ihren Koffer vom Gepäckband und drehte sich zu Tobi um. In diesem Moment lief eine junge Frau strahlend an ihr vorbei, rannte sie fast um und warf ihre Arme Tobi um den Hals. Lächelnd schaute Lisa zu – von einer Schwester hatte

Tobi nichts erzählt. Sie merkte, dass die Frau viel jünger war als sie, sie sah wegen der auffallend grauen Haare und der knalligen Schminke im Gesicht nur im ersten Augenblick älter aus. Sie war sehr modisch gekleidet mit einer taillenkurzen schwarzen Jacke, einer sehr engen schwarzen Hose und hochhackigen, leuchtend blauen Pumps. Über dem linken Arm hing wie ein Fremdkörper eine große Tasche von der gleichen blauen Farbe wie die Schuhe.

Das alles hatte Lisa deutlich registriert, während sie bewegungslos am Band stehen blieb und sich nicht entschließen konnte, auf Tobi zuzugehen. Sie stand anderen im Weg und wurde angerempelt, aber sie konnte nicht reagieren, fühlte sich ohnmächtig bei vollem Bewusstsein.

Jetzt küsste Tobi die Frau sehr lange und innig auf den Mund. Dann nahm er eine Hand der Frau und in die andere seinen Koffer. Dann ging er mit der Frau davon, ohne sich noch einmal umzusehen.

Meine Lehrerin

Ich ging damals in die sechste oder siebente Klasse und war dick mit Gabi befreundet. Gabis Vater war unser Bio- und Chemielehrer. Ich mochte ihn nicht, er sprach langsam und duldete keine Zwischenfragen von uns Schülern. Doch wenn ich keine Fragen stellen durfte, war mir schnell langweilig. Der immer gleichbleibende Ton, seine entsetzlich monotone Stimme, die komplett fehlende Leidenschaft seiner leiernd vorgetragenen Lehren machten mich im günstigsten Fall schläfrig, im ungünstigsten aggressiv. Wenn ich es in meiner Bank nicht mehr aushielt, sprang ich auf und schrie meinen Unmut durchs Klassenzimmer. Dann lachten alle, klopften auf ihre Schenkel, trommelten auf die Bänke und machten dumme Bemerkungen, während Gabi rot anlief und ihr Vater mich vor die Tür setzte. Natürlich nicht, ohne mir vorher noch einen Tadel ins Klassenbuch einzutragen. Ich hatte viele solcher Tadel. Sie alle hatten mit meiner Ungeduld zu tun.

Gabi war da ganz anders. Sie war sehr

geduldig und eher wie ihr Vater: still und langsam, langweilig eben. Ich mochte sie trotzdem sehr. Vielleicht, weil sie mir immer ergeben zuhörte und alle Spiele mitspielte, die ich vorschlug.

Mit dem neuen Schuljahr kam eine neue Lehrerin. Sie hieß Melanie Müller, war sehr jung und sehr hübsch. Wir mochten sie sofort. Sie erzählte gern von ihrer sorbischen Heimat. Wenn wir keine Lust auf den Lehrstoff hatten, brachten wir Frau Müller geschickt auf das Thema Sorben und sie tat uns immer den Gefallen und berichtete von ihrer Kindheit in Rosenthal. Schon den Ortsnamen fanden wir romantisch, er klang so märchenhaft. Außerdem sprachen die Sorben eine ganz eigene Sprache, obwohl Rosenthal keine zweihundert Kilometer entfernt war, es lag sogar wie unser Dorf ebenfalls in Sachsen. Frau Müller zeigte uns ein Foto von ihrem Ortsschild, das hatte zwei Sprachen: Rosenthal und darunter stand der Name auf sorbisch: „Rozant" mit ganz seltsamen Strichen über dem O und dem Z. Das fanden wir spannend und baten sie, mit uns in ihrer seltsamen Sprache zu sprechen. Oder zu singen. Sie kannte wunderschöne sorbische Lieder, spielte dazu Gitarre und erzählte von den sorbischen Bräuchen und Kleidern. Wir liebten sie alle. Und wir beneideten vor allem Gabi, weil Frau Müller in ihrem Haus wohnte.

Eines Tages kam Gabi nicht zur Schule. Ich lief am Nachmittag zu ihr. Vielleicht war sie krank. Sie war in letzter Zeit noch ruhiger als sonst, sprach eigentlich überhaupt nicht mehr. Als ich daran dachte, bekam ich ein schlechtes Gewissen, ich hätte sie schon viel früher mal fragen sollen, warum sie immer so traurig guckt und koine Lust mehr zum Spielen hatte. Sie besuchte mich nicht mehr und wollte auch nicht, dass ich zu ihr komme. Wir hatten uns nicht gestritten, das taten wir sowieso nie, weil Gabi alles gut fand, was ich sagte oder tat. Meist lagen wir nebeneinander auf ihrem breiten Bett und lasen uns gegenseitig Texte aus Büchern vor, Gabi hatte mindestens ebenso viele Bücher wie ich. Oder wir träumten von unserer Zukunft, überlegten, welchen Beruf wir lernen sollten. Ich wollte unbedingt Lehrer werden, daran gab es überhaupt keinen Zweifel. Gabi mochte Blumen sehr gern und stellte es sich wunderbar vor, in einem

Blumenladen zu stehen und bunte Sträuße zu binden.

Als ich vor Gabis Haus stand, sah ich ein unglaubliches Durcheinander. Ein großer Lastwagen versperrte die gesamte Durchfahrt, ein Sofa stand mitten auf der Wiese, daneben viele Kisten und sogar Stühle.

Ich lief die Treppe nach oben. Dort sah es noch schlimmer aus. Ich quetschte mich zwischen den Kisten und Möbeln hindurch und rief immer wieder nach meiner Freundin, aber ich konnte sie nicht finden.

Schließlich fand ich sie im Schuppen hinter dem Haus. Sie saß in der hintersten Ecke und hatte den Kopf zwischen ihren Armen auf ihren Knien liegen. Mir zog es das Herz zusammen, in diesem Häufchen Elend meine Freundin zu erkennen. Als ich sie vorsichtig an der Schulter berührte, fing sie an zu weinen. Ich setzte mich neben sie und weinte einfach mit. Nach einer Weile erzählte sie mir ihre Geschichte:

Gabi, ihre Schwester und ihre Mutter mussten aus dem Haus ausziehen. Es war das Haus von Gabis Großeltern – bis vor einem Jahr. Vor einem Jahr überschrieben die Großeltern ihr Haus ihrem Schwiegersohn. Warum nicht ihrer

Tochter, das wussten sie selbst nicht. Aber es gab keinen Grund, es dem Mann der Tochter nicht zu überschreiben, denn sie waren seit 15 Jahren verheiratet und hatten zwei Töchter. Alles war in Ordnung. Jedenfalls bis zu dem Tag, an dem Frau Müller in die Dachkammer einzog.

Gabis Vater verliebte sich sofort in Frau Müller. Sie fand nichts dabei, im Haus der Frau ihres Geliebten zu leben und mit ihr Bad und Küche zu teilen. Zum Schlafen ging Gabis Vater immer hoch zu Frau Müller in die Dachkammer und Gabis Mutter weinte. Und nun musste Gabi mit ihrer Schwester und ihrer Mutter ausziehen, weil Frau Müller die große Wohnung brauchte. Sie brauchte auch ein Kinderzimmer, das Zimmer von Gabi und ihrer Schwester, weil Frau Müller schwanger war.

Ich verstand die anderen Lehrer in unserer Schule nicht, die so taten, als wäre alles in Ordnung. Dabei schimpften sie ganz sicher daheim in ihren Wohnungen genauso heftig wie meine Eltern über Gabis Vater und seine sorbische Schlampe.

Ich habe jedenfalls nie wieder Gabis Vater angesehen, auch nicht meine Lehrerin Frau

Müller. Beide waren von da an einfach Luft für mich. Und ich habe auch nie mehr mit ihnen gesprochen, mich weder gemeldet, um etwas zu sagen, noch wie früher einfach dazwischengeredet. Ein zusätzlicher Vorteil davon war, dass ich nun keine Tadel mehr bekam.

Das alles ist nun schon mehr als dreißig Jahre her. Heute hätte meine Freundin nicht aus ihrem Haus ausziehen müssen. Heute könnte man dem Schwiegersohn das Haus wegen grober Undankbarkeit wieder abnehmen und ihn samt seiner Freundin einfach wegschicken.

Der neue Anwalt

Tanja saß in ihrer Wohnung auf dem Stuhl oder eher nur auf der Kante. Sie hatte den Tisch hübsch gedeckt und Kerzen aufgestellt. Sie wartete auf ihren Freund Boris. Ihm musste sie gleich Boris erzählen, was der Arzt festgestellt hatte.

„Ich bin schwanger", verkündete sie freudig.
Tanja konnte in seinen Augen nicht lesen, was er fühlte oder dachte, denn sein Gesicht war gleichbleibend starr wie eine Maske. Wenn sie wütend war, schimpfte sie ihn Pokerface. Boris war Anwalt und hatte sich angewöhnt, nichts von seinen Gedanken und Gefühlen zu zeigen. Weder seine Klienten noch seine Kollegen in der Kanzlei, nicht einmal Tanja ließ er irgendeine Regung erkennen.
„Freust du dich?", hakte sie ungeduldig nach.
„Aber natürlich freue ich mich, riesig sogar."
Boris zog Tanja auf seinen Schoß und drückte sie an sich. Nun konnte sie wieder nicht sein Gesicht sehen. Aber das hätte auch nichts gebracht, sein Gesicht war und blieb wie aus

Stein gemeißelt.

Das war bei ihr anders. In ihr konnten selbst völlig fremde Leute lesen wie in einem aufgeschlagenen Buch. Man sah ihr sofort und sehr deutlich an, ob sie sich wunderte, freute, ärgerte oder ob sie unsicher war.

Privat störte das nicht, aber in der Anwaltskanzlei, in der sie arbeitete, sorgte es oft für Ärger, dass sie nicht einmal zuverlässig lügen konnte. Sie traute sich nie zu sagen, dass sie nicht lügen WOLLTE. Warum sollte sie den Klienten irgendetwas weismachen, was gar nicht stimmte? Die Leute würden wie jeder normale Mensch die Wahrheit verstehen und verkraften. Und wenn nicht, war es trotzdem besser als belogen und betrogen zu werden. Davon hielt sie gar nichts. Aber das sahen ihre Kollegen und Chefs anders. Sie bezeichneten ihre permanente Freundlichkeit als Schwäche. Auch Boris tat das.

„Nimmst du etwa nicht die Pille?"

„Du hast mich nie gefragt, ob ich die Pille nehme."

„Warum hätte ich dich fragen sollen? Es ist nun wirklich Sache der Frau, etwas zu tun, damit sie nicht schwanger wird. Ich habe dir eben vertraut."

„Du hast darauf vertraut, dass ich kein Kind will", flüsterte Tanja fassungslos.

„Willst du es etwa behalten?"

Erschrocken sprang Tanja von seinem Schoß.

„Du willst das Kind nicht?!"

„Es geht nicht um mich. Es ist allein deine Entscheidung, denn allein du musst es austragen und im Ernstfall die Konsequenzen tragen."

Das kannte sie zur Genüge. Er überließ ihr die Entscheidung, um diese hinterher detailliert auseinanderzunehmen und zu kritisieren.

„Du sagst mir jetzt, dass es allein MEIN Kind ist und nicht UNSER Kind," Tanja hoffte, dass er ihr widerspricht, aber Boris war ganz Anwalt und dabei, die Schuldfrage zu klären.

„In welchem Monat bist du?"

„Im fünften."

Boris nickte. „Das heißt, du hast entschieden und teilst mir jetzt deine Entscheidung mit. Für Verhandlungen ist es bereits zu spät. Du hast mich reingelegt."

„Wie meinst du das?" Sie wusste sofort, was er meinte und ärgerte sich über ihre unsinnige Frage. „Ich vertrage die Pille nicht", setzte sie hinzu und ihr war klar, dass es wie eine klägliche Verteidigung wirkte. Trotzdem sprach sie weiter und versuchte, nicht in Tränen auszubrechen. Boris hasste jede Art von Gefühlsausbrüchen und unterstellte ihr diese als berechnende Taktik. „Ich habe meine Tage unregelmäßig und bin wegen Schmerzen im Unterleib erst heute zum Arzt gegangen."

Boris lief wortlos im Zimmer auf und ab, dann ging er, ohne sich von Tanja zu verabschieden.

Es war immer schwierig, mit Boris zu sprechen, vor allem, wenn Tanja etwas klären wollte. Er legte sich nicht gern fest und noch weniger ertrug er, wenn er zu einer Entscheidung gezwungen wurde. Meist wiederholte er ihre letzten Sätze als Frage, was sie rasend machte. Und wenn er antwortete, formulierte er alles so geschickt, dass man gegensätzliches herauslesen und er hinterher sagen konnte, sie habe ihn missverstanden.

Das machte sie wütend und manchmal schrie sie in ihrer Verzweiflung: „Du bist daheim und nicht in deiner blöden Kanzlei."

„Auch du arbeitest in dieser Kanzlei. Möchtest du dir lieber einen anderen blöden Job suchen?"

Eigentlich war sie immer ruhig, sanft und freundlich und sie lächelte viel. Diese ruhige

Freundlichkeit strahlte sie auch aus. Nur Boris verstand es mit einem einzigen Wort, einer Handbewegung, sie in Unruhe zu versetzen, sie aus der Fassung zu bringen. Er irritierte sie manchmal derart, dass sie Dinge sagte, die gar nicht zu ihr passten.

Tanja fühlte sich oft gezwungen, ihre Weiblichkeit zu verdrängen und vor Boris zu verleugnen. Aber sie verstand es nicht, wie ein Mann zu sprechen mit langen komplizierten Wendungen und Phrasen, in denen gar nichts gesagt, sondern nur Leere verdeckt wurde. Oder Gefühle. Boris zeigte niemals Gefühle. Manchmal dachte sie, er habe gar keine. Und wenn er unsicher war, dann versteckte er sich hinter hässlichen Worten, um sie absichtlich zu kränken.

Tanja arbeitete seit einem Jahr in der Kanzlei auf dem Kassberg und hatte sich damals als Sekretärin beworben. Im Arbeitsvertrag nannte sie sich Office Managerin, in der Praxis war das eher eine Empfangsdame. Sie nahm eingehende Anrufe an und leitete sie an den entsprechenden Anwalt oder dessen Gehilfen weiter. Sie empfing die Besucher, kochte Kaffee, sortierte die Eingangspost. Das waren alles leichte Arbeiten.

Nur das Arbeiten selbst in der Kanzlei zwischen den ernsten Anwälten und ihren noch ernsteren Rechtsgehilfen fand sie äußerst anstrengend und mühsam, da der Alltag aus einer schier endlosen Liste von Gesetzmäßigkeiten, Vorschriften und Rechtsbelehrungen bestand. Normale menschliche Fehler kamen einer Katastrophe gleich, gelacht wurde praktisch nie.

Die vier Anwälte trugen ausnahmslos schwarze Anzüge und weiße Hemden, die Anwaltshilfen ebenfalls bzw. schwarze Kostüme und weiße Blusen. Auch bei Tanja bestand man auf schwarzer Kleidung in Kombination mit Weiß, nicht einmal ein buntes Tuch war erlaubt. Dabei mochte Tanja Farben sehr gern, ganz besonders bei der Kleidung. Die Arbeitsatmosphäre war entsprechend trocken, sehr ernst und wegen der schwarzen Kleidung empfand sie es als bedrückend.

In der Kanzlei gab es keine einzige zweckfreie Unterhaltung. Es ging immer nur um Termine, Verhandlungen, taktische Schritte – nie um Gefühle, immer musste einzig der Fall gewonnen werden. Diesem war jedes Gespräch, jeder Brief, jedes Telefonat untergeordnet. Jede Formulierung war so gefasst, dass sie der Kanzlei bzw. dem Mandanten und somit dem Fall nützte und oft mit der Wahrheit nicht mehr viel zu tun hatte. Sie hatte schnell begriffen, dass Rechtssprechung nicht das gleiche war wie Gerechtigkeit.

Tanja hasste nichts so sehr wie Lügen und glaubte trotz ihrer Erfahrung in der Kanzlei alles, was die Leute ihr sagten, dass sie immer meinten, was sie sagten. Die Kollegen schüttelten die Köpfe und fragten sie, in welcher Welt sie lebe und Boris nannte sie naiv. Selbstverständlich herrschte innerhalb der Kanzlei ein korrekter Umgangston, was Tanja sehr leicht fiel. Sie mochte die Höflichkeitsform lieber als die fast überall benutzte Umgangssprache. Nur bei Boris musste sie aufpassen, dass sie ihn mit Herr Schubert ansprach. Dabei war sie sich sicher, dass jeder ihr und Boris sofort an der Nasenspitze ansah, wie verliebt sie ineinander und dass sie ein Paar waren.

Boris war mit seinen 42 Jahren der jüngste Anwalt der Kanzlei. Er hatte lange studiert und zwischendurch mehrmals einige Monate im Ausland gelebt. Sein Vater war ein bekannter

Richter in Leipzig und verschaffte ihm zuerst den Studienplatz an der Uni in Leipzig, mehrere Praktika beim Amtsgericht und schließlich die Stelle als Anwalt für Arbeitsrecht in der Chemnitzer Kanzlei - lange, bevor er die Prüfung nach dem dritten Anlauf endlich bestand. Während der vielen Nachprüfungen drückte sich Boris fast ein Jahr beim Arbeitsgericht herum und schrieb für einen alten Richter die Urteilsverkündungen. Boris machte sich lustig darüber. Er machte sich auch lustig über seinen strengen Vater, der immer so tat, als sei er das allwissende Schicksal von ganz Leipzig und hätte ihm die Stelle in der Kanzlei gekauft und zum Geburtstag geschenkt.

Boris besuchte seine Eltern an jedem Wochenende. Er sagte, dass er dazu keine Lust habe, aber seine Mutter darauf bestünde und keine Entschuldigung dulde.

Die Mutter war pensionierte Lehrerin der Unterstufe. Auch darüber machte sich Boris lustig. Das heißt, lustig war dieses Lustig-machen eigentlich nicht, es war reiner Sarkasmus. Boris sprach nie liebevoll von seinen Eltern und erinnerte sich nicht gern an seine Kindheit. Er konnte sich an keinen einzigen Moment erinnern, an dem ihn Vater oder Mutter jemals auf den Schoß oder in den Arm genommen oder gar geküsst hätten. Er war Einzelkind und wurde sehr streng erzogen mit vielen Vorschriften, Pflichten und harten Strafen für das Nichteinhalten einer Vorschrift und Nichtausführen einer Pflicht.

Tanja mochte anfangs Boris nicht. Trotzdem brauchte er nicht lange, um sie zu erobern. Sie waren beide fremd in Chemnitz und hatten hier keine Freunde, so konnten sie ungestört zu zweit glücklich sein. Sie kochten zusammen, immer bei ihr, weil sie näher an der Kanzlei wohnte – keine zehn Fußminuten entfernt. Doch meist gingen sie essen. In ihrem Viertel gab es mehrere gute Gasthöfe, einen Syrer, zwei Italiener, einen Griechen, sogar einen Ungarn, keinen Deutschen. Sie verbrachten die meisten Abende miteinander und mit den Abenden auch einige Nächte.

„Ich bin schon 27 Jahre alt und habe mir immer vorgestellt, mein erstes Kind mit 25 zu haben, mit 50 Oma zu werden und mit 75 Ur-Oma."
„Du und deine seltsamen Vorstellungen." Boris schüttelte den Kopf. „Wer will schon vor seinem

40. Lebensjahr ein Kind? Man will leben."

„Aber ein Kind IST das Leben! Man lebt im Grunde erst richtig, wenn man ein Kind hat."

„Für mich bedeutet ein Kind eher Verantwortung und Einschränkung."

„Also sind wir beide zwei Jahre drüber."

„Drüber? Was soll das heißen?"

„Ich wollte ein Kind mit 25 und bin nun 27 Jahre alt. Und du sagst, besser erst ab 40 ein Kind und bist inzwischen 42. Also ist es für uns beide höchste Zeit, ein Kind zu bekommen."

Tanja lachte. Boris lachte nicht, aber Tanja argumentierte weiter: „Überlege doch mal, wenn unser Kind wie du erst mit 42 ein Kind bekommt, dann bist du 84 Jahre alt. Ein Opa mit 84 Jahren ist wirklich schon sehr alt, ein Opa mit 50 wäre erheblich lustiger für ein Kind. Er kann das Enkel mit in den Urlaub nehmen, schwimmen oder wandern gehen, Schi und Rad fahren und vieles mehr. Ich stelle mir das alles wunderbar vor."

„Du spinnst", rügte Boris.

„Ich habe zwei Omas und zwei Ur-Omas. Nur meine Opas sind leider früh verstorben, immerhin habe ich zwei davon kennengelernt. Meine Mama arbeitet zwar noch, während deine Mutter bereits Rentner ist und auf das

Enkel aufpassen könnte."

„Vergiss es! Nie im Leben würden meine Eltern Enkel hüten."

„Das glaube ich nicht."

„Doch, ich kenne meine Eltern."

„Ich kenne sie nicht, aber nun sollte ich sie kennenlernen. Wann wollen wir es deinen Eltern sagen?"

„Was soll ich ihnen sagen?"

„Na, dass wir ein Kind bekommen und sie Großeltern werden."

„Gar nichts werde ich sagen."

„Ich mag nicht, wenn du dich über mich lustig machst, wenn ich ernsthaft mit dir rede."

„Glaubst du, ich scherze?"

Sie konnte nicht glauben, dass er es seinen Eltern verschweigen wollte.

Tanja hatte zwar gesagt, dass sie die Eltern von Boris kennenlernen will, aber in Wirklichkeit verspürte sie wenig Lust dazu. Das lag an allem, was Boris über sie erzählte und an ihren Berufen.

Ein Richter maßt sich an, über Recht und Unrecht zu urteilen und ein Strafmaß für einen Menschen festzulegen, den er gar nicht kennt. Sie hätte Angst, einen Schuldigen laufen zu lassen oder noch schlimmer, einen Unschuldigen zu verurteilen.

Und eine Lehrerin steht vor einer Klasse und erklärt den Kindern, was richtig und was falsch ist, was man wissen und was man glauben soll und was im Leben wichtig sei, obwohl ein Lehrer vom praktischen Leben sicher nicht viel weiß.

Nein, auf ein Kennenlernen freute sich Tanja nicht, aber es gehörte sich, dass man den Eltern die Freundin vorstellt und von der Schwangerschaft erzählt. Sie verstand nicht, warum Boris ein Geheimnis daraus machen wollte. Oder wollte er sie vor seinen Eltern schützen?

„Meinen Eltern werde ich jedenfalls nicht verschweigen, dass ich schwanger bin. Sie werden sich riesig freuen für mich. Gleich am Wochenende fahren wir nach Freiberg und besuchen sie."

„Hast du vergessen, dass ich am Wochenende in Leipzig bin?"

„Wie lange willst du denn noch jedes Wochenende bei deinen Eltern verbringen? So lange sie leben?"

„Glaubst du, ich muss das mit dir diskutieren? Reicht dir die einfache Information nicht aus, dass ich am Wochenende nicht zur Verfügung stehe?"

„Du musst meine Fragen nicht mit Gegenfragen zerstören." Sie atmete langsam und konzentriert aus, sie wollte sich nicht mit Boris streiten und schon gar nicht, wenn es um ihr gemeinsames Kind ging. „Ich will nicht allein zu meinen Eltern fahren, du solltest dabei sein."

„Ist das so wichtig für dich?"

„Ja, schließlich ist es etwas besonderes, wenn wir von unserem Kind erzählen."

„Ich verstehe. Aber du solltest verstehen, dass ich am Wochenende nicht kann. Wie wäre es, wenn wir morgen Abend zu ihnen fahren?"

Einen Monat später stellte man ihr in der Kanzlei eine hübsche junge Frau mit langen blonden Haaren vor, die sie innerhalb von zwei Tagen einarbeiten sollte. Tanja war ab sofort von der Arbeit freigestellt. Sie sollte sich vom Hausarzt ein entsprechendes Attest besorgen, damit alles seine Ordnung habe.

Tanja reagierte verärgert. „Ich bin nicht krank, sondern schwanger und obendrein glücklich darüber."

Aber es half nichts, die Anwälte waren sich einig, sie musste gehen.

Boris versprach ihr einen längeren Urlaub in seinem Ferienhaus am Plauer See. Sie sollte am besten sofort losfahren, er würde später nachkommen. Im Moment gab es in der Kanzlei viel zu tun, außerdem sollte ein neuer Anwalt für Familienrecht in die Kanzlei aufgenommen werden. Das machte wichtige Gespräche und komplizierte Verträge notwendig. Ungewöhnlich war, dass es ein weiblicher Anwalt sein sollte. Boris erklärte, dass zum Familienrecht eine Frau besser passte als ein Mann. Boris kannte die Frau, sie kam wie er aus Leipzig.

Eigentlich wollte Tanja nicht allein in das Haus am See fahren, sondern lieber auf Boris warten. Aber er hatte plötzlich kaum noch Zeit für sie, er hielt sich bis spät in der Nacht in der Kanzlei auf. Wenn er Tanja besuchte, erzählte er von seinem neuen hochinteressanten Fall, bei dem es um einen Kollegen einer stadtbekannten Steuerkanzlei ging.

Tanja verstand, dass dies Vorrang hatte und Boris fesselte. Aber sie wollte über das Kind sprechen, wo sie als Familie wohnen würden, wie lange sie daheim beim Kind bleiben und welchen Namen sie dem Baby geben sollte. Sie wusste, dass es ein Mädchen wird und wünschte sich einen russischen Vornamen, der sowohl zu Boris als auch zu Tatjana bzw. Tanja passte. Boris schien für all diese Dinge keine Nerven zu haben. Also entschloss sie sich schweren Herzens, allein in sein Haus an den Plauer See zu fahren, obwohl sie kein gutes Gefühl dabei hatte.

Sie wusste, dass sie in seinem Kopf und in seinem Herzen ist, aber sie wusste auch, dass sie darin nicht viel Platz einnahm.

Die letzte Nacht vor ihrer Abfahrt hatten sie zusammen in ihrer Wohnung verbracht. Seit einer Stunde war das Licht aus, aber im Zimmer war es hell von der Straßenlaterne und der Reklame des Lokals gegenüber. Sie hatte das Fenster geschlossen, hörte aber das Rauschen der vorbeifahrenden Autos auf der Straße und sah, wie die Lichtkegel ihrer Scheinwerfer beim Näherkommen erst größer wurden und gleich darauf wieder kleiner. Sie hörte Boris ruhig atmen, er schlief, aber sie fand keine Ruhe und auch keinen Schlaf.

Auch am See fand sie keinen Schlaf. Sie las lange bis weit nach Mitternacht. Wenn sie das Licht löschte, war es schlagartig stockdunkel und man hörte gar nichts mehr. Das beruhigte sie nicht, es machte ihr Angst, sie fühlte sich wie lebendig begraben. Das Haus war viel zu groß für sie allein und sie fühlte sich schrecklich einsam.

Nur die täglichen Spaziergänge am See entlang gefielen ihr wirklich. Dabei entspannte sie wunderbar. Es gab einen Weg direkt am Wasser entlang zwischen riesigen alten Eichen. Sie schaute den Vögeln auf dem Wasser zu und den Vögeln in den Sträuchern und Bäumen und den Vögeln in der Luft. Ihr kamen, während sie so spazieren ging, tausenderlei Sachen in den Sinn, die sie Boris fragen oder über die sie mit ihm sprechen wollte. Aber Boris war nicht da und es gab auch sonst keine Gelegenheit zu reden.

Da begann sie, all ihre Gedanken aufzu-schreiben, zuerst auf einen einfachen Block einen Gedanken nach dem anderen wie in einem Tagebuch. Später gab sie jedem Gedanken eine Überschrift und ordnete sie auf Zetteln alphabetisch. Die wichtigen Worte wie Liebe, Sehnsucht, Verzweiflung, Einsamkeit hob sie mit einem gelben Textmarker hervor, um sie schneller wiederzufinden. Das Formulieren ihrer Gedanken half ihr, diese zu gewichten. Und sie wurde ruhiger.

Boris schickte ihr nette kleine Nachrichten aufs Handy und rief hin und wieder an. In der dritten Woche kamen keine Anrufe mehr. Auch Boris kam nicht.

Tanja versuchte täglich, Boris telefonisch zu erreichen, doch sie erwischte immer nur die Mailbox, auf die sie lustige Texte sprach. Zumindest am Anfang. Irgendwann gab sie es auf.

In ihrer Einsamkeit telefonierte sie täglich mit ihrer Schwester Anna. Anna verstand es, Tanja aufzumuntern. Schließlich bestimmte sie: „Du kommst hierher nach Freiberg und bleibst bis zur Entbindung in unserem alten Kinderzimmer. Du weißt doch, dass sie im letzten Jahr ein modernes Gästezimmer daraus gemacht haben. Mutti ist Hebamme und kann deine Kleine ebenso wie meine Beiden zur Welt bringen. Das würde sie freuen und du bist gut aufgehoben."

„Ich weiß nicht. Ich sollte lieber hier auf Boris warten."

„Ich traue dem Mistkerl nicht. Vergiss ihn! Denke lieber endlich an dich und vor allem an das Kind."

Tanjas Schwester Anna wohnte mit ihrem Mann

und den zwei Kindern ganz in der Nähe der Eltern, sie könnten sich täglich sehen.

„Mein Baby ist inzwischen drei Wochen alt und du hast es überhaupt noch nicht gesehen, so lange warst du schon nicht mehr daheim. Also gib dir einen Ruck, packe deine Sachen und komme hierher. Sofort."

Tanja beschloss, Annas Vorschlag anzunehmen.

Vorher musste sie zurück in ihre Chemnitzer Wohnung, ihre Sachen packen und vor allem musste sie in die Kanzlei und Boris zur Rede stellen.

Das neue Mädchen am Empfang erkannte sie nicht. Sie begrüßte sie kühl und förmlich.

„Guten Tag. Zu wem möchten Sie bitte? Haben Sie einen Termin?"

„Nein, ich habe keinen Termin. Ich möchte mit Herrn Schubert sprechen, es ist dringend. Mein Name ist Tatjana Böhme."

„Worum geht es bitte?"

„Es ist eine private Angelegenheit."

„Einen Augenblick, ich frage mal nach, ob Herr Schubert Zeit für Sie hat."

Boris kam mit federndem Schritt aus seinem Büro und rief schon von weitem: „Frau Böhme,

wie schön, Sie zu sehen. Wie geht es Ihnen?",
und streckte ihr beide Hände entgegen. Er zog
sie zum Besucherzimmer, dort deutete er mit
der Hand auf einen der Sessel, auf den sie sich
setzen sollte.

„Viel Zeit habe ich nicht. Aber erzähle: wie ist
es dir ergangen? Wir haben uns lange nicht
gesehen."

„Weil du nicht wie versprochen gekommen
bist."

„Ich konnte hier nicht weg. Habe ich das nicht
gesagt?"

„Und du konntest auch nicht anrufen?"

„Doch, das hätte ich gekonnt. Nur tagsüber
ging es nicht, ich war zu eingespannt und am
Abend zu kaputt. Außerdem wusste ich nicht,
ob ich dich gerade störe, ob du vielleicht
gerade schläfst."

„Nein, das konntest du nicht wissen, natürlich
nicht."

Tanja reckte sich und atmete tief ein und wieder
aus. Dann sprach sie laut und gefasst: „Boris,
wie geht es jetzt weiter mit uns?"

„Willst du das hier besprechen?"

„Wo sonst? Ich sehe dich nicht mehr."

„Heute kann ich nicht, morgen ist
Verhandlung ..."

„Danach kommt das Wochenende."

„Richtig, Wochenende geht sowieso nicht. Also nächsten Mittwoch könnte ich am Abend mal schnell vorbeikommen."

„Mal schnell vorbei – vermutlich, bevor du zum Sport willst. Mittwoch ist doch dein Trainingstag."

„So, ich muss." Boris stand auf und verabschiedete sich laut mit einem herzlichen Händedruck von Frau Böhme und federte mit langen Schritten davon.

Die Eltern freuten sich sehr, dass ihre Tochter bei ihnen einzog. Tanja tat es gut, bei ihnen zu wohnen und sich verwöhnen zu lassen, täglich ihre Schwester zu sehen und mit ihr über all ihre Gedanken und Sorgen reden zu können. Der freundliche und angenehme Umgang mit der Familie und vor allem das kleine Baby der Schwester halfen ihr sehr, sich auf die Geburt ihrer eigenen Tochter zu freuen.

„Wie willst du die Kleine nennen?"

„Katharina."

„Oh, wie schön!", freute sich die Mutter. „Oder Karina wie die große russische Tänzerin Karina Sakissova."

Tanja lachte. Ihre Mutter schwärmte vom

klassischen Ballett und besonders von russischen Tänzern. Deshalb hatten ihre Mädchen russische Namen. Tatjana nach Tatjana Gsovsky und Anna nach der berühmten Tänzerin Anna Pawlowa.

Tanja nutzte die Zeit, sich mit einigen ihrer alten Schulfreundinnen zu treffen, die noch in Freiberg wohnten. Die alten Freunde wussten nicht, dass sie seit mehr als einem Jahr in Chemnitz lebte. Sie fragten auch nicht, sondern gingen davon aus, dass alles so war wie früher. Die einzige Frage betraf immer ihre Schwangerschaft, wann es soweit wäre, ob es ein Junge oder ein Mädchen wird und endete mit der Feststellung: „Hauptsache gesund." Man wünschte sich Glück und ging auseinander.

Tanja schrieb weiter alles auf, was ihr durch den Kopf ging und was sie so bewegte.

Boris schickte ihr nur kurze Nachrichten aufs Handy, obwohl sie ihren Laptop mit in Freiberg hatte und auf lange Briefe hoffte.

Nach Katharinas Geburt schickte sie Boris eine Mail mit einem Foto von ihr und dem Kind und den üblichen Angaben wie Gewicht und Größe, aber sie schrieb nichts weiter dazu. Es kam keine Antwort, kein Glückwunsch, keine Blumen und vor allem kein Boris.

Tanja verstand das nicht. Was konnte nur passiert sein? War es aus zwischen ihr und Boris? Wollte er sie nicht mehr mit dem Kind? Hatte er sich neu verliebt? Warum schwieg er?

Tanjas Vater wollte Boris in der Kanzlei aufsuchen und zur Rede stellen, Ordnung schaffen wie er es nannte. Aber das wollte Tanja nicht. Das musste sie selbst klären.

Oma sagte immer: „Leid währt nicht immer, Ungeduld macht´s schlimmer." Geduld ist ein Zeichen von Reife, aber Tanja war nicht geduldig.

Drei Wochen später packte Tanja die kleine Kati ins Auto und fuhr direkt nach Chemnitz zur Kanzlei. Sie hatte sich einen Termin wegen einer Familienangelegenheit geben lassen. Das war nicht einmal gelogen, trotzdem schämte sie sich, nicht mit offenen Karten gespielt zu haben.

„Guten Tag. Mein Name ist Böhme, Tatjana Böhme. Ich hatte angerufen und um einen Termin mit Herrn Schubert gebeten."

„Sie sagten, es ginge um eine Familien-angelegenheit? Nehmen Sie bitte einen

Moment nebenan im Konferenzraum Platz."

Konferenzraum. Tanja musste schmunzeln. Sie hatte sich kaum einen Platz am Fenster gesucht und die Decke, die die kleine Kati wärmte, zurückgeschlagen, als eine junge Frau im königsblauen Kostüm zur Tür herein kam. Sie sah sehr vornehm und ausgesprochen gut aus. Besonders ungewöhnlich war die wunderschöne Farbe ihres Kostüms zwischen all den gewohnt schwarzen Anzügen. Die Frau lächelte Tanja an und fragte: „Frau Böhme?"

Tanja nickte.

„Bitte kommen Sie mit in mein Zimmer."

Tanja folgte der jungen Frau.

„Oh! Sie entschuldigen, ich habe mich noch gar nicht vorgestellt. Mein Name ist Schubert, Charlotte Schubert."

Schubert. Irritiert schaute Tanja die Frau an. Ihr wurde übel und sie sank erschöpft auf den nächsten Stuhl.

„Ist Ihnen nicht gut?" Schnell griff Frau Schubert nach dem Säugling, der schon bedrohlich schräg in Tanjas Armen hing.

„Alles wird gut", sagte die Anwältin. Sie setzte sich direkt neben Tanja und griff nach ihrer Hand. „Ich kümmere mich um Sie. Erzählen Sie, was passiert ist, ich werde Ihnen helfen.

Ich bin Fachanwältin für Familienrecht."
Tanja sagte nichts. Sie brachte kein Wort über die Lippen. Sie schaute nur wie erstarrt auf den Schreibtisch, wo ein großes Familienfoto stand mit einer glücklichen Familie: zwei süße Kinder von ungefähr sechs und acht Jahren, Frau Schubert und ihr Mann Boris.

Ein ungewöhnlicher Vorschlag

Julia schien es, als sei dies schon immer ihr Leben gewesen, als habe sie schon immer hier auf dem Land in diesem schönen großen Haus mit ihren drei Kindern gewohnt. Dabei waren sie erst vor zwei Jahren aus der Großstadt hierher gezogen, nachdem die kleine Hanna geboren war. Die beiden größeren Buben besuchten im Nachbardorf die Grundschule.

Sie genoss ihr wunderschönes Leben und liebte ihren ausgefüllten Alltag. Am Morgen frühstückten sie alle gemeinsam, danach gingen die beiden Großen zum Schulbus und ihr Mann Ben fuhr in die Stadt zur Arbeit. Sie kümmerte sich um die Kleine und den Haushalt. Während sie das Mittag kochte und oft nebenbei einen Kuchen backte, schlief Hanna.

Nach dem Mittag unternahm sie immer etwas mit den Kindern. Mal gingen sie im nahen Wald spazieren, mal fuhren sie zu dem einem oder anderen besonderen Spielplatz, mal gingen sie schwimmen, mal besuchten sie Freunde oder hatten die Freunde ihrer Kinder zu Besuch, mal pflückten sie Erdbeeren auf einem Feld und kochten anschließend davon eine Grütze und zuckerten die besten für ein leckeres Kompott ein.

Als Ben noch im Service beschäftigt war, konnte er seine Familie oft begleiten. Doch seit er im Vertrieb arbeitete, kam er selten vor 20 Uhr nach Hause. Da lagen die Kinder schon im Bett. Während Ben das Abendessen kaute, erzählte ihm Julia wichtiges und lustiges über die Kinder. Sie hätte sich gern noch lange mit Ben unterhalten, aber sie wusste, dass er erst einmal seine Ruhe brauchte. Immer, wenn sie etwas mit ihm besprechen wollte, musste sie warten bis zu einem Spaziergang im Wald am Wochenende. Oder wenn sie zusammen im Auto saßen, da konnte er nicht weglaufen und auch nicht nach der Zeitung oder der Fernbedienung greifen. Trotzdem war ein Gespräch mit Ben immer schwierig, weil er Streit hasste. Und jede Meinungsverschieden-heit war für ihn ein Streit. Er mochte sich daran nicht beteiligen und antwortete nicht. Das machte sie wütend und sie redete heftiger und intensiver auf ihn ein. Dann ging er schneller oder er fuhr schneller und beendete somit das

Gespräch. Daheim saß Ben gern bis nach Mitternacht in seinem Sessel, die Zeitung auf dem Schoß, die Fernbedienung auf der Sessellehne und schaute in den Fernseher. Sie ging immer pünktlich 22 Uhr ins Bett, immer allein.

Früher hatte sie noch gelesen, bis Ben ins Bett kam. Sie wusste nicht mehr, wann sie damit aufgehört hatte. Meist hatten sie sich dann noch geliebt, bevor sie sich eine gute Nacht wünschten und Rücken an Rücken einschliefen.

Die letzte Liebesnacht war länger als drei Monate her. So eine lange Pause hatte es bisher noch nie gegeben, nicht einmal nach der Geburt der Kinder. Hatte er seiner Geliebten versprochen, nicht mehr mit seiner Frau zu schlafen? Julia stutzte. Sie hatte diesen garstigen Gedanken nicht wirklich gedacht. Aber jetzt dachte sie darüber nach. Was wäre, wenn Ben wirklich eine Affäre hätte?

Sie beschloss, aufmerksamer zu werden, ihn zu beobachten, seine Worte zu deuten, einen versteckten zweiten Sinn dahinter zu vermuten. Und sie begann, danach zu suchen. Nicht, dass sie seine Taschen durchwühlte. Aber sie achtete darauf, ob er an bestimmten Tagen in der Woche später als gewöhnlich nach Hause kam. So wie damals, als sie noch in Nürnberg wohnten und er jeden Donnerstag nach Frankfurt musste – manchmal sogar über Nacht. Aber sie konnte nichts Auffälliges feststellen. Er ging ab und zu mit seinen Kollegen nach der Arbeit in den Biergarten und jeden Freitag Mittag mit den Vertriebsleuten essen, danach war Wochenende.

Einmal im Quartal organisierte die Firma eine größere Tour übers Wochenende – mal eine Schiffsfahrt auf dem Rhein, mal eine Weintour an der Mosel, eine Wanderung im Gebirge und im Winter Schifahren. Diese Touren waren ohne Partner. Julia hätte Ben wegen der Kinder sowieso nicht begleiten können. Sie fand es nicht gut, die Kinder irgendwo zu parken, während sie sich anderswo amüsierte.
Das kannte sie früher zur Genüge von ihren Eltern. Die hatten soweit Julia denken konnte, immer gearbeitet. Sie musste schon als kleines Mädchen am Morgen allein aufstehen und sich für die Schule fertig machen, weil die Arbeit ihrer Eltern schon vor sechs Uhr begann. Am Nachmittag hatten sie ihre Hobbys wie der

Vater Gartenarbeit und die Mutter kümmerte sich um Kinder in Not. Auch wenn Julia wusste, wie wichtig das war, ärgerte sie sich, dass sich die Mutter mehr um fremde Kinder kümmerte als um ihre eigenen. Am Abend sangen die Eltern im Chor oder gingen ins Theater oder ins Konzert oder zum Kegeln oder trafen sich mit Freunden.

Dagegen waren die Wochenenden mit den Eltern und Geschwistern immer besonders schön. Sie wanderten meist lange Strecken durch den Wald, an der Mulde oder der Flöha entlang und aßen irgendwo unterwegs in einem Gasthof zu Mittag. Das war ihr in wunderbarer Erinnerung geblieben und das wollte sie auch ihren drei Kindern bieten. Und sie wollte sich erst wieder eine Arbeit suchen, wenn die kleine Hanna ihre Grundschule beendet hatte.

Ben gefiel es, dass Julia so gern daheim bei den Kindern blieb. Er kannte solch eine Fürsorge ebenfalls nicht, da seine Eltern beide in Schichten arbeiteten und er ständig leise sein musste, weil immer einer von beiden schlief. Er hielt sich mit seinem Bruder meist draußen auf, tobte mit seinen Freunden über den Fußballplatz, zwischen den Häusern oder im Wald. Er hat zwar nie etwas vermisst, fand es aber gut so wie es heute war.

Dieser Samstag war ein ganz besonderer Tag, denn es war Familientag in der Firma. Die Kollegen trafen sich auf dem großen Firmen-parkplatz, wo Biertische und Bänke und ein großer Grill aufgebaut waren. Alle, die Familie hatten, hatten ihre Partner und Kinder mitgebracht. Die meisten Kollegen kannte Julia schon von früheren Treffen und mit zwei Paaren waren sie näher befreundet. Eines davon war die Büroleiterin Isabelle und ihr Mann Frank, der in einer Spedition arbeitete. Alle Bürotüren standen offen und jeder durfte sich ungestört überall umsehen. Auf Bens Schreibtisch stand ein aktuelles Familienfoto von Julia mit allen drei Kindern und noch eines von Hanna, als sie gerade geboren war.

Ihr fiel auf, dass die Kollegen Anspielungen und Scherze über Ben und die neue Praktikantin machten. Julia war nicht eifersüchtig, aber seit sie diesen albernen Gedanken an eine Affäre erst einmal zugelassen hatte, war sie misstrauisch.

Sie schaute sich das Mädchen näher an. Es war ein sehr hübsches Mädchen mit einem auffallend schwarzen Lockenkopf und schwarzen Augen. Sie hatte eine recht weibliche Figur und bewegte sich langsam und lasziv, wiegte ihre Hüften und blickte dabei lachend um sich. Sie wusste, dass ihr alle nachschauten und genoss es sichtlich.

Sie hieß Sofie, stammte aus Rumänien und sprach akzentfrei Deutsch. Sofie flirtete ganz offensiv und kümmerte sich nicht um die bösen Blicke der Ehefrauen, wenn sie sich an den Arm ihrer Männer hing. Auch Ben und sogar Frank hingen ständig mit ihren Blicken an Sofie. Julia gefiel das gar nicht.

Isabelle war das völlig gleichgültig. Sie interessierte sich nicht dafür, wofür und für wen sich ihr Mann interessierte. Ihr wäre es sogar recht, wenn er sich eine Geliebte nähme, damit sie Ruhe vor ihm hätte.

„Ich sage einfach zu ihm, dass ich Kopfweh habe und schon lässt er mich in Ruhe. Ist so ein Code zwischen uns."

Julia kicherte. „Bei uns auch, aber anders. Ich sage zu ihm, dass ich Kopfweh habe und schon fragt er, ob ich eine Behandlung brauche." Sie lachte. „Verstehst du? Ist so ein Code zwischen uns, bedeutet aber nicht das gleiche wie bei euch, eher genau das Gegenteil."

Sogar ihren Urlaub verbrachte Isabelle lieber

ohne ihren Mann. Ihr war nur wichtig, dass er genug Geld mit nach Hause brachte, um ihr das gewohnte Leben zu ermöglichen und die Ausbildung, Kleidung und Hobbys ihrer Kinder zu finanzieren. Sie liebte ihren Mann, aber auf eine sehr pragmatische Art.

Julia beschloss, in die Offensive zu gehen und Sofie direkt anzusprechen.

„Hallo, ich bin Julia Steinbach, Bens Frau."

„Freut mich. Was kann ich für dich tun?"

Julia ärgerte sich, dass das junge Mädchen sie gleich duzte. Immerhin war sie einige Jahre älter und sie waren sich vorher noch nie begegnet. Deshalb blieb sie eisern bei der Höflichkeitsform.

„Bleiben Sie länger hier in der Firma?"

„Sicher. Mein Praktikum endet nächsten Freitag, danach bin ich fest angestellt."

„Auch das noch", dachte Julia. Laut sagte sie: „Als was?"

„Im Empfang."

„Ah, das passt. Ich meine, das ist sicher interessant für Sie, nicht wahr?"

„Richtig. Ich muss jetzt ..." Sofie zeigte mit dem Arm in Richtung Bar, wo eine Gruppe Männer stand und winkte ihnen lachend zu. Dann wippte sie langsam davon und Julia kam es vor, als ob sie besonders auffällig mit ihren Hüften spielte.

Er hatte es ihr beim Frühstück erzählt – einfach so, wie nebenbei, im normalen Tonfall, als ob er von einer Episode aus einem Film spricht und nicht von seiner Geliebten. Sie sei jung und wunderschön und er ihr total verfallen. Sie wollten sich öfter sehen, mehr zusammen sein und testen, ob dieses Zusammensein für immer reicht. Und vielleicht heiraten, wenn ihre Papiere aus Rumänien komplett sind.

„Rumänien? Sofie also."

Ben nickte.

Sie verstand, was er sagte. Sie wusste, was er meinte und was es bedeutete. Aber sie ertrug es nicht. Julia stand auf, verabschiedete die beiden Großen zum Schulbus und setzte Hanna in ihre Spielecke.

Der ruhige Ton, den er anschlug, machte sie sofort aggressiv. Sie wusste das, konnte sich aber nicht beherrschen.

Sie schrie ihn an: „Soll das heißen, dass ich hier abwarten soll, wie dein Test ausgeht?"

„Du musst nicht schreien. Ich sage schon, was ich zu sagen habe."

„Aber du sagst nicht alles, was gesagt werden

muss. Du sagst nur das, was du denkst, sagen zu müssen."

„Wie meinst du das?"

„Dass du machst, was du willst und zwar ohne jede Rücksicht auf mich und deine Kinder."

„Was haben denn die Kinder damit zu tun?"

„Das kann ich dir sagen: sie müssen es ausbaden. Ich weiß nicht, ob deine Sofie eine gute Ersatz-Mutter sein kann."

„Das weiß ich auch nicht und das soll sie gar nicht sein."

„Oh doch! Meinst du, ich warte hier in aller Ruhe, ob du vielleicht zurück kommst und ziehe inzwischen deine Kinder groß? Ganz sicher nicht!"

„Was willst du mir damit sagen?"

„Dass deine Fickmaus hier einziehen kann. Ich habe kein Interesse – weder an deinem Haus noch an deinen Kindern. Ich will nichts davon haben."

Sie sah ihm an, dass er nichts verstand, aber sie hatte kein Mitleid mit ihm, wie er sie so anschaute mit aufgerissenen Augen und offenem Mund. Es war seine Masche, immer so zu schauen, als verstünde er nichts und zwang damit die Leute, alles wieder und wieder zu wiederholen. Sie machte sich schon lange nicht mehr die Mühe, herauszufinden, ob er nur so tat, als verstünde er nicht oder ob er wirklich nichts verstand. Sie nannte es dumm-stellen und hasste es. Allerdings wirkte dieses dumm-stellen auf andere eher, als wäre er an einer Antwort interessiert. Dabei wollte er vor allem seine Ruhe, wollte nichts antworten und sich nicht festlegen. Besonders großen Erfolg hatte er mit diesem dumm-stellen bei Polizisten, Kontrolleuren und Beamten, bei denen wiederum Julia eher aggressiv als sympathisch wirkte.

Dabei war Julia immer nett, freundlich, hilfsbereit, aber man glaubte ihr das nicht. So, als wäre es nicht möglich, immer nur nett, freundlich und hilfsbereit zu sein.
Ganz offensichtlich wirkte Ben auf sein Umfeld vertrauenswürdiger als sie. Dabei war sie weder willens noch überhaupt in der Lage zu lügen, während Ben damit keinerlei Probleme hatte.
Er hatte sie wochenlang oder möglicherweise monatelang hintergangen, zwei Leben gelebt. Dazu wäre sie niemals imstande.
Sie stand auf und sagte: „Du musst zur Arbeit. Sag deiner Sofie, dass ich mit ihr reden muss,

heute noch. Heute ist Freitag. Das heißt, du kannst 14 Uhr daheim sein und auf die Kinder aufpassen. Richtig?"

Ben nickte.

„Richte Sofie aus, dass ich 15 Uhr im Offenbacher Stadtcafé auf sie warte. Sollte sie keine Lust auf ein Gespräch mit mir haben, dann wirst du mich kurz anrufen und es mir sagen."

Julia nahm Hanna auf den Arm, zog ihr Schuhe und ein Jäckchen über und verließ mit ihr das Haus, ohne sich noch einmal nach Ben umzusehen.

Erst auf dem Waldspielplatz blieb sie stehen, setzte sich auf eine Bank und fing an zu weinen. Wut, ganz viel Angst, Ekel und sogar etwas Hass brach aus ihr heraus. Dann merkte sie, dass Hanna nicht spielte, sondern aus einigen Metern Abstand ihre Mutter beobachtete, beide Hände zu kleinen Fäustchen geballt und gegen den Mund gedrückt. Julia stand auf und nahm ihr Kind in den Arm. Sie wiegte es hin und her und sang dabei: „Summ summ summ, Bienchen summ herum." Das beruhigte sie – beide. Langsam gingen sie zurück zum Haus.

Julia hatte die ganze Wohnung geputzt, sogar die Fenster und Spiegel, alle Schränke ausgeräumt und ausgewischt, Gardinen und Vorhänge gewaschen, den Korb mit der Bügelwäsche hervorgeholt. Aber nichts in ihrer Situation hatte sich geändert, alles war so geblieben wie vorher. Die Zeit schien still zu stehen. Bis die Jungs von der Schule kamen, blieben ihr immer noch gut vierzig Minuten. Sie schälte Kartoffeln und Möhren, schnitt alles in kleine Würfel und setzte diese mit Wasser auf die Herdplatte. Dann nahm sie Fischstäbchen aus dem Gefrierschrank und kippte die ganze Packung in eine heiße Pfanne. Dann schickte sie Isabelle einen SMS: „Kann ich dich 16 Uhr sehen? Bei Dir?"

Kurz nach 14 Uhr hörte sie Bens Auto in die Garage fahren. Sie nahm ihre Tasche und ging zur Tür. Ben nickte ihr kurz zu, sie ging an ihm vorbei und stieg in ihren kleinen Suzuki. Im Café musste sie nicht lange auf Sofie warten.
Sofie trug eine sehr enge Hose und einen knallroten Pulli mit sehr tiefem Ausschnitt. Ihre Handtasche hielt sie wie ein Model in die Armbeuge geklemmt. Das sah etwas affektiert aus. Sie musste zugeben, dass Sofie eine sehr

auffallende Erscheinung war, sämtliche Männer und auch Frauen drehten sich nach ihr um.

Sofie warf kokett ihre schwarzen Locken nach hinten und stolzierte langsam mit wiegenden Hüften auf Julias Tisch zu. Sie lächelte. Julia versuchte ebenfalls zu lächeln, aber es gelang ihr nicht. Sofie winkte ihr zu, indem sie nur die Finger bewegte und setzte sich gleich an den Tisch ihr gegenüber.

Julia sagte ohne jede Einleitung scharf: „Du störst. Du störst unser Familienleben. Und du störst meine Ehe."

„Du musst Ben verstehen. Er kennt dich seit zehn Jahren und braucht nun Abwechslung."

Julia holte tief Luft und presste: „Ich verstehe Ben sehr wohl", hervor. Dann stieg kalte Wut in ihr auf und machte sie nicht zornig, sondern ganz ungewohnt ruhig. „Weißt du, ich bin kein Romantiker. Ich tue immer, was sowohl angenehm als auch vernünftig ist."

Sofie beugte sich vor und lachte. „Du bist dumm, denn das Angenehme ist niemals vernünftig."

„Für mich eben doch." Julia lehnte sich zurück und verschränkte die Arme. „Weißt du was, ich schenke ihn dir. Du kannst ihn haben. Und die Kinder gleich dazu."

Wieder lachte Sofie und schmiss ihre Haare. „Ich verstehe, dass du sauer bist. Aber was soll ich mit deinen Kindern?"

Ganz ruhig erklärte Julia: „Es sind vor allem Bens Kinder. Du wirst an ihnen ebenso viel Freude haben wie Ben oder wie ich. Pack deine Kosmetik und deine Kleider und zieh einfach bei Ben ein. Ich räume das Feld. Aber lass mir bitte bis Sonntag Zeit."

Julia stand auf und warf fünf Euro auf den Tisch. „Für den Kaffee. Einen schönen Tag noch."

Dann drehte sie sich um und ging nach draußen. Sie hätte gern Sofies Gesicht gesehen, aber sie beherrschte sich und schaute nicht zurück.

Auf ihrem Handy las sie Isabelles Antwort: „o.k. Bin daheim." Sie fuhr sofort hin.

Isabelle reagierte empört, als Julia ihr von dem Gespräch mit Sofie erzählte. „Bist du verrückt? Keine normale Frau verlässt ihre Kinder."

„Das habe ich auch gar nicht vor."

„Und warum redest du dann solchen Unsinn?"

„Weißt du, Ben hat es jetzt sehr bequem. Ich kümmere mich um das Haus, die Kinder und seine Wäsche."

„Na und? Ist doch in Ordnung so. Hauptsache, er bezahlt die Rechnungen. Du hast doch ein schönes Leben. Was willst du eigentlich?"

„Ich will Ben. Er hat mich, er hat die Kinder und er hat seine Geliebte. Alles, was er will und wann er es will. Und ich sitze daheim und warte."

„Selbst schuld. Mach es dir schön. Fahre weg."

„Ja, aber ohne Ben macht es mir keine Freude."

„Aber ohne die Kinder macht es dir Freude?"

„So meine ich das nicht. Wenn er mich verlässt, das heißt, wenn er lieber mit Sofie zusammenleben will, dann muss er die volle Packung nehmen."

Isabelle schüttelte verständnislos den Kopf.

„Schau, Sofie bringt er Blumen und Pralinen mit, wenn er sie besucht, er geht mit ihr essen und ins Bett. Bei mir liest er Zeitung und holt sich frische Wäsche. Ich bin seine Pflicht und Sofie seine Kür."

Isabelle lachte. „Wie du das wieder ausdrückst."

„Die Buben sind beide ihrem Vater wie aus dem Gesicht geschnitten. Ich könnte sie nie ansehen, ohne an Ben denken zu müssen. Verstehst du? Mit einem anderen Mann hätte ich ganz andere Kinder. Deshalb ist klar, weshalb mir die Kinder so viel bedeuten, weil mir Ben so viel bedeutet, so unendlich wichtig für mein Leben ist. Ich kann nirgendwo mehr sein, wo ich mit Ben und den Kindern schon einmal glücklich war. Schon bei dem Gedanken werde ich verrückt."

„Und Hanna? Sie ist wie eine Kopie von dir."

Julia lächelte. „Die Kleine ist hinreißend und absolut lieb. Aber bei Fremden ist sie alles andere als pflegeleicht. Ich meine, Sofie ist mit drei Kindern und dem großen Haushalt sicher rettungslos überfordert." Jetzt lachte sie.

„Du bist raffiniert." Isabelle gab Julia einen Schubs. „Aber das kann auch schief gehen."

„Ich weiß. Aber im Grunde ist es kein Risiko, weil sowieso alles kaputt ist und Ben lieber mit Sofie leben will als mit mir. Ich kann also nichts verlieren, weil ich ihn längst verloren habe. Ich will nur, dass er begreift, dass ich seinen bequemen Weg nicht mittrage. Ich lasse mich so nicht abfertigen. Auch, wenn ich es nicht aushalten kann ohne ihn und ohne die Kinder."

Als Julia nach Hause kam saß Ben nicht wie sonst im Sessel, die Zeitung auf dem Schoß und die Fernbedienung auf der Lehne. Er stand in der Küche, hatte Schnittchen und Tee gemacht für die Kinder.

„Setz dich", sagte er ruhig, goss ihr einen Rotwein ein und reichte ihr das Glas.

„Es ist aus." sagte er.

„Mit Sofie?"

Ben nickte.

„Und nun hoffst du, dass wir einfach so weitermachen können wie vor deiner Affäre?"

Er hoffte gar nichts, er überlegte gar nichts und er sagte gar nichts, zuckte nur mit der Schulter.

„Sie will dich also nicht. Jedenfalls nicht mit den Kindern."

„Sie will mich überhaupt nicht mehr."

„Aha. Und nun glaubst du, ich müsste dich wieder wollen."

„Willst du mich denn nicht?"

„Warum sollte ich? Ich weiß nicht, ob ich dich noch liebe."

„Du weißt nicht, ob du mich liebst? Aber ich weiß es. Ich kann dir sagen, dass du mich liebst."

Die richtige Wahl

Ich liebe meine Schwester sehr. Wir können allerdings das, was die jeweils andere sagt und tut, höchst selten nachvollziehen, so grundverschieden sind wir. Aber wir haben Freude aneinander und verbringen so viel Zeit zusammen wir irgend möglich.

Ich bin verheiratet und habe zwei kleine Kinder. Meine jüngere Schwester Angelika – ich nenne sie immer Geli – ist Single.

Kurz vor ihrem 24. Geburtstag besucht uns Geli. Als erstes stellt sie die Musik ab, dabei läuft gerade die CD von Supertramp und ausgerechnet „Hide in your Shell", eines meiner Lieblingslieder. Geli dreht am Radio und findet „Energy" Chemnitz. Dieser Sender läuft bei uns überhaupt nicht, wir nennen ihn den Kindersender mit aktuellen Songs, die für unseren Geschmack herzlich wenig mit Musik zu tun haben.

Geli schaut uns vielsagend an. „Darf ich mir etwas wünschen?"

Nanu, so vorsichtig? Normalerweise platzt Geli ziemlich deutlich damit heraus, was sie geschenkt haben will.

„Du hast dir einen Gutschein für die Sachsen-
allee gewünscht. Und den habe ich längst
besorgt."

„Ich meine jetzt einen RICHTIGEN Wunsch."
Sie dreht sich zur Seite und schaut meinen
Mann Steffen an. „Du musst mir helfen", sagt
sie ganz bestimmt.

„Gern. Was soll ich tun?"

„Du verdienst doch jede Menge Kohle, richtig?"
Steffen lächelt. „Brauchst du Geld?"

„Jedenfalls brauche ich einen Mann, der Geld
hat. Sind deine Kollegen alle verheiratet?"

„Aha, daher weht der Wind. Nein, einige sind
ledig."

„Ich will einen Mann, der zwischen 26 und
maximal 30 Jahre alt ist und mindestens so gut
verdient wie du. Kennst du so jemanden?"

„Also mir fallen da gleich mehrere potentielle
Kandidaten ein."

„Was soll das? Spielt ihr Heiratsmarkt?",
mische ich mich ein.

„So ungefähr", lacht Steffen.

„Na und? Hast du was dagegen? Du bist
schließlich auch verheiratet und nur zwei Jahre
älter als ich. Kinder habt ihr auch schon."

Ich schaue Steffen an. „Wir haben eben Glück

gehabt."

„Ihr habt euch beim Tanzen kennengelernt, stimmt´s?"

Ich nicke.

„Das funktioniert heute nicht mehr, weil die meisten allein vor sich hin tanzen. Außerdem ist die Musik viel zu laut, man kann sich überhaupt nicht unterhalten."

„Verstehe."

„Ich habe letzten Samstag versucht, in der Bar einen Mann kennenzulernen. Aber die Männer, die an einer Bar rumhängen, suchen nur einen One-Night-Stand. Verheiratet sind sie sowieso. So etwas brauche ich nicht."

„Und was ist mit dem Internet? Da gibt es interessante Plattformen für Partnersuche."

„Ich weiß, aber mir dauert es zu lange bis ich weiß, wie viel der Typ verdient. Außerdem will ich einen Mann hier aus der Stadt. Und er sollte natürlich intelligent sein und studiert haben. Schließlich will ich keinen Dummkopf, sondern einen, der mir das Wasser reichen kann."

„Und wie willst du meine Kollegen kennenlernen?", fragt Steffen. „Soll ich sie dir einzeln zur Begutachtung mit nach Hause bringen?"

Geli schüttelt ihren Kopf. „Ganz einfach: ich

gebe dir diese vier Einladungen für ein Date am Donnerstag ins Brazil." Geli wedelt mit vier pinkfarben bedruckten Blättern.

„Brazil?"

„Kennt ihr nicht?"

Steffen und ich schütteln beide unsere Köpfe.

„Eine total geile Bar. Da kann man sich schon tagsüber treffen, Wein oder Cocktails trinken oder was kleines essen, absolut hipp. Es ist mitten in der City, gehobenes Ambiente und angenehme Musik. Dort sitzen schon am Mittag Banker und andere interessante Leute."

„Und du bist noch nicht fündig geworden?", spotte ich.

Unbeirrt spricht Geli weiter: „Du nimmst diese vier Einladungen und gibst sie den Kollegen, von denen du meinst, dass sie etwas Niveau haben."

„Und dann wählst du einen davon aus, der freut sich und den nimmst du mit zu dir nach Hause."

Geli seufzt, weil wir so schwer von Begriff sind.

„Natürlich nicht. Ich gehe nicht allein dahin, sondern mit meinen beiden Freundinnen. Versteht ihr endlich?"

Steffen lacht, aber ich bin nicht überzeugt. Mir gefällt dieser Plan nicht.

„Lass sie doch. Angelika ist erwachsen und

wird schon wissen, was gut für sie ist."

„Ich wusste, dass du mich verstehst", jubelt Geli und fällt Steffen um den Hals.

„Du wirst diese Einladungen nicht wirklich verteilen, oder?", frage ich später etwas irritiert.

„Warum nicht? Diesen Spaß lasse ich mir nicht entgehen."

„Du machst meine Schwester zum Gespött deiner Kollegen."

„Ach was. Sie will es so und ich tu ihr den Gefallen."

Sechs Tage später sitzt Geli wieder bei uns und erzählt.

„Ich habe mich für Hajo entschieden, ich glaube, das war die richtige Wahl." Triumphierend schaut Geli von einem zum anderen.

Steffen zuckt mit der Schulter. „Kenne ich nicht."

„Hans-Joachim. Ha-Jo."

„Ach, den Achim meinst du."

„Achim klingt altmodisch. Ich nenne ihn Hajo, das passt besser zu ihm. Aber stellt euch vor, er kam in weißen Socken!" Empört reißt Geli ihre Augen auf. „Das geht gar nicht. Das ist das erste, was ich ihm abgewöhne."

„Du schaust auf die Socken?", wundere ich mich.

„Natürlich. Ich muss doch wissen, mit wem ich es zu tun habe. Schließlich geht es um meinen Mann. Meinen zukünftigen Mann."

Ich verdrehe meine Augen. Seit wann kommt es auf die richtige Wahl der Socken an?

„Und sonst?", will ich wissen.

„Nun – so toll wie Steffen sieht er nicht aus." Geli blinzelt meinem Mann zu und lacht. „Er hat eben nicht so viel Stil, doch dafür hat er jetzt mich. Er braucht ein ordentliches Jackett und ein paar flotte Hemden. Das wird schon."

„Du bist unmöglich", rufe ich empört, während Steffen schallend lacht.

„Wieso? Ich habe ihm das gleich gesagt und am Samstag sah er schon fast vorzeigbar aus."

„Geli!"

„Und? Freut sich Achim respektive Hajo, dass du ihn erwählt hast?", will Steffen wissen.

„Natürlich. Wäre ja noch schöner, wenn nicht. Ich sehe fabelhaft aus, die meisten halten mich sowieso für ein Model bei meiner Größe, den langen blonden Haaren und meinen schönen großen blauen Augen. Was will ein Mann mehr?"

„Vielleicht etwas Hirn?", denke ich bissig. Laut

sage ich: „Du hast wirklich wunderschöne goldblonde Haare. Leider weiß kein Mensch, dass es deine echte Haarfarbe ist, weil du dir bunte Streifen reinfärben lässt."

„Na und? Ist modern und sieht irre toll aus."

„Mehr irre als toll, passt maximal zu Fasching."

„Du hast einfach keine Ahnung. Jedenfalls bin ich nicht so eine dumpfe Trulla wie Hajos frühere Freundinnen."

Ich weiß nicht, worauf sich Angelika so viel einbildet. Sie hat einen durchschnittlichen Realschulabschluss und eine abgebrochene Ausbildung zur Sprechstundenhilfe. Sie sitzt am Empfang bei einem Schönheitschirurgen, der sie sicher nicht mit Arbeit überhäuft.

„Geschafft! Hajo hat mir endlich einen Heiratsantrag gemacht."

„So schnell?" frage ich überrascht.

„Wieso schnell? Wurde Zeit, immerhin kennen wir uns fast sechs Monate. Die Hochzeit soll im Juli sein, damit ich nicht indoor feiern muss. Nur die Location steht noch nicht fest. Ich will schließlich die richtige Wahl treffen."

„Wie wäre es mit der Zeisigwaldschänke?"

Geli ist empört. „Wie soll das aussehen auf den Einladungen? Zeisigwald!" Geli schnauft verächtlich. „Nein, damit kann man keinen Staat machen."

„Ich verstehe nicht, was du dagegen hast. Es gibt eine ganz reizende Kapelle für die Trauung, vor der sie sogar einen roten Teppich für dich auslegen." Ich stupse Geli in die Seite. „Die Kinder können bei schönem Wetter auf dem Waldspielplatz herumtoben und drinnen ist Platz zum Feiern."

„Sehe ich so aus, als wollte ich im Wald heiraten?" Herausfordernd schaut mich Geli an. „Nein, es muss ein Schloss sein. So wie das Wasserschloss in Klaffenbach."

Ich sage lieber gar nichts mehr. Geli spricht weiter: „Wir haben's uns angesehen. Auch die Augustusburg. Aber die Trauzimmer sind viel zu klein, fassen maximal 50 Personen."

„Himmel! Geli! Mit wie vielen Gästen rechnest du denn?"

„150 werden es bestimmt. Es soll schließlich ein einmaliges Fest werden. In den Bürgersaal in Klaffenbach passen alle rein, aber der ist mir viel zu rustikal. Außerdem ist da kaum Publikum wie auf Augustusburg oder Scharfenstein. Ich weiß noch nicht so recht, ob ich überhaupt in einem Schloss feiern werde, da müsste ich in einer Pferdekutsche vorfahren, damit es zum Ambiente passt." Geli rümpft die Nase. „Nein, ich glaube nicht, dass ich im Brautkleid aus Spitze auf Pferdehintern schauen will." Sie plappert begeistert weiter. „Das schicke Andreas-Haus hat leider nur sieben Gästezimmer, Tillmanns gar keine, aber es wäre mitten in der City. Dann doch lieber die Alte Spinnerei in Burgstädt, aber das ist so außerhalb."

„Das wird doch viel zu teuer!", gebe ich zu bedenken.

„Ach was. Papa muss traditionell das Essen übernehmen, ansonsten wird wohl Hajos Vater tief in die Tasche greifen. Es trifft schließlich keinen Armen."

Ist das zu fassen? Angelika plant solch ein riesiges Fest und will die Kosten dafür nicht übernehmen. In ihrem Alter sollte sie wirklich wissen, bis wohin sie zu weit gehen kann.

Auch wir haben unsere Hochzeit nicht selbst finanziert. Aber wir waren damals erst 18 Jahre alt und ich wohnte noch bei den Eltern. Zum traditionellen Polterabend am Abend vor der Trauung kamen einige unserer ehemaligen Schulkameraden, obwohl wir niemandem von unseren Heiratsplänen erzählt hatten.

Außerdem war ich schwanger und schon deshalb nicht in Stimmung für eine große Feier. Meine Mutter war es, die auf einem festlichen Rahmen bestand. Wir waren insgesamt zehn Leute: unsere beiden Eltern, meine Schwester, Steffens Bruder, Tante Rita als Vertreterin meiner Familie und Gottfried als Vertreter von Steffens Familie.

Ich trug ein himmelblaues kurzes Kleid und Steffen ein Hemd in der gleichen Farbe, passend zum Chemnitzer Fußballclub. Mein Brautstrauß bestand aus lila Veilchen und bunten Freesien.

Wir heirateten ganz normal im Chemnitzer Rathaus. Als wir nach der Trauung aus der Tür traten, befanden wir uns mitten auf dem Markt zwischen all dem Gedränge um die Stände, wo man Fisch, Gemüse und Wurst kaufen konnte. Die wenigen Schritte bis zum Ratskeller, wohin uns meine Eltern zu einem Mittagsmenü eingeladen hatten, konnten wir leicht zu Fuß gehen.

Nach dem Essen bummelten wir am Chemnitzfluss entlang. Es war einfach wunderschön. Allerdings hatte keiner daran gedacht, Fotos zum machen. Deshalb gibt es von uns kein einziges Bild von unserer Hochzeit.

Bei Angelika ist alles anders. Schon der Polterabend ist kein lockeres Abfeiern mit Freunden, sondern ein organisiertes „Event" vor dem Haus, in dem Hajo wohnt.

Geli trägt ein beerenfarbenes ärmelloses Kleid, in dem ihre hübsche Figur gar nicht zur Geltung kommt, denn es ist fußlang, gerade geschnitten und hat ausgerechnet in Hüfthöhe eine breite schwarze Kordel, die den Körper ungünstig teilt und ihr einen extrem langen Oberkörper über kurzen unsichtbaren Beinen beschert.

Auf einem übergroßen Grill brutzeln Fische, Steaks und Gemüse, auf einem Tisch stehen diverse Salate und Schnittchen, Obst, Teller, Gläser und Besteck, neben dem Tisch Bier, Wein und Wasser. Keiner der Gäste muss sich selbst bedienen, Goli hatte einige Mädchen zum Servieren organisiert.

Zur Unterhaltung spielt eine Jazzband. Einer der Freunde läuft unablässig zwischen den Gästen umher und schießt unzählige Fotos.

Geli duldet keine Überraschungsbesucher und hatte deshalb schriftlich zum Polterabend eingeladen mit der Weisung, keine Scherben mitzubringen und als Geschenk eine interessante Schneekugel aus Glas, die sie in ihrer neuen Wohnung aufstellen möchte.

Die Hochzeit selbst soll erst eine Woche später stattfinden, und zwar in der Villa Esche. Geli hat sich für dieses pompöse Ambiente entschieden, weil es ihrer Meinung nach am besten zu ihr passt und somit die richtige Wahl ist.

Schon die Auffahrt hinauf zur Villa ist absolut filmreif und ausschließlich der riesigen, gemieteten Brautlimousine vorbehalten. Die Treppenaufgänge bis hinauf zur Glaskuppel, wo wie unter freiem Himmel über einem Glasboden die Trauungszeremonie abgehalten wird, sind derart schön, dass kaum einer der Gäste zu sprechen wagt. Alles läuft ausgesprochen vornehm ab.

Angelika trägt ein cremefarbenes, sehr modisches enges Kleid und einen gleichfarbigen Hut mit breiter Krempe. Hajo hat einen ebenfalls cremefarbenen Anzug an und hält einen passenden Hut in der Hand. Der Brautstrauß ist eigentlich kein Strauß, sondern ein riesiges Gebilde aus mehr als hundert cremefarbener Rosen, die so gebunden sind, dass sie Geli wie über den Arm hinab zu ihren Knien fließen. So etwas hatte ich noch nie vorher gesehen. Dieser Strauß ist bestimmt sehr schwer, aber Geli trägt ihn derart elegant, dass man glauben könnte, er fließe von ganz allein an ihrem schönen Körper hinunter.

Nach der Zeremonie gibt es einen sehr exklusiven Empfang. Junge Mädchen reichen Champagner, während Angelika und Hajo wie unter einem Rosenspalier stehen und sich zur Vermählung beglückwünschen lassen.

Danach ist im Gastraum eingedeckt. Ich bin froh, dass „nur" 50 Bankettplätze vorhanden sind und Geli kein Schloss für 200 Leute reservierte. Als alle ihr Getränk in den Händen halten steht unser Papa auf und sagt: „Dem jungen Paar wünsche ich viel Glück und viele Kinder. Prost!"

Ich muss lachen und denke: „Typisch Papa."

Dann spricht Hajos Vater. Seinen Dialekt kann ich nicht so ganz verstehen, weil er nur der „Kölschen Sproch" mächtig ist und diese stolz zelebriert. „Platt vür de Schwart." Das hatte mir Geli schon mal übersetzt mit „direkt ins Gesicht sagen". Das ist mir normalerweise ganz sympathisch, doch leider verstehe ich kaum die Hälfte der sicher recht witzigen Ansprache, bei der nur Hajos Familie herzhaft lacht.

Schließlich wird eine Art Apfeltarte serviert mit irgendwelchen iranischen Pflanzen, deren Namen ich mir nicht merken kann. Danach gibt es Muscheln mit Spinat.

Jetzt hält ein mir unbekannter Herr im schwarzen Anzug eine etwas geschraubte Rede, in der er seine Bewunderung für Angelika, die Engelsgleiche, ausdrückt, Hans-Joachim um diese Königin beneidet und zu seiner hervorragenden Wahl beglückwünscht. Peinlich berührt schaue ich mich um, einige Gäste lächeln, Geli strahlt.

Dann gibt es Lamm und etwas später Schoko-ladensorbet. Papa scheint das Menü nicht übermäßig genossen zu haben, unsere Mutter macht gute Miene, aber Hajos Eltern zeigen sich beeindruckt und erklären, dass sie eine derartig gelungene Speisenfolge Chemnitz nicht zugetraut hätten. Das sollte offenbar ein Lob sein, Geli freut sich jedenfalls.

Die ganze Zeit über spielt ein Pianist angenehme Melodien auf einem Flügel und zwei professionelle Fotografen halten die gesamte Feier in Bild und Film fest.

Vier Monate später gibt es die nächste Feier und zwar das Einzugsfest in eine hochmoderne Maisonnette-Wohnung im Zentrum. Geli hält zwar den Kaßberg für eine eher bevorzugte Wohnlage, die besser zu ihr passen würde, aber Hajo gefallen die Verkehrsanbindung und die vielen Kneipen im Zentrum besser. Inzwischen schwärmt Geli von den genialen Shoppingmöglichkeiten im Zentrum.

Wir stehen vor einem wunderschönen Jugendstilhaus in einer ruhigen Seitenstraße, nicht weit vom Markt mit all seinen Geschäften entfernt und direkt am grünen Gürtel des Chemnitz-Flusses. Wir müssen in den dritten Stock, einen Fahrstuhl gibt es nicht.

„Schuhe ausziehen!", bestimmt Geli.

„Aber Geli, ich habe ein Kleid an, ich kann doch nicht barfuß im Kleid dastehen."

„Im Sitzen sieht das keiner. Jeder muss die Schuhe ausziehen. Ich habe in der ganzen Wohnung neues Stäbchenparkett. Du hast ja keine Ahnung, was das gekostet hat "

Steffen gungst mich in den Rücken und zieht wortlos seine Schuhe aus. Ein Mann hat es eben leichter. Hätte ich doch auch Hosen angezogen. Ich bin nur froh, dass die Kinder bei meiner Freundin geblieben sind.

Es gibt keinen Vorsaal, ich stehe direkt im Wohnraum, wo bereits zwölf Leute verteilt auf einer riesigen hellbeigen Sofalandschaft sitzen. Ich bin nicht darauf gefasst, dass die Polster derart weit unten sind, so dass ich fast stürze, als ich mich setzen will. Anlehnen kann ich mich auch nicht, weil die Lehne gut einen Meter weiter hinten beginnt.

An der Seite windet sich eine schmale Stiege nach oben. Geli bemerkt meinen Blick und erklärt: „Die Wendeltreppe aus lackiertem Ahorn in die Schlafbereiche."

Puh! - da möchte ich nicht täglich rauf und runter klettern müssen. Schon gar nicht mit Kindern.

„Es war gar nicht so leicht, die richtige Wahl zu treffen. Selbstverständlich Erstbezug", flötet Geli. „Alles ist kernsaniert und frisch renoviert. Man kann es direkt noch riechen. Nie im Leben wäre ich in eine schon benutzte Immobilie gezogen, wo schon einer vor mit in der Wanne gelegen hat." Geli schüttelt sich. „Und selbstverständlich habe ich ein separates Gäste-WC."

Wie immer hat Geli ihre Gäste wohlüberlegt zusammengestellt. Es gibt eine Event-Managerin, einen Optiker mit Frau, einen Professor der Philosophie, den Direktor des Schlossmuseums mit seiner Frau, einen jungen Mann und die Opernsängerin Gabriella. Ein Mädchen serviert Fingerfood: Sushi-Häppchen und zu meinem Glück auch Canapés und

Gebäck. Dazu gibt es Sekt oder Weißwein.

Gabriella isst nichts, sie trinkt auch nichts, nur Wasser. Sie erzählt, dass sie fastet, sechs Wochen lang ohne Essen.

„Das ist gesund", erklärt sie, „und gut für meine Stimme. Natürlich muss alles unter der Aufsicht eines Arztes durchgeführt werden."

„Also doch eher gefährlich als gesund", vermute ich.

Geli wirft mir einen strengen Blick zu und sagt: „Man entgiftet den Körper."

„Was ist denn passiert?", frage ich Gabriella. „Ich meine, womit haben Sie ihren Körper so vergiftet?"

„Überall ist Gift! Das solltest sogar du wissen. Ich kann ein Wörtchen mitreden." Vielsagend schaut sich Angelika um. „Schließlich habe ich viele Jahre mit einem berühmten Mediziner gearbeitet."

Sie sagt MIT einem Mediziner, nicht für. Geli macht eine bedeutungsschwere Pause, dann erklärt sie, dass sie selbst gern fasten würde.

„Leider geht das im Moment nicht, doch das erkläre ich euch später. Jetzt wird uns erst einmal die wundervolle und weit über die Stadtgrenze hinaus bekannte Gabriella einige Arien singen."

166

Danach spielt der junge Mann einige Stücke von Bach auf einer Gitarre. Ich wusste bisher nicht, dass Bach für Gitarre komponierte. Und ich wusste auch nicht, dass sich meine Schwester neuerdings für Klassik interessiert.

Danach steht sie feierlich auf und hebt ihr Glas. Sie schnippt mit den Fingern nach Hajo und bedeutet ihm, allen Sekt nachzuschenken.

„So, meine lieben Freunde, jetzt ist der große Moment gekommen. Wir", Geli zeigt zuerst auf sich selbst und dann mit einer weit ausholenden Geste auf Hajo, „werden Eltern." Sie verbeugt sich und schaut langsam einen nach dem anderen an. „Das Kind haben wir quasi in der Hochzeitsnacht gezeugt."

„Warst du da nüchtern?", will Steffen wissen, indem er sich zu Hajo umdreht. Hajo lacht, aber Geli schaut tadelnd die beiden Männer an und spricht weiter.

„Nun wisst ihr, warum ich nicht fasten kann im Moment. Es wird jedenfalls ein kleiner Stier. So wie ich. Nun können wir langsam eine passende Geburtenklinik auswählen."

Ich verdrehe meine Augen.

„Das Klinikum Chemnitz ist eines der größten und modernsten Krankenhäuser des Landes. Hajo meint allerdings, ich sei im DRK-

Krankenhaus Rabenstein oder in der Diakonie Hartmannsdorf besser aufgehoben. Das wäre familiärer. Nun, wir werden das ganz genau in den nächsten Wochen prüfen."

„Hat das nicht noch etwas Zeit?", will ich wissen.

„Nein, ich will mich gründlich vorbereiten und unbedingt die richtige Wahl treffen für die Geburt unseres ersten Kindes. Ich muss mir den Kreißsaal anschauen und die richtige Hebamme wählen."

Johanna ist am 17. Mai geboren und soll entweder Johanna oder Jona gerufen werden. Johanna bedeutet „Die Gnädige" und war angeblich eine sagenhafte Päpstin des 9. Jahrhunderts.

„Nun, dann ist der Name wohl die richtige Wahl", meint Steffen lakonisch.

Hajo hat die gesamte Geburt gefilmt. Dazu wäre Steffen niemals fähig gewesen. Er hätte ganz sicher weit mehr gelitten als ich, ständig die Hebamme gebeten, mir Erleichterung zu verschaffen und wäre eher vor Angst verrückt geworden, dass etwas schief gehen könnte als ruhig die Kamera zu halten.

Eigentlich wollte Geli einen Kaiserschnitt, um

den schmerzhaften Geburtswehen zu entgehen, aber bei einem derartigen Eingriff ist Filmen nicht erlaubt. Allein deshalb entschied sich Geli für eine normale Entbindung. Das heißt, so normal war die Geburt natürlich nicht, denn Geli hatte eine Wassergeburt in einem gläsernen Bassin gewählt. Bis jetzt konnte ich erfolgreich verhindern, dass sie uns diesen Film vorführt.

Ich darf gar nicht an den fünf Stunden dauernden Film über ihre Hochzeit denken, da war der Polterabend nicht einmal dabei.

Jetzt, da Geli hauptberuflich Mutter ist, hat sie selbstverständlich eine Putzfrau, die dreimal wöchentlich saugt und wischt, die Möbel abstaubt und die Wäsche bügelt.

Wenn wir sie besuchen, müssen wir uns direkt am Wohnungseingang die Hände desinfizieren und einen Mundschutz tragen. Unsere beiden Kinder dürfen das Kleine gar nicht anfassen, weil sie aus Schule und Kindergarten zu viele schädliche Bakterien mitbringen. Das halte ich für komplett übertrieben. Deshalb habe ich recht selten Lust, meine Schwester zu besuchen.

Im August feiern wir Steffens 30. Geburtstag.

Wir planen ein großes Fest mit vielen Freunden, Verwandten und natürlich Geli und Hajo.

Die Sofas und Sessel haben wir zur Seite geschoben, um Platz für zwei Biertischgarnituren zu schaffen, an denen alle Gäste sitzen können. Das Essen wird innerhalb der nächsten halben Stunde geliefert und soll auf den Arbeitsplatten in der Küche wie ein großes Buffet aufgebaut werden. Vorher wollen wir schnell duschen.

Genau in diesem Moment klingelt es. Doch es ist nicht der Cateringservice, sondern Geli. Sie trägt Johanna im Arm, Hajo schleppt eine dicke Reisetasche.

„Willst du hier einziehen?", frage ich entgeistert.

Wortlos geht Geli an mir vorbei und legt ihr Kind in die Mitte unserer Ehebetten. Die Decken rollt sie zusammen und baut daraus eine Barriere, damit die Kleine nicht fortkullern kann. Zusätzlich legt sie unsere Kopfkissen neben die Betten auf den Teppich. Falls sich Johanna freistrampeln sollte, würde sie zumindest weich fallen. Hajo installiert inzwischen das Babyphon.

„Geli, du kommst viel zu früh. Ich bin noch gar nicht fertig." Im Leben hätte ich nicht damit gerechnet, dass sie zu einer Abendparty mit vielen lauten Gästen ihr Baby mitbringt.

Ich beeile mich und laufe nach dem Duschen in die Schlafstube. Das heißt, ich WOLLTE in die Schlafstube, um mein Kleid anzuziehen.

„Du gehst jetzt nicht da rein!", bestimmt Geli.

„Ich muss mich anziehen."

„Nein, Jona ist gerade still und wird sicher bald einschlafen. Du störst sie jetzt nicht, sondern wartest eine halbe Stunde!"

„Ich warte ganz sicher nicht. Ich werde mich anziehen und zwar jetzt."

„Gut", lenkt Geli ein. „Wo hast du dein Kleid? Ich hole es dir raus. Bei mir wird Johanna nicht wach werden und weinen."

Jetzt reicht es mir. Ich gehe an Geli vorbei, hole mein Kleid und taste eine Weile vergeblich im Dunkeln nach der Wäsche. Die lag noch vor einer halben Stunde oben auf dem Bett.

„Wo ist meine Wäsche?", zische ich.

Geli drückt sie mir in die Hand und schließt dann vorsichtig die Tür. Ich stehe nackt im Korridor und muss mich hier anziehen. Zum Glück ist wenigstens Steffen schon fertig.

Unten an unserer Haustür haben wir Luftballons und eine lustige Tafel drapiert, damit

171

uns auch die Gäste leicht finden, die uns heute zum ersten Mal besuchen. Wir wundern uns, dass weder das Essen noch die ersten Gäste klingeln.

Nach einigem Hin und Her stellt sich heraus, dass Hajo die Klingel abgestellt hat. UNSERE Klingel für UNSERE Gäste, damit SEIN Kind, das gar nicht zum Fest eingeladen ist, in Ruhe schlafen kann.

Ich bin derart verärgert, dass ich Geli samt ihrer Familie am liebsten sofort hinausgeworfen hätte.

Als endlich alle Gäste eingetroffen sind, klopft Geli mit einem Löffel an ihr Glas. „Bevor die Feier anfängt, gibt es einige Regeln zu beachten. Hier in der Wohnung wird weder gesungen noch geraucht, auch das Umherlaufen im Flur ist nicht erwünscht."

Alle Gäste applaudieren und johlen laut los, weil sie fälschlicherweise die Rede für einen Spaß halten. Sie grölen laut: „Hoch soll er leben! Drei Mal hoch. Hoch! Hoch! Hoch!"

Im ersten Jubel überhöre ich das Babyphon. Johanna ist wach geworden und Geli beschließt verärgert, diese unmöglich laute Feier mit all den rücksichtslosen Leuten zu verlassen. Als sie mit dem Baby auf dem Arm in die Stube schaut, springen gleich drei Frauen auf, um das Kleine näher zu sehen.

„Oh, wie niedlich!"

„Wie alt ist die Kleine?"

„Bitte nicht anfassen, das mögen wir nicht", lautet Gelis klare Ansage.

Steffen ist gerade dabei, Hajo ein Bier einzuschenken, aber Geli bestimmt mit fester Stimme: „Hajo hat jetzt keinen Durst. Er will mich und Johanna nach Hause bringen."

Ein Teil der Gäste lacht, ein anderer schüttelt den Kopf, ein nächster ruft: „Nun, wenn Hajo sowieso keinen Durst mehr hat, kann er auch nach Hause gehen."

Nun kann die Feier ohne weitere Störung beginnen.

Danach spricht meine Schwester acht Wochen nicht mehr mit mir. Dieses Schweigen ist ihre bevorzugte Art der Strafe, wenn sie sich über jemanden ärgert, sie ignoriert diesen einfach. Schon als Kind hielt sie das mehrere Wochen durch. Ich habe in diesen sprachlosen Zeiten viel geweint, weil ich es nie verstand und auch heute nicht verstehe, wenn sich jemand so komplett verweigert statt zu reden und einzulenken. Heute leide ich nicht mehr so darunter, heute hake ich es als ungezogen ab.

Zwei Jahre später wird Helene geboren, Helene bedeutet „Die Strahlende", was ganz sicher auch eine richtige Wahl ist.
Beim zweiten Kind ist Geli nicht mehr ganz so hygienebesessen wie bei Johanna. Meine inzwischen achtjährige Tochter darf sogar in die Wohnung, allerdings immer unter Aufsicht. Alle Freunde und Verwandten sind von Helene ganz hingerissen, weil es so ein strammes Baby mit dicken Wurstbeinchen, Pausbäckchen und hellblonden Haaren ist, das immer lacht.
„Ist irgendwas mit dem Kind?", frage ich besorgt.
„Wie meinst du das?" Geli ist erschrocken.
„Na, wenn man Leni hochnimmt, hängt sie wie ein Sack im Arm. Sie umschlingt nicht mit ihren Ärmchen meinen Hals und hält sich auch nicht fest. Und wenn man ihr ein Jäckchen oder Höschen anziehen will, macht sie nicht mit."
„Verstehe ich nicht. Was soll sie denn mitmachen?"
„So wie Johanna ihr Händchen in den Ärmel schieben. Siehst du das nicht?"
„So ein Quatsch! Dafür ist sie doch viel zu

klein."

Meine Tochter schaut mich an und ich sehe in ihren Augen, dass sie ebenso fühlt wie ich. Sie hat wie ich eher die zierliche, zurückhaltende Johanna in ihr Herz geschlossen. Wir sind uns einig, dass Johanna mit ihren braunen Locken und ihrer Nachdenklichkeit ganz Hajo ähnelt, während der kleine Wonneproppen Helene mit seiner eher derben Art ganz die Mama ist.

Kurz vor Helenes ersten Geburtstag muss Hajo geschäftlich nach New York. Geli ist sofort begeistert und geht ganz selbstverständlich davon aus, dass sie samt der beiden Kleinkinder ihren Mann begleitet. Auf Firmen-kosten versteht sich. Solch eine Erwartung halte ich für anmaßend und den langen Flug mit so kleinen Kindern für verantwortungslos. Und doch fliegt Geli kostenfrei mit, auch ihre beiden kleinen Mädchen.

Wir bringen sie zum Leipziger Flughafen, damit Hajos Auto nicht drei Wochen im Parkhaus steht und Unsummen an Gebühren kostet. Die Mädchen sehen reizend aus. Beide tragen rosa Kleidchen, weiße Strümpfe und Schuhe und ein weißes Hütchen mit rosa Schleife.

„Mir ist es peinlich, dass wir beladen wie die

Türken einchecken, aber Kinder brauchen nun einmal viel Gepäck."

Geli geht an der langen Warteschlange vorbei und setzt Johanna auf den Check-In-Schalter. Helene hält sie auf dem Arm.

„Ich habe zwei Kleinkinder dabei und kann mit ihnen unmöglich zwischen all diesen Leuten stehen."

Ich weiß nicht, ob ich es selbstbewusst nennen soll oder einfach unverschämt, aber wie so oft setzt sich Gelis Frechheit durch. Der Mann, der gerade beim Einchecken unterbrochen wurde, tritt lächelnd zur Seite und lässt Geli vor. Hajo lädt mit hochrotem Gesicht die vielen Gepäckstücke aufs Band, während Geli erst auf Steffen und dann Johanna zeigt, die noch immer oben auf dem Tresen sitzt, sich umdreht und an den teilweise murrenden Leuten mit erhobenem Haupt vorbei schreitet. Steffen setzt Johanna auf den Boden der Halle, nimmt sie an die Hand und läuft mir ihr Geli hinterher.

Hinterher erfahren wir, dass es Geli sogar erreichte, in der Business-Class zu sitzen. Economy wäre für Geli und ihre Kinder nicht in Frage gekommen.

Von da an hat Geli das Fliegen für sich

entdeckt. Sie besuchen Hajos Eltern nur noch per Flugzeug.

„Wäre die Bahn nicht preiswerter?", will ich wissen.

„Ach, das zahlen die Schwiegereltern. Wenn sie ihre Enkel sehen wollen, müssen sie schon etwas dafür tun."

Als Helene zwei Jahre alt ist, dürfen die beiden Mädchen sogar allein bei den Großeltern in Köln übernachten, während Geli und Hajo weiter nach Hamburg fliegen zum Musical „Phantom der Oper". „Cats" hatten sie sich damals in Köln angesehen, doch Geli meinte, dass Hamburg die weit bessere Theaterwahl wäre. Ihr ist die Location wichtig, das Event, die Leute ringsum. Und da hat Hamburg eindeutig mehr zu bieten.

Ich bin kein Freund von Musicals, wo als Tiere oder Gespenster verkleidete Sänger über die Bühne hüpfen, mir ist das viel zu albern. Einige der schönen Stücke wie „Memory" aus „Cats" oder „Circle of life" aus „König der Löwen" spiele ich ab und zu auf dem Klavier, aber das ist natürlich etwas anderes.

Geli spielt kein Instrument und ist eigentlich kein Musikkenner. Sie mag eher Lieder von Sarah Connor oder Celine Dion, was nun überhaupt nichts für meine Ohren ist.

Ein gutes Jahr später holt uns Hajo vom Flughafen Leipzig ab. Wir hatten drei Wochen mit unseren Kindern Urlaub am italienischen Mittelmeerstrand verbracht.

Am nächsten Abend wollen wir von unseren Reiseerlebnissen erzählen und treffen uns mit Geli und Hajo bei unserem Lieblingsitaliener. Geli trägt eine sehr dunkle Sonnenbrille, obwohl die Gaststube eher spärlich beleuchtet ist. Sie ist überhaupt ungewohnt still.

„Geht es dir nicht gut?", will ich wissen.

„Hajo hat eine Andere. Es ist die Putze in eurer Firma."

Ich sehe, wie Steffen und Hajo Blicke wechseln und sich leicht zunicken.

Gelis Stimme wird schrill: „Stellt euch vor, die Putze! Ich weiß nicht, was in ihn gefahren ist. Ich bin sofort in die Firma gefahren und habe seinen Chef darüber informiert, was er für einen dekadenten Angestellten beschäftigt."

Dekadent? Geli meint vermutlich nur, dass eine Putze als Geliebte nicht die richtige Wahl sein kann.

„Immerhin hat Hajo eine schöne Frau und zwei gesunde Kinder und verlässt diese für eine niveaulose Putze."

Das Wort Putze würgt sie so hervor, als wäre sie unendlich angeekelt. Glaubt sie etwa, dass eine Frau, die putzen geht, automatisch niveaulos ist?

Fassungslos schaue ich Hajo an. Er nickt, zuckt mit der Schulter und sagt ganz ruhig: „Mehr gibt es dazu nicht zu sagen. Erzählt lieber von eurem Urlaub."

Steffen berichtet, aber er schmückt nicht wie sonst die Erlebnisse witzig aus. Auch mir ist die Stimmung vergangen und ich möchte so schnell wie möglich nach Hause.

Einige Tage später besucht uns Hajo daheim. Er ist inzwischen zu seiner neuen Partnerin in eine kleine Zweizimmerwohnung gezogen und schwärmt von seinem nun völlig unkomplizierten Leben. Er dürfe nun zu Hause in Jogginghose herumlaufen, im Bett frühstücken, Bier trinken, wenn er Lust darauf hat, oder ein Schnitzel aus der Hand essen. In der Wohnung würden noch sechs Katzen leben, es würde stinken wie die Pest, aber es wäre wunderschön und überaus gemütlich und er würde es im Leben nie wieder gegen seine große schicke Wohnung mit Geli tauschen.

Er war mit der Neuen bereits im Urlaub, als Geli glaubte, er wäre auf Geschäftsreise in Japan.

Hajo wirkt locker und vor allem sehr glücklich. Er erzählt fröhlich und unverkrampft und macht sich keine Gedanken darüber, was ich als Gelis Schwester über ihn und sein Verhalten denke.

„Was willst du jetzt tun?", will ich von Geli wissen.

„Nichts. Sein Geld steht mir zu."

„Du redest jetzt von Geld?"

„Logisch. Geld macht nicht glücklich, aber es macht mein Unglücklichsein angenehmer."

So gesehen hat Geli natürlich Recht. Sicher muss sie praktisch denken, weil sie nun alleinerziehend für ihre beiden kleinen Kinder verantwortlich ist.

Ich weiß nicht, ob ich dazu in der Lage wäre, ob ich ohne meinen Steffen überhaupt einen Tag aushalten könnte. Für Geli klingt das albern, sich so an einen Mann zu hängen und von ihm abhängig zu sein. Das ist es vielleicht auch.

„Wirst du umziehen?"

„Warum sollte ich? Mir gefällt es hier."

„Zahlt denn Hajo weiter die Miete?"

„Das wird er müssen."

So genau kenne ich mich nicht aus, aber ich

kenne meine Schwester und bin mir sicher, dass sie bereits bei diversen Anwälten und Ämtern vorgesprochen hat und ganz genau weiß, was ihr zusteht und wie sie dies bekommt.

„Willst du nun arbeiten gehen?"

„Vorerst auf gar keinen Fall. Vielleicht, wenn Helene in die Schule kommt."

„Das sind noch drei Jahre."

„Richtig. Ideen habe ich schon, was ich machen könnte. Aber davon erzähle ich Hajo natürlich nichts."

Ich schaue Geli fragend an.

„Mitleid bekommt man geschenkt, Neid muss man sich verdienen."

„Was hat denn das jetzt mit deiner Situation zu tun?"

„Zuerst einmal bekomme ich für beide Mädchen sofort Kindergartenplätze, für deren Kosten selbstverständlich Hajo aufkommt, natürlich allein das Kindergeld. Dadurch gewinne ich Zeit und kann mir überlegen, was ich machen will."

„Du kannst sicher zurück in die Praxis des Schönheitschirurgen."

Geli schüttelt ihren Kopf. Ob sie nicht kann oder nicht will, behält sie für sich.

Ein gutes halbes Jahr später bittet mich Geli, eine Dessous-Party zu organisieren. Ich habe davon noch nie gehört. Aber ich will ihr gern helfen und lade fünf Bekannte für Donnerstag Abend ein. Es sind meine beiden Freundinnen, denen ich natürlich Gelis Situation geschildert habe, und drei Nachbarinnen.

Geli sieht umwerfend gut und wie ein echtes Model aus. Sie trägt ein enges, graues Kostüm mit kurzem Rock und darunter eine knallrote Korsage, dazu ebenso rote hochhackige Schuhe. Natürlich erwarte ich nicht, dass sie diese Schuhe auszieht. Bei mir muss kein Besucher die Schuhe ausziehen. Es sei denn, er bittet darum, weil er sich ohne Schuhe bequemer fühlt. Geli hat lange dunkelrot gefärbte Fingernägel, die zusätzlich noch mit Strass-Steinchen geschmückt sind.

Auf einer fahrbaren Kleiderstange hängen mindestens fünfzig oder mehr BHs mit passenden Höschen in vielen Farben.

Geli erklärt, wie man seine ideale BH-Körbchengröße feststellt, worauf man beim Kauf, beim Tragen und bei der Pflege achten sollte und präsentiert sehr geschickt ihre Ware. Sie fordert gezielt meine Besucher auf, bestimmte Dessous anzuprobieren. Anfangs sind wir alle noch ein wenig befangen und zeigen wenig Lust, die Wäsche anzuprobieren oder uns gar gegenseitig zu präsentieren. Ich mache irgendwann den Anfang mit einem wunderschönen hellblauen Set, das ganz interessant mit gelben Blüten bestickt und mit Perlen verziert ist.

Zum Schluss hat Geli elf Sets verkauft. Alle Frauen gehen zufrieden nach Hause und versprechen Geli, eine Dessous-Party in ihrer eigenen Wohnung zu organisieren.

Heimlich hatte ich darauf gehofft, dass ich mein hübsches blaues Set von meiner Schwester zwar nicht geschenkt, aber so doch günstiger als die anderen Frauen bekomme. Leider nicht, denn Geli ist eine umsichtige Geschäftsfrau, die kein Geld zu verschenken hat.

Sie fragt mich, ob ich nicht Lust hätte, mitzumachen und ebenfalls Dessous zu verkaufen. Mir gefällt der Gedanke. Aber ich möchte mich erst mit Steffen besprechen, weil ich dafür wohl oft unterwegs sein müsste.

Zwei Wochen später suche ich mir aus Gelis aktueller Kollektion 70 Sets in verschiedenen Größen und Farben aus. Leider gibt es keine Hemdchen bzw. Tops dazu, was für mich zwingend zu einem kompletten Set dazu gehört. Geli findet es abartig altmodisch, heutzutage noch ein Unterhemd zu tragen. Sie versichert mir, dass es außer mir keine zweite Frau auf der ganzen Welt gibt, die Unterhemden trägt. Mir ist das gleichgültig, ich mag jedenfalls nicht so halb angezogen herumlaufen. Außerdem finde ich es abstoßend, wenn bei jeder Bewegung zwischen dem Shirt und den Hüfthosen nacktes Fleisch oder oft sogar der Poansatz herausschaut. In der kalten Jahreszeit wärmt ein Unterhemd und in der warmen kann es den Schweiß aufsaugen, man erkältet sich nicht so schnell. Ich wundere mich gar nicht darüber, dass die Leute ständig erkältet sind. Wenn ich Arzt wäre, müssten derart knapp gekleidete Leute ihre Medikamente selbst bezahlen.

Aber ich gebe mich zufrieden, unterschreibe den Vertrag und bin jetzt eine von inzwischen sieben Dessous-Beraterinnen von Angel-Chic, wie sich Gelis Firma jetzt nennt.

„Gibst du mir das Geld gleich bar oder willst du es heute überweisen?"

Ich schaue Geli fragend an.

„Glaubst du, ich kann dir das schenken?"

„Natürlich nicht. Aber ich muss doch erst was

verkaufen."

„So nicht, meine Liebe. Du hast die Sachen gekauft und gibst mir entweder 2.450 Euro bar auf die Hand oder überweist das heute noch komplett an mich."

„Bist du verrückt? So viel habe ich gar nicht."

„Steffen verdient genug."

„So viel haben wir weder auf dem Konto noch würde ich für Wäsche so viel Geld abheben."

„Das hättest du dir früher überlegen müssen. Jetzt hast du unterschrieben und Vertrag ist Vertrag. Die Klausel über Vertragsbruch oder einseitiges Beenden hast du sicher gründlich gelesen, bevor du unterschrieben hast."

Jetzt werde ich sauer. „Spinnst du? Ich bin deine Schwester und zerreiße jetzt den blöden Fetzen." Ich greife nach dem Vertrag.

Geli lacht und hält mir ihr Original entgegen.

„Das einzige, was ich dir anbieten könnte, wäre eine Teilzahlung. Ich wäre mit tausend Euro Anzahlung einverstanden und dann drei Monatsraten von je 500 Euro."

„Damit hättest du gleich 50 Euro Gewinn gemacht."

„Du kannst ja komplett bezahlen, wenn es dir nicht passt. Aber beeile dich, ich habe in einer Stunde einen Partytermin in Flöha."

Um das viele Geld so schnell wie möglich auftreiben zu können, organisiere ich sofort Termine.

Die erste Party ist bei mir im Wohnhaus. Hier wohnen außer mir noch sechs Frauen, wovon immerhin vier meiner Einladung folgen. Ich habe mir vorher die vier Lieferanten mit ihren Produkten genau eingeprägt, auch sämtliche Preise und Bezeichnungen, aber so locker wie bei Geli läuft mein Verkaufsabend nicht ab. Außerdem glaubte ich, dass die meisten Frauen den einheimischen Hersteller aus dem Vogtland bevorzugen und wie ich das Verspielte, Weibliche und Farbige mit Spitzen und Stickereien lieben. Aber drei der vier Partygäste tragen nur einfarbige, sehr sportliche Dessous in weiß, schwarz oder beige. Das heißt, ich habe die vollkommen falschen Artikel dabei und vermutlich deshalb nur zwei Sets verkauft. Zu meiner großen Freude will eine Nachbarin bei ihrer Schwägerin in Zwickau eine Dessous-Party organisieren.

Die zweite Dessous-Party findet bei meiner Mutter statt. Zuerst war mir nicht ganz wohl bei dem Gedanken, Frauen Dessous anzubieten, die so viel älter sind als ich. Aber dieser

Nachmittag läuft überraschend gut, da die alten Damen viel lockerer mit der Wäsche umgehen als meine Nachbarinnen. Sie haben viel Spaß beim Anprobieren und geben sich gegenseitig lustige Tipps, welcher BH in welcher Farbe welcher Frau besonders gut steht und machen Witze darüber, was die Nachbarn denken werden, wenn sie ihre neue knallrote Reizwäsche draußen auf der Leine trocknen. Vielleicht hat auch das eine oder andere Glas Sekt geholfen, das Mutti einschenkte. Bei meiner nächsten Dessous-Partys werde ich auf jeden Fall Sekt dabei haben.

Geli lädt zu einer Schulung in ihre Wohnung ein, um mir und sechs weiteren Dessous-Beraterinnen die neue Kollektion vorzustellen.
Mir gefällt Gelis Aufmachung gar nicht mehr. Sie ist viel zu aufgedonnert und viel zu grell geschminkt, was bei Blondinen schnell nuttig aussehen kann. Außerdem sieht man die schwarze Unterwäsche sehr deutlich unter der durchsichtigen weißen Bluse. Das wirkt billig.
Geli schiebt eine der Frauen unsanft aus der Tür. „Du gehörst nicht dazu. Geh bitte!"
Die junge Frau dreht sich um und schreit: „Ihr werdet Angelika noch kennenlernen! Sie wird

euch alle ausnehmen wie die Weihnachts-gänse."

Dann schlägt die Haustür zu und Geli kommt strahlend herein.

Sie bestimmt jeweils eine von uns, dieses oder jenes Teil anzuziehen und vorzuführen, wozu wir uns ohne zu murren bereit finden. Mich beruhigt, dass offenbar die anderen Frauen die gleiche Scheu kennen wie ich und ebenfalls nicht mehr verkaufen als ich. Bis jetzt bezeichnete mich Geli als ungeschickt und kritisiert, dass ich viel zu wenig neue Termine für Dessous-Partys vereinbare. An der Heck-scheibe meines Autos prangt seit zwei Monaten eine auffällige Werbung. Ich erzähle, dass diese mir bisher nur einen einzigen Anruf brachte und dass mich auf einem Parkplatz ein Mann ansprach, der acht Mädchen beschäftigt, die sich vor einer Webcam räkeln. Aber dabei kam es zu keinem Termin, weil er eher auf Lederwäsche aus war.

Nach Schluss der Schulung bleibe ich noch ein wenig bei Geli sitzen. Plötzlich sagt sie: „Dienstag ziehe ich nach Düsseldorf."

„Ist da eine Messe?"

„Hörst du mir nicht zu? Ich ziehe um!"

Ich bin völlig überrascht und vermute:

„Du hast dort einen Job bekommen?"

„Bekommen?", äfft sie mich nach. „Man BEKOMMT keinen Job, man nimmt sich den Job, der zu einem passt. Man hat immer eine Wahl und ich habe längst meinen Job gewählt. Zuerst habe ich wie du als Beraterin gearbeitet, aber ich fand schnell die Hersteller heraus und habe mit ihnen eigene Verträge gemacht."

Das passt zu Geli.

„Bekommst du nun Ärger?"

„Wieso? Jeder ist sich selbst der Nächste."

„Warum Düsseldorf?"

„Weil Düsseldorf die Stadt der Mode ist, Chemnitz dagegen nur ein unbedeutendes Provinzkaff. Hier kaufen die Frauen Aldi-Wäsche für zwei Euro, weil sie keine Ahnung von Mode haben und ihnen die Qualität vollkommen gleichgültig ist. Nein, hierher passe ich nicht."

Das sehe ich ein. Düsseldorf ist sicher die richtige Wahl für meine Schwester.

Von nun an höre ich nur noch höchst selten von meiner Schwester. Ich habe kein WhatsApp, was sie für nötig hält, um mit mir in Kontakt zu bleiben. Mit Hilfe dieser wunderbaren Technik schickt sie unseren Eltern, Hajo und seinen

Eltern Fotos von den Spielsachen und Kleidern, die diese für die Mädchen zu kaufen haben. Geli findet das praktisch, ich halte das eher für unverschämt.

Ich vermisse meine Schwester und besonders ihre Mädchen und würde mich über Fotos sehr freuen. Aber Geli macht nur Aufnahmen mit ihrem Handy und schreibt auch keine Mails, woran sie leicht aktuelle Fotos anhängen könnte. Hin und wieder erreicht mich eine kurze SMS, dass sie auf dieser oder jener Party sei oder hier und da im Urlaub.

Geli fliegt mit ihren Mädchen im Sommer meist nach Teneriffa oder „auf Malle". Hajo nimmt sie während der Ferien in seinem Wohnwagen mit in die Berge.

Im Mai erhalten wir eine Einladung zum Schulanfang von Helene im August nach Düsseldorf. Wir sagen sofort zu. Ich freue mich sehr auf das Wiedersehen mit meiner Schwester und vor allem freue ich mich auf die beiden Mädchen.

Johanna ist auffallend hübsch und keinen Zentimeter größer als ihre zwei Jahre jüngere Schwester.

„Du musst dir gleich das tolle Haus ansehen!",

bestimmt Geli. Stolz führt sie mich herum.

Mir wäre das Haus zu klein. Es gibt wieder keinen Flur, gleich neben dem Eingang ist die winzige Küche, eher eine offene Kochnische und daneben das Gästeklo. Man steht also direkt in der Stube, die von einer Treppe und einem alten Ofen mit einem riesigen schwarzen Ofenrohr dominiert wird. Ich wundere mich, dass es so etwas überhaupt noch gibt und hätte es noch vor dem Einzug entfernen lassen. Geli zeigt theatralisch auf dieses Ungetüm und verkündet: „Der Kamin! - mein ganzer Stolz. Und hier die chill-out Area."

Damit meint Geli die Terrasse von etwa acht Quadratmetern, dahinter eine Rasenfläche, die auch nicht viel größer ist, umringt von meterhohen Thuja-Pflanzen. Wenn diese Gewächse noch höher wachsen, ist Geli regelrecht eingemauert.

Die schmale Wendeltreppe in der Stube führt zu den beiden recht kleinen Kinderzimmern mit Dachschrägen und Laminat-Boden. Eines der Zimmer ist hellblau, das andere rosa. Mir ist sofort klar, dass Johanna das blaue und Helene das rosa Zimmer bewohnt. Helene zeigt mir ihren prall gefüllten Kleiderschrank, während mich Johanna in ihre gemütliche Leseecke einlädt, wo bereits meine Tochter sitzt und in den Büchern blättert.

Auf der Etage gibt es noch ein recht überschaubares Bad und eine Art Hühnerleiter, die noch weiter nach oben ins Dachgeschoss führt, das in der Mitte von einem runden Doppelbett komplett ausgefüllt wird. An den Seiten unter den Schrägen hängen Kleider, Hosen, Blusen frei herum und in offenen Regalen stapeln sich Shirts und Wäsche.

„Das ist mein begehbarer Kleiderschrank."

Ich versuche zu lächeln, bin aber total entsetzt. Nein, hier könnte ich mich überhaupt nicht wohl fühlen.

„Oberkassel ist die absolut bevorzugte Wohngegend, linksrheinisch natürlich."

Ich nicke, verstehe aber kein Wort.

„Noch vor drei Jahren hättest du hier für unter dreitausend kaufen können, aber die Zeiten sind vorbei."

„Was, das Haus kostet dich mehr als dreitausend Euro Miete?"

Geli setzt ihren Blick „du bist aber dumm" auf und klärt mich seufzend auf. „Nein, Süße, ich rede vom Quadratmeterpreis. Sehe ich aus, als ob ich zur Miete wohne?"

Natürlich nicht. Wie konnte ich so etwas

Dummes denken.

Die Hausbesichtigung ist noch nicht zu Ende. Geli führt mich ins Kellergeschoss. Dort ist das Büro ihrer Firma Angel-Chic mit Schreibtisch und einigen Stühlen, das Dessous-Lager und eine kleine Dusche.

Ich sage nichts dazu, weil mir das Theater um den Ausstieg aus dem Vertrag noch immer sehr schwer im Magen liegt. Ich schaffte es nicht, die Dessous zu verkaufen und habe die neue Kollektion nicht mehr übernommen. Geli hat sich darüber sehr geärgert und kein einziges Set zurückgenommen. Mir blieb nichts anderes übrig, als einige Teile an Freunde und Verwandte zu verschenken und den großen Rest für wenige Euro einem An- und Verkaufsladen zu überlassen.

„Guten Tag, ich bin Ulf." stellt sich ein hübscher junger Mann vor, der ohne zu klingeln in Gelis Haus hinein kommt. Er ist nicht sehr groß, gut gekleidet, brünett, die Haare kurz, aber keinen Legionärsschnitt.

„Das ist mein Freund Arnulf, ihr könnt Arno zu ihm sagen", verkündet Geli. „Er ist IT-Manager und verdient entsprechend gutes Geld."

Klar, das ist wichtig für meine Schwester. Sie

hat wieder einmal richtig gewählt.

Arnulf hatte ich maximal auf 25 Jahre geschätzt, eher noch jünger, Geli wird immerhin bald 35.

Ich helfe beim Tischdecken draußen auf der Veranda. Es gibt Plinsen bzw. laut Geli heiße Waffeln mit Kirschen und Schlagsahne, was in Düsseldorf ein beliebtes Gericht gerade zum Schulanfang ist.

Danach gehen wir am Rhein spazieren und ich erfahre, dass Düsseldorf eigentlich auf der anderen Rheinseite liegt und man eine der drei Brücken benutzen muss, um in die Stadt zu kommen. Aber Arnulf arbeitet in Neuss, was auf der gleichen Rheinseite liegt wie Oberkassel.

Arnulf erzählt, dass er Abitur mit Berufsaus-bildung Informationstechnischer Assistent gemacht habe und später bei der Rheinischen Post Technischer Betriebswirt lernte. Innerhalb von nur zwei Jahren habe er ein berufs-begleitendes Abendstudium mit dem Master-abschluss Informationstechnik gemacht und er sei nun mit nur 23 Jahren fertiger IT-Manager. Ich bin beeindruckt, denn die meisten Studenten benötigen mehr Zeit für einen einzigen Studienabschluss und dieser junge Mann hat in viel kürzerer Zeit Abitur und drei

Berufe inklusive Master.

Auch am nächsten Tag scheint wunderbar die Sonne, ideales Wetter für die Schulanfangsfeier.

„Das ist Sportswear und keinesfalls High Fashion", schimpft Geli, als ich im dunkelblauen Hosenanzug statt im Kleid erscheine.

Ich öffne die Jacke und zeige mein Top aus kobaltblauer Spitze.

„Besser?"

Johanna jubelt: „Die gleiche Farbe wie mein Kleid!"

Geli trägt ein schwarzes Etuikleid mit einem Bolero aus korallefarbener Seide, ihre Haare haben die gleiche rostbraune Farbe mit gelben Streifen dazwischen und stehen in dicken Büscheln zu Berge.

„Du bist ja noch gar nicht fertig!", rufe ich.

„Deine Haare sind nass und weder gekämmt noch geföhnt, nun wird es aber Zeit, meine Liebe."

„Bist du verrückt? Zwei Stunden hat es gedauert, bis mein Coiffeur für viel Gel diese geile Frisur gezaubert hat. Sieht doch heiß aus."

Mir gefällt das nicht, irgendwie unfertig und

liederlich. Aber ich sage nichts, weil ich nicht schon wieder hören will, dass ich eine Provinzamsel sei und keine Ahnung habe. Das mag stimmen, aber immerhin habe ich Geschmack.

Gelis auffallend dunkelrote Lippen sind schwarz umrandet und die Augen leuchtend blau bis hinauf zu den Augenbrauen geschminkt.

„Ich zeige dir, wie man sich richtig schminkt", bietet mir Geli an.

Soll ich etwa wie Geli aussehen, als wäre ich in einen Farbtopf gefallen? Laut sage ich: „Danke, nicht nötig, ich mag es lieber etwas dezenter."

Darauf Geli: „Dein make up ist nicht dezent, sondern mangelhaft."

Die kleine Hauptperson Helene sieht überaus reizend aus in in ihrem leuchtend pinkfarbenem Kleidchen, farblich passend dazu der Schulranzen, die Zuckertüte und die Brottasche mit einem rosa Pferdemotiv.

Die Festgesellschaft ist für Gelis Verhältnisse recht übersichtlich: insgesamt nur fünfzehn Personen. Hajo ist dabei, aber ohne seine Partnerin.

„Ich füttere nicht die Person, die meinen Kindern den Vater nimmt", erklärt Geli.

Das Essen in einem wunderschönen Gasthof direkt am Rhein bezahlt Hajos Vater, der auch die Schulgebühr übernimmt.

Helene besucht ebenso wie Johanna eine katholische Grundschule, von denen es in Düsseldorf wohl sehr viele gibt. Sie ist nicht nur ganz in der Nähe, sondern hat recht kleine Klassen mit maximal fünfzehn Kindern, was das Lernen sehr angenehm macht. In dieser Schule legt man viel Wert auf soziale Erziehung, moralische Werte, Leben in der Gemeinschaft usw. Am Nachmittag werden viele Kurse angeboten, wovon Geli für ihre Mädchen die kreativen wie Malen und sogar Backen ausgesucht hat. Das hat Geli meiner Meinung nach sehr gut gewählt.

Steffen unterhält sich mit Arnulf, der eigentlich Ulf heißt. Geli meint, Ulf klinge viel zu negativ, einsilbige Namen gingen gar nicht, deshalb wäre Arnulf die bessere Wahl. Arnulf sei zusammengesetzt aus Adler und Wolf – das passt natürlich eher zu Geli.

Ulf erzählt, dass Geli keine Kinder mehr will, da sie bereits zwei habe. Heiraten will sie auch nicht, denn man müsse keine Fehler wiederholen, es gäbe genügend andere. Und sie sähe gar nicht ein, Hajo finanziell zu entlasten.

Ulf zahlt jeden Monat 820 Euro Miete, was meiner Meinung nach für ein zusammen lebendes Paar recht ungewöhnlich ist. Geli besteht auf streng getrennten Konten und rechnet sogar die Telefon- und Kabelgebühren getrennt ab. Ulf musste den Kreditvertrag für das Haus mit unterschreiben und sogar die Bürgschaft für die gesamte Summe übernehmen. Im Grundbuch steht allerdings allein Geli, die Nutzer sämtlicher Versicherungen sind die beiden Mädchen. Wenn also irgendetwas passiert, geht Ulf nicht nur leer aus, sondern muss obendrein die Bank bedienen.

Für mich klingt das, als habe Ulf keine Chance, wirklich gleichberechtigt mit Geli zu leben und noch weniger, sie zu verlassen. Geli ist nicht eifersüchtig, doch sie duldet es nicht, wenn Ulf allein ausgeht. Diesbezüglich sieht sie sich mit Ulf als ein Paar, das ihre Freizeit gemeinsam verbringt und sich nur wegen der Arbeit trennt. Finanziell hätten sie keinerlei Probleme, denn er gehöre trotz seiner Jugend als IT-Manager zu den Spitzenverdienern der Stadt.

Da kann man Geli nur gratulieren zu ihrer richtigen Wahl.

Gegensätze

Nadine war eher ein ruhiger Typ und mochte es, wenn alles vorhersehbar und geordnet verläuft. Ihr Freund Holger war ebenfalls ruhig, das heißt, er sprach nicht viel. Aber eigentlich war er ein absoluter Chaot. Es schien, als hätte nichts, was er tat, System. Er ließ seine Sachen liegen und Nadine wusste nicht, ob er sie noch einmal tragen oder später in die Wäschebox geben wollte. Was seine Arbeit betraf, hatte sie längst aufgegeben, ein System oder wenigstens einen Plan zu erkennen. Er saß, wenn er daheim in ihrer gemeinsamen Wohnung war, ohne Pause vor seinem Laptop. Sie wusste nie, ob er an einem Artikel für die Zeitung schrieb, im Internet recherchierte, sich mit einem albernen Spiel die Zeit vertrieb oder eine seiner politischen Reportagen anschaute.

Er liebte Veränderungen sehr und besonders den Spruch „Gegensätze ziehen sich an.". Er glaubte, wenn man sich einmal angepasst hat und sicher und geborgen fühlt, ist die Liebe vorbei. Vielleicht hatte er Recht. Ihr dagegen war vor allem die Harmonie wichtig, immer, vor allem in einer Beziehung.

„Weshalb fährst du auf die Autobahn? Durch die Stadt bis Chemnitz Süd sind wir viel schneller auf der Vogtlandautobahn Richtung Süden."

Holger antwortete nicht. Er konzentrierte sich auf die Auffahrt und fädelte sich rasch in den Verkehrsfluss ein. Erst, als sie das Kreuz Chemnitz Nord längst hinter sich hatten und auf der A4 Richtung Frankfurt fast Glauchau erreichten, sagte er, dass seine Kinder noch abgeholt werden müssen.

„Warum hast du nichts gesagt?"

„Wie gesagt?"

„Ich dachte, wir fahren in den Schiurlaub."

„Richtig. Aber vorher muss ich meine Kinder abholen."

Sie wusste, dass Holger zwei Kinder mit zwei verschiedenen Frauen hat. Aber sie wusste nicht, dass die Kinder mit in den Urlaub fahren. Der Große ist fast zehn und die Kleine sechs Jahre alt. Ihr war klar, dass Holger seine Kinder nur während der Ferien sehen kann. Daran hätte sie wohl von allein denken müssen. Ihr wäre es trotzdem lieber gewesen, wenn sie vorher darüber gesprochen hätten.

„Können deine Kinder Schi laufen?", lenkte sie ein.

„Der Große ja, die Kleine mag keinen Schnee."

„Wie soll das gehen, wenn wir sie trotzdem mitschleppen?"

„Den Großen nehme ich mit auf die Piste, mit der Kleinen wird dir schon was einfallen."

„Mir?"

„Du hast gewusst, dass ich Kinder habe. Also fange jetzt nicht an zu nörgeln."

Nein, nörgeln wollte sie nicht. Und es stimmte, sie hatte gewusst, dass Holger Kinder hat und sich trotzdem auf eine Beziehung mit ihm eingelassen.

Das war problematischer als sie sich vorgestellt hatte. Die Kinder lebten in verschiedenen Bundesländern, hatten dadurch zu unterschiedlichen Zeiten Schulferien. Das letzte Weihnachtsfest glich einer Katastrophe, die ohne jede Vorwarnung über sie hereinbrach.

Das eine Kind musste abgeholt werden, das andere wurde gebracht, die beiden Ex-Frauen durften sich nicht begegnen. Holgers Vater wollte für alle kochen, dann hatte er es vergessen und Nadine lief zur Tankstelle, um noch etwas Essbares für alle zu besorgen. Als sie am ersten Feiertag wie vereinbart zu ihren Eltern fahren wollte, stand plötzlich Holgers Bruder mit seiner Freundin vor der Tür. Er nahm die ganze Familie und auch die ganze Wohnung in Beschlag, lärmte oder saß still in der Ecke, kam und ging, wie es ihm einfiel. Nadine wusste nicht, was sie tun oder lassen sollte, sie war verzweifelt. Und dann kam noch unangemeldet Holgers Schwester mit Familie. Nadine fühlte sich zwei volle Tage wie unter einer Lawine verschüttet.

„Ich habe mich noch immer nicht von Weihnachten erholt."

Holger lachte. „War doch lustig, als auch noch meine Schwester mit der ganzen Familie vor der Tür stand und wir alle beisammen waren. Sollten wir viel öfter machen. Weihnachten ist nun mal ein Familienfest."

„Mit DEINER Familie. Meine Eltern habe ich nicht gesehen."

„Du weißt, das hätte zu viel Stress gegeben, jetzt, da du schwanger bist. Außerdem war dein Vater an dem einzigen Tag, an dem wir Zeit hatten, bei seiner Tochter aus erster Ehe in Berlin."

Eigentlich hatte sie sich geschworen, sich niemals das Durcheinander einer modernen

Patchworkfamilie zuzumuten und nun steckte sie mittendrin.

Nadine war selbst so ein gebranntes Patchworkkind und fand ihre eigene Geschichte überhaupt nicht lustig. Ihr Vater hatte bereits einen zwölfjährigen Sohn, als er zum ersten Mal heiratete. Zu dem Kind gab es keinen Kontakt, nur die monatlichen Zahlungen der Alimente. Seine Frau brachte ein knapp zweijähriges Mädchen mit in die Ehe. Mit dieser Frau hatte der Vater bald eine gemeinsame Tochter. Nadine war einige Jahre später der Scheidungsgrund.

Das erste Mädchen hing sehr an Nadines Vater, aber er wollte nach der Trennung keinen Kontakt zu ihr, weil es nicht sein Kind war. Das zweite Mädchen wollte zum Vater keinen Kontakt, weil er die Mutter für eine neue Frau verlassen hat. Nadine lernte ihre Halbschwester erst vor wenigen Jahren kennen, nachdem diese selbst verheiratet und schwanger war.

„Fahre bitte nicht so schnell!"
„Ich fahre nicht schnell, gerade mal 160, also normale Reisegeschwindigkeit."

„Mir macht das Angst."

Holger reagierte nicht und drosselte das Tempo nicht. Sie hatte Angst bei so hohen Geschwindigkeiten, schon immer, außerdem gab es keinen Grund für diese Eile, denn sie fuhren in den Urlaub. Sie verstand nicht, weshalb er nicht langsamer fahren konnte, zumal er von ihrer Angst wusste. Jetzt während der Schwangerschaft wuchs diese Angst zur Panik und sie konnte nichts dagegen tun. Sie schloss die Augen und hoffte, wenn sie die vorbeifliegenden Bäume und die Autos, die Holger überholte, nicht sieht, dass die Angst verschwindet oder wenigstens nachlässt.

Vier Stunden später standen sie vor dem Haus, in dem Holgers kleine Tochter wohnte. Das Kind wurde durch einen Türspalt geschoben, ein Koffer dazu, die Tür schloss sich wieder. Das Mädchen schaute auf den Boden und rührte sich nicht. Auch Holger rührte sich nicht, er blieb einfach im Auto sitzen. Also stieg Nadine aus, nahm den kleinen Koffer in die eine Hand, das Mädchen an die andere und schob beides auf den Rücksitz. Einen Kindersitz gab es nicht. Nadine faltete ihr Kopfkissen, das sie beim Autofahren gern in ihren Nacken schob und legte es aufs Polster. Dann hob sie das Kind darauf, so dass es angeschnallt werden konnte. Die Kleine sagte nichts, Holger fuhr sofort los.

„Seltsame Frau", wunderte sich Nadine. „Man kann doch ein Kind nicht einfach so aus dem Haus schieben."

Holger zuckte nur mit der Schulter.

Eine reichliche Stunde später hielten sie vor dem Haus des Jungen. Holger stieg aus, Nadine ebenfalls. Eine schöne junge Frau mit streng nach hinten gesteckten Haaren wie eine Ballerina umarmte Holger, aber sie sah durch Nadine hindurch, als wäre diese Luft.

Der recht dicke Junge wedelte mit einem Schwert und hielt in der anderen Hand mehrere bunte Stöcke. Er stürzte brüllend an Nadine vorbei, riss die Beifahrertür auf und schmiss sich auf den Sitz. Holger war im Haus verschwunden und Nadine stand zwischen Auto und Haustür und wusste nicht, ob sie Holger nachgehen oder sich zurück ins Auto setzen sollte. Aber wohin? Etwa auf den Rücksitz? Der Junge machte keine Anstalten, nach hinten zu gehen. Er reagierte nicht einmal, als sie ihn bat, den Vordersitz für sie zu räumen.

Holger kam zurück, er trug einen großen Koffer, den er hinten in den Gepäckraum zwischen ihre Sachen stopfte und wies ihr mit der Hand den Platz neben dem Mädchen auf der Rückbank zu. Dann setzte er sich auf seinen Fahrersitz und fauchte: „Was ist? Hast du ein Problem damit?", startete und fuhr los, kaum, dass Nadine die Tür hinter sich zuziehen konnte.

Bis zum Ferienhaus gab es keine Unterhaltung mehr. Das Mädchen sprach auf seine Puppe ein, die es auf dem Schoß hielt. Der Junge spielte laut mit einem kleinen Computer und Holger konzentrierte sich wortlos auf den Verkehr der Autobahn.

Das gefiel Nadine nicht, sie fühlte sich überflüssig und hielt diese sprachlose Unhöflichkeit nur schwer aus.

Vom Parkplatz aus mussten sie noch eine gute halbe Stunde bis zum Ferienhaus laufen. Und das mit Gepäck. Nadine war sauer, denn Holger war bereits mehrmals hier gewesen und hätte leicht die Sackkarre mitnehmen können, damit sie nicht so schwer tragen mussten. Der große Junge kümmerte sich nur um seine Stöcke, sein Spiel und sein Schwert. Holger trug zwei Koffer und einen Rucksack, Nadine ihren Kosmetikkoffer, ihre Hand- und trotz ihrer Schwangerschaft auch ihre Reisetasche. Der Rest musste erst einmal im Auto bleiben.

Das angeblich so geräumige Ferienhaus erwies sich als eine einfache Blockhütte mit einem Ofen, einem alten Küchenschrank, einem Gaskocher, einem riesigen Holztisch mit zwei grob gezimmerten Bänken an den Seiten und einer Leiter ins Dachgeschoss, wo sich die Schlafplätze befanden. So hatte sie sich das von Holger so hochgelobte Haus nicht vorgestellt. Es gab nicht einmal Schränke, wo sie ihre Sachen lassen konnte. Und keine getrennten Zimmer, nur einfache Feldbetten wie auf einer Berghütte. Zu allem Unglück befand sich die Toilette außerhalb der Hütte und war ohne Taschenlampe kaum zu finden. Die einfachste Jugendherberge wäre komfortabler.

Als Holger zum dritten Mal vom Parkplatz zurück kam, hatte er nicht wie geplant die Getränke dabei, sondern eine junge Frau, die ein Kleinkind im Arm hielt und ein etwa fünfjähriges Mädchen und das Gepäck der kleinen Familie. Die junge Frau hieß Jenny und kam quasi als Ersatz für ihren Bruder, einer von Holgers Freunden, der kurzfristig einen Auftrag in Amerika angenommen hatte.

Später kamen noch zwei Männer, ebenfalls Freunde von Holger, dazu. Sie hatten eine riesengroße Packung Döner dabei, die sie auf der Gasflamme in einer Pfanne anbrieten, eine Plastikschüssel voller Salat und reichlich Wein für alle. So wurde es noch ein recht gemütlicher Abend.

Jennys Kinder waren im Gegensatz zu denen von Holger vollkommen unkompliziert. Sie legten sich nach dem Essen klaglos in ihre Betten, während die Tochter von Holger zuerst nicht die Leiter hinaufsteigen, dann nicht ins Bett und schon gar nicht allein bleiben und sowieso nicht den Schlafanzug anziehen wollte. Holgers Sohn kümmerte sich weder um seine Halbschwester noch um seinen Vater noch um die anderen Erwachsenen. Er sprach mit sich selbst, murmelte unverständliche Formeln, sprang plötzlich auf, fuchtelte mit seinem Schwert oder den Stöcken herum, ohne von Holger daran gehindert zu werden. Er hielt sich für Harry Potter und wollte nur so genannt werden. Die Stöcke waren seine verschiedenen Zauberstäbe, die keiner berühren durfte, um die er ein Riesentheater machte und die er am nächsten Tag sogar mit auf die Schipiste schleppte.

So hatte sich Nadine den Urlaub nicht vorgestellt. Holger fuhr tagsüber mit seinem seltsamen Sohn Schi. Er hatte keine eigenen Bretter mit, sondern benutzte die von Nadine. Holger meinte, sie sei schwanger und sollte deshalb nicht mit auf die Piste, sondern sich um das Mädchen kümmern.

In der Hütte gab es zwar ein Mensch-ärgere-dich-nicht-Spiel, Halma und zwei Kartenspiele, aber nichts davon kannte das Kind und nichts davon wollte es spielen. Nadine versuchte es mit Kinderliedern wie „Schneeflöckchen Weißröckchen" und „ABC, die Katze lief im Schnee". Das Mädchen hörte sich den Anfang an, dann drehte es sich weg und sprach auf seine Puppe ein. Meist jammerte es, wollte dies und jenes oder nach Hause zu ihrer Mama und war nie zufrieden.

Eine wirkliche Freude für Nadine war Jenny, die recht witzig und amüsant von ihrer Arbeit in einer Leipziger Großküche erzählte. Die junge Frau hatte immer gute Laune, kannte viele Spiele und Reime und schaffte es sogar zwei Mal, dass Holgers Tochter mit hinaus in den

Schnee ging.

Jenny hielt sich stundenlang mit ihren Kindern draußen auf, baute Schneemänner, machte Schneeballschlachten, während Nadine an Holgers Tochter und damit ans Haus gebunden war.

Jenny erzählte oft von ihrem Freund, der eine eigene Autowerkstatt besaß und auch ein eigenes Haus, in dem er zusammen mit seinem Vater lebte. Er arbeitete von morgens sechs Uhr bis mindestens 21 Uhr am Abend. Früher hatte er noch eine Hilfe in der Werkstatt, aber die Lohnnebenkosten und der Mindestlohn zwangen ihn, seinen Mitarbeiter zu entlassen und wieder ganz allein zu arbeiten. Er war noch nie in seinem Leben im Urlaub gewesen, denn wenn er nicht in der Werkstatt Autos reparierte, verdiente er nichts. Doch er brauchte das Geld, denn seine Krankenkasse, die Handwerkskammer und das Finanzamt mussten jeden Monat pünktlich bedient werden. Für ihn selbst blieb kaum etwas übrig. Zu allem Übel hatte er gegen einen Anwalt einen Rechtsstreit verloren und zahlte seit drei Jahren jeden Monat eine für ihn große Summe ans Gericht. Dabei hatte er bei der Reparatur des BMW nichts falsch gemacht. Trotzdem kam plötzlich eine Klage und gleichzeitig ein Mahnbescheid, bevor er überhaupt wusste, worum es ging. Die Frau des Anwalts war Gerichtsvollzieherin, eine furchteinflößende, sehr laute und übergroße Matrone, die regelmäßig vor seiner Tür stand und ihm drohte. Jenny fürchtete, dass ihr Freund eines Tages einfach mal umfiel wegen seiner vielen Sorgen und der fehlenden Freizeit.

Holger galt ebenfalls als selbständig, aber als Freiberufler, als freier Reporter für eine Berliner Zeitung. Er musste jeden Monat eine bestimmte Anzahl von Zeilen abliefern und bekam dafür einen festen Betrag. Schrieb er eine zusätzliche Reportage, konnte er diese frei verkaufen oder seiner Redaktion zur Verfügung stellen und sie im Folgemonat verrechnen. Das war praktisch, sicherte seinen Lebensunterhalt, schaffte extrem viel Freizeit und angenehme Reisen auf Kosten der Redaktion. Am liebsten hielt er sich im Ausland auf, besonders in Krisengebieten, weil das selbstverständlich besser bezahlt wurde. Seine beiden Ex-Frauen erfuhren davon nichts, weil er offiziell immer den gleichen Honorarsatz überwiesen bekam.

Für seinen eigentlichen Lebensunterhalt kam Nadine auf.

Nadine reiste nicht gern. Reisen war ihrer Meinung nach nur eine Illusion. Man nahm nicht nur sich selbst mit, sondern auch all seine Freuden, Ängste und Probleme. Nichts ändert sich, nur die Kulisse. Sie wollte nicht mehr reisen.

Nadine war Buchhändlerin und liebte die Welt der Bücher. Vor zwei Jahren bot ihr ihre Chefin die Teilhaberschaft der kleinen Buchhandlung, in der sie arbeitete, an. Das war jahrelang ihr absoluter Traum. Aber sie merkte, dass die Buchhandlung schlecht lief. Im Sommer hätten sie eigentlich schließen müssen, weil die Bahnhofstraße, an der der kleine Laden lag, komplett aufgebaggert wurde. Autos kamen keine mehr vorbei und Fußgänger sowieso nicht. Die Straße sollte neu gepflastert werden, schmalere Fußwege und viele Parkplätze bekommen. Jetzt im Winter ruhte die ganze Bauarbeit für mehrere Monate. Vielleicht lockte das später, wenn alles fertig war, mehr Spaziergänger und mehr Kunden in die Bahnhofstraße und die Buchhandlung.

In dem kleinen Laden konnte man Besonderheiten finden, die es in den großen Ketten nicht gab, wo nur stapelweise von den Verlagen vorgegebene Bestseller angeboten wurden. Nadines Chefin hatte sich auf regionale Autoren spezialisiert und versuchte mit geschickter Werbung, deren Bücher zu verkaufen. Jeden Monat fand eine Lesung mit ausgewählten einheimischen Schriftstellern statt. Auch auf ihrer Internetseite bewarb sie Verfasser aus der Region oder Titel über Sachsen und das Erzgebirge. Es war erstaunlich, wie viele interessante Werke es von unbekannten Schreibern gab. Allerdings konnte davon die Inhaberin kaum die Ladenmiete zahlen. Den meisten Umsatz machten sie mit Zeitschriften.

Nadine musste nur noch knapp drei Monate arbeiten, dann kam ihre Schonzeit und danach das Jahr Elternzeit, das sie voll ausnutzen wollte. Viel Hoffnung hatte sie nicht, dass sich Holger einbringt – weder zeitlich noch finanziell. Deshalb rechnete sie schon jetzt damit, ihr Baby in eine Kita für Kleinkinder zu bringen. Sie hatte schon zu Beginn der Schwangerschaft einen solchen Platz beantragt.

Nadine las sehr viel. Sie hatte schon als Kind vom ersten Schultag an alles gelesen, was ihr mit Buchstaben vor die Augen kam, ganz gleich, ob es eine Milchtüte oder eine Zeitung war. Von ihrer Chefin hatte sie gelernt, ihre Bücher geschickt auszuwählen, sich vor dem Kauf über den Inhalt zu informieren, über den Verfasser und im Internet das Probelesen zu nutzen. Nadine kaufte sich jede Woche ein neues Buch und warf nach dem Lesen keines weg, so sammelten sich weit mehr als tausend Titel in ihren Regalen. Sie legte für jedes Buch eine Karteikarte an mit einer Kurzbeschreibung des Inhalts und sortierte diese alphabetisch nach Schriftstellern. Sie kaufte sich alle Bücher, die sie las. Holger verstand das nicht, da sie seiner Meinung nach den ganzen Tag ungestört und völlig kostenfrei lesen konnte. Bücher, die sie daheim oder im Urlaub lesen wollte, sollte sie nach dem Lesen einfach in die Buchhandlung zurückbringen und dort unbemerkt ins Regal stellen.

Holger las keine Bücher. Er las nur Fachartikel im Internet und bevorzugte kurze Reportagen im TV. Er bewahrte keinen einzigen seiner Artikel auf, aber Nadine führte verschiedene nach Rubriken geordnete Mappen seiner Reportagen. Holger lachte sie auch dafür aus. Auch dafür, dass sie altmodische Kalender benutzte: einen am Schreibtisch, drei verschiedene an der Wand, einen in der Handtasche und ein Tagebuch am Bett. Er dagegen fand alles, was für ihn wichtig war, in seinem Smart-Phon und seinem Laptop, wo es seiner Meinung nach auch hingehörte. Für seine Artikel machte er sich nur grobe Notizen und sprach sie auf Band oder direkt über sein Whats-App an die Redaktion.

Nadine war nicht begeistert von dieser modernen Technik. Um sie herum tippten die Leute in ihre Handys und wischten darauf herum, hatten Stöpsel in den Ohren wie die berühmten drei Affen, die nichts sagen, nichts hören und auch nichts sehen wollten in einer einzigen Person vereint.

Auch Jenny beklagte, dass sich während der Pausen in der Küche die meisten Kollegen mit ihren Handys beschäftigten und außer dummen Albereien keine Unterhaltung zustande kam.

Mit Holger konnten man sich sowieso nicht unterhalten. Einen Satzanfang wie „Ich glaube..." unterbrach er stets mit: „Glauben ist Dreck! Wissen muss man´s." Und er schaute sofort im Internet nach, ob das, was jemand sagte, korrekt war oder von ihm korrigiert werden musste.

Zum Abendessen trafen sich alle am großen Tisch in der Blockhütte. Meist hatten die Mädchen gekocht, oft Spaghetti mit Tomatensoße. Dann brachte Jenny ihre Kinder ins Bett, Holger beugte sich über sein Tablet, seine Kinder spielten mit sich selbst ihre seltsamen Spiele und das Männerpaar schwärmte von amerikanischen Action- und Fantasie-Filmen, womit Nadine gar nichts anfangen konnte. Sie mochte einfache Alltagsgeschichten.

Jenny erzählte, dass sie fast nur Kinderfilme mit ihren Kindern schaute oder am Abend Serien, bei denen sie regelmäßig einschlief.

Aber hier in der Hütte hatten sie keinen Fernseher.

„Hast du etwas spannendes gelesen?", wollte Nadine von Holger wissen, der mit finsterer Miene und kopfschüttelnd auf sein Tablet schaute.

„In der Freien Presse steht ein unglaublicher Artikel „Die Schande von Leipzig". Darin wird beschrieben, wie unfassbar menschenfeindlich die Leipziger mit Asylanten umgehen, die allesamt aus Kriegsgebieten kommen und Grauenhaftes erlebt haben."

„Besser, du liest diesen Schwachsinn gar nicht", mischte sich Jenny ein. „Ich habe mal in der Berliner Zeitung einen angeblichen Tatsachenbericht über einen Asylanten aus Leipzig gelesen. Dieser Asylant behauptete, dass sie hungern müssten, weil sie nur zwei Scheiben Brot zugeteilt bekämen. Der Reporter war ganz sicher nie in Leipzig oder in einem anderen Asylantenwohnheim gewesen, sonst hätte er schnell gemerkt, dass nichts davon stimmt."

„Wie kommst du darauf?"

„Ich arbeite genau in der Leipziger Großküche, die angeblich die Asylanten hungern lässt. Also weiß ich sehr genau, was und wie viel diese Leute zu essen bekommen."

Nadine schaute Holger an, sie konnte sich gut an seinen Artikel für die Berliner Zeitung erinnern, in dem er ausführlich die Missstände der Versorgung von Asylanten in Leipzig aufdeckte. Und er war stolz auf seinen Zeugen, dessen Worte er in seine Reportage einbaute, obwohl er den jungen Mann nie persönlich gesprochen hatte.

Jenny sprach weiter: „Neben dem Bericht war ein Foto von einem hübschen Jungen aus Tunesien, der angeblich diese Aussagen gemacht haben soll. Ich kenne diesen Jungen gut, denn er hat oft in der Küche geholfen."

„Du kennst den Jungen?", fragte Nadine. „Uns

interessiert die Wahrheit sehr."

Holger stand unvermittelt auf und ging hinaus. Nadine verstand das nicht, denn jetzt konnte er endlich einmal Tatsachen erfahren statt nur Informationen aus dem Internet abzuschreiben. Sie fragte noch einmal: „Du kennst den Jungen?"

„Ja, ich habe genau in dem Heim bei Leipzig Essen für die Asylanten ausgegeben. Der Junge war ausgesprochen nett und half uns gern freiwillig in der Küche."

„Und das mit den zwei zugeteilten Brotscheiben stimmt gar nicht?"

„Ja und nein. Ich gab jeder Person zusätzlich zu den normalen Mahlzeiten zwei Scheiben Brot, auch wenn es neben Fleisch und Gemüse Kartoffeln, Reis oder Nudeln gibt. Wenn die Asylanten sich selbst bedienten, griffen sie gleich fünf und mehr Scheiben, ließen die Reste auf den Tischen liegen oder warfen sie auf den Boden."

„Dann stimmt der Bericht ja gar nicht", empörte sich Nadine. „Ist es eigentlich in den Lagern wirklich so schlimm, wie es in den Zeitungen steht?"

„Naja – schön ist es in manchen Heimen nicht. Stell dir tausend Leute vor, die sich zu viert ein

Zimmer teilen und mit der gesamten Etage Duschen und Toiletten. Aber immer noch besser als in Kriegsgebieten, oder? Außer dem Essen und der Unterkunft haben alle ärztliche Versorgung, ein Handy, Kleidung und meines Wissens den Hartz-IV-Satz. Familien mit Kindern werden in Wohnungen untergebracht und in Luxushotels. Das ist nicht nur in Leipzig so, auch in Dresden und Chemnitz. Wenn ich nicht alleinerziehend wäre, dann hätte ich nicht einmal Kita-Plätze für meine Kinder, weil diese Plätze für die Asylanten geblockt sind. Mir geht das zu weit, den Pegida-Demonstranten ebenfalls."

„Hast du etwa mit diesen Rechtsradikalen zu tun?"

„Was meinst du mit rechtsradikal?"

„Aber Jenny, das weiß doch jeder, dass Pegida Neonazis sind in ihrem Irrsinn von Fremden-hass."

„So ein Unsinn! Meist sind das Anwohner, denen die Asylanten in die Gärten steigen und außer Obst von den Bäumen und Wein aus den Kellern die Wäsche von den Leinen klauen."

Nadine war fassungslos. Sie wusste, dass Holger noch nie solch ein Asylantenheim besucht hatte. Und trotzdem glaubte er, alles zu wissen. Sogar sie selbst hatte sich nie wirklich informiert. Das wollte sie nun nachholen.

„Und die Angriffe auf die Heime, die Überfälle?"

„Weißt du, die Asylanten zünden ihre Unterkünfte selbst an und streiten sich um die Frauen, was oft in Messerstecherei endet, sogar mit Todesfolge."

Jenny war ganz rot im Gesicht vor Zorn. Man sah ihr an, dass sie am liebsten noch viel mehr geredet und geschimpft hätte. Aber sie sagte: „Ich mag nichts mehr sagen. Wenn ich den Mund öffne, kommt alles aus mir raus geschwappt. Ich bin voll davon wie ein Schwamm."

Jenny stand auf, drehte sich in der Tür noch einmal um und sagte: „Weißt du, ich muss mich schon von den Asylanten als Nazi beschimpfen lassen und darf nichts entgegnen. Ich darf nur das Essen für sie ausgeben." Sie schüttelte den Kopf, ging raus zur Toilette und anschließend ins Bett.

Das Männerpaar hatte sich mit keinem Wort an der Diskussion beteiligt, als hätten sie nichts gehört und nichts zu sagen. Die Beiden gingen immer am späten Abend aus und kamen erst gegen Morgen zurück. Sie krochen nicht einmal aus ihren Matratzen, wenn Jenny ihre Kinder zum Mittagsschlaf hinlegte, sondern erst, wenn sie sie zum Vesper herunterholte. Wozu sie dann Urlaub in einer Schihütte machten, war Nadine vollkommen unklar.

Holger kam herein und setzte sich wortlos wieder an sein Tablet.

„Rede mit mir!", bat Nadine. „Willst du nicht, dass ich dich kenne? Dass ich weiß, worüber du nachdenkst, was für dich wichtig ist und warum?"

Holger lächelte. Sie konnte sein Lächeln nicht deuten. War es spöttisch? Verlegen? Bedauernd? Er lächelte immer noch und sagte nichts. Dann verfinsterte sich seine Miene und nahm den gewohnt düsteren Ausdruck an.

„Du bist mir in den Rücken gefallen."

„Wie meinst du das?"

„Du hättest meine Meinung vertreten oder dich raushalten müssen."

Nadine wurde ärgerlich. „Wenn ich auf das, was du sagst, nicht reagieren darf, dann gib doch konkrete Anweisungen."

„Das Thema geht dich nichts an."

„Mich geht ALLES etwas an. Ich stehe immer in Bezug zu allem – zur Umgebung, zur Arbeit, zum Haushalt, zum Menschen sowieso."

„Du kannst nichts ändern."

„Natürlich nicht. Aber ich kann alles sagen, ich habe zu allem eine Meinung."

„Du bist aber kein Experte."

„Du offenbar auch nicht, wenn ich an deine Recherchen und Artikel denke. Oder muss ein Experte gar nicht recherchieren? Kommt es dir nicht auf die Wahrheit an?"

„Was ist schon Wahrheit? DIE Wahrheit gibt es gar nicht. Alles ist subjektiv."

„Möglich, aber du hast – ganz objektiv gesehen – absichtlich gelogen. Für mich ist die Wahrheit das größte Abenteuer, für dich wohl eher die größte Zumutung."

„Ich werde für MEINE Arbeit bezahlt und nicht für DEINE Wahrheit. Und was ich worüber zu schreiben habe, das bestimmt allein mein Auftraggeber."

„So könnte ich nicht leben. So möchte ich nicht leben können. Und ich bin entsetzt darüber, dass du so leicht damit leben kannst und willst. Ich glaube nicht, dass wir so zusammen leben können." Nadine dachte nach. „Ich kann nicht so werden wie du und du kannst nicht so werden wie ich. Wir sind zu verschieden, zu gegensätzlich, aber man erträgt nur seinesgleichen."

„Nein, Gegensätze ziehen sich an."

„Das stimmt. Aber das bleibt nicht. Das ist wie ein Strohfeuer, von dem nicht einmal Asche bleibt. Nur Gleiches bleibt auf Dauer."

„Ich mag das Gleiche nicht. Und wenn du so redest wie du jetzt redest, mag ich dich auch nicht."

Darauf antwortete Nadine nicht. So etwas sagte Holger oft, aber er meinte es nicht so.

Nadine war froh, als der seltsame Urlaub vorüber war. Zuerst fuhren sie zum Haus, wo Holgers Sohn lebte. Holger stieg aus, das Kind blieb im Auto sitzen.

„Willst du nicht aussteigen und zu deiner Mama gehen?"

Der Junge reagierte nicht, er spielte weiter mit seinem kleinen Computer. Holger kam aus dem Haus und trug einen großen Koffer und quetsche ihn zwischen all die Gepäckstücke im Auto. Das kleine Mädchen bekam ihre Tasche unter ihre Beine gestopft und eine weitere Tasche zwischen die Rücksitze. Holger setzte sich auf den Fahrersitz und fuhr los.

„Und der Junge? Was ist mit Finn?"

„Er wohnt jetzt bei uns."

„So geht das nicht!", beklagte sich Nadine.

Aber Holger sagte nichts mehr, kein einziges Wort bis zu dem Haus, in dem die Tochter wohnte. Wieder blieb Holger im Auto sitzen, so dass Nadine ausstieg, dem Mädchen beim Aussteigen half und deren eingeklemmte Tasche mit viel Mühe herauszerrte. Die Haustür öffnete sich einen Spalt, das Mädchen huschte hinein, Nadine stellte die Tasche auf dem Fußweg ab und stieg wieder ins Auto.

Ihr war zum Heulen zumute, sie fühlte sich machtlos und direkt überflüssig. Nein, überflüssig war sie wohl nicht, denn Holger brauchte sie. Sie wusste nicht, ob Holger ihr zuhörte, aber so sprachlos hielt sie es nicht mehr aus, sie wäre sonst erstickt oder hätte angefangen zu schreien.

Sie versuchte, so ruhig wie möglich zu klingen: „Wie lange wird Finn bei uns wohnen?"

„Ein halbes Jahr."

Ihr blieb fast die Luft vor Schreck weg. „Warum?"

„Das muss ich dir nicht erklären, er ist nun einmal mein Sohn und somit das wichtigste für mich."

Nadine schluckte. Denn dass Finn so wichtig für seinen Vater war, hatte sie bisher nicht gespürt. Er fuhr im Urlaub Schi mit ihm, aber ansonsten konzentrierte sich Holger ausschließlich auf seinen Laptop und sein Handy Er hat seine Kinder nie irgendetwas gefragt, nie mit ihnen gespielt, sie nie geherzt oder mit ihnen geschmust, nicht einmal geschimpft oder sich sonst irgendwie mit ihnen beschäftigt. Die Kinder forderten auch nichts von ihrem Vater und Nadine überlegte, ob sie keine Zuneigung erwarteten oder keine brauchten. Ihr gegenüber verhielten sie sich stets ablehnend. Wie also sollte ein Zusammenleben mit Finn funktionieren?

„Nun sag schon, weshalb er zu uns kommt."

Holger seufzte und raffte sich schließlich zu einer Antwort auf. „Seine Mutter hat einen Auftrag im Ausland und kann ihn nicht mitnehmen."

„Aha. Ist der Junge in einer Schule angemeldet?"

„Ja."

Darum hatte sich Holger also gekümmert, aber er hatte es ihr gegenüber mit keinem Wort erwähnt.

„Wo soll er schlafen?"

„Im Kinderzimmer, wo sonst?"

„Gut, das Baby kann sowieso während der ersten Monate bei uns in der Schlafstube sein.

Das ist kein Problem."

„Dann ist endlich alles geklärt."

„Nein, ist es nicht."

„Ende der Diskussion."

„Aussteigen! Wir sind daheim", rief Nadine.

Holger kümmerte sich um das Gepäck, Finn blieb im Auto sitzen und reagierte nicht auf Nadines Bitten, endlich auszusteigen. Erst, als Holger ihn leicht an der Schulter berührte, nahm er sein Spiel und die Stöcke und ging ins Haus.

„Machst du bitte das Abendessen, während ich Finns Bett beziehe?", bat Nadine.

„Ich will Pizza!", schrie der Junge, ohne von seinem Spiel aufzusehen.

Holger ging zum Telefon und bestellte drei Pizzen. Finn griff mit der linken Hand nach einem Pizzastück, biss ab und spielte weiter.

„Wasch dir bitte die Hände, lege das Spiel zur Seite und setze dich zu uns an den Tisch."

„Du hast mir gar nichts zu sagen", brummte das Kind, ohne aufzusehen.

„Jetzt sag endlich was! Tu was!", forderte Nadine Holger entschieden auf.

Holger stand auf, nahm Finns angebissene Pizza und warf sie samt der Verpackung auf den Boden im Kinderzimmer. Der Junge schlurfte hinterher und schmiss die Tür zu.

„So geht das nicht, Holger. Finn ist zehn Jahre alt und sollte sich normal benehmen."

„Du meinst, er sollte sich so benehmen, wie du es für richtig hältst."

„Du musst mit ihm reden."

„Ich muss gar nichts. Ob und wie ich mit meinen Kindern kommuniziere, ist allein meine Sache. Das geht dich nichts an."

„So? Das geht mich nichts an? Aber ich darf mich um deine Kinder kümmern."

„Kinder sind nun mal Frauensache. Du hast gewusst, dass ich Kinder habe. Ich hatte die Kinder schon lange, bevor ich dich kannte."

„Theoretisch habe ich das gewusst. Aber ich wusste nicht, was praktisch auf mich zukommt. Ich meine, du hast keine Regeln aufgestellt. Ich habe deine Kinder erst Weihnachten kennengelernt und zwar ohne jede Vorwarnung. Sie waren plötzlich da. So etwas bespricht man mit seinem Partner."

„Nein, das muss man nicht besprechen. Ich habe zwei Kinder, für die ich jederzeit da bin. Und zwar nicht nur während der Ferien."

„Du stellst mich vor vollendete Tatsachen, das gefällt mir nicht."

„Das ist deine Sache. Fakt ist, Finn ist mein Sohn und lebt jetzt bei mir. Ich muss arbeiten und ich werde arbeiten. Dazu muss ich reisen oder meine absolute Ruhe zum Recherchieren und Schreiben haben."

„Das Reisen kannst du vergessen. Ich werde hier nicht allein mit deinem Kind, das mich ignoriert, hochschwanger in der Wohnung sitzen, während du dich irgendwo in der Welt amüsierst."

„Darüber diskutiere ich nicht mit dir. Und da du alles immer so genau wissen willst, kann ich dir sagen, dass ich morgen sechs Uhr abgeholt werde und frühestens in drei Monaten zurück bin."

Nadine sackte in sich zusammen. Sie merkte, wie es zwischen ihren Beinen nass wurde und fing an zu weinen. Dann wurde es dunkel um sie.

Als sie wieder zu sich kam, lag sie in einem fremden Bett, ihre Mutter hielt ihre Hand und erklärte ihr, dass sie soeben eine Fehlgeburt hatte und im Krankenhaus liegt.

Allein

Georg zeigte immer ein sehr ernstes, fast böses Gesicht, vor dem sich einige Nachbarn und vor allem Kinder direkt fürchteten. Man musste schon sehr selbstbewusst sein, um diese finstere Miene nicht auf sich zu beziehen.

Sandra war selbstbewusst und sie liebte ihren Mann Georg sehr, auch sein finsteres Gesicht und seine etwas mürrische Art.

Sie hatten zusammen ein Haus gebaut, wobei Georg vieles selbst gemacht hatte, denn er war sehr geschickt und verstand sich aufs Tapezieren, Fußbodenverlegen und sogar Fliesenlegen. Sie wusste, dass Georg ein guter Mann und ein guter Vater war, sie hatten ein gemeinsames Kind, Laura.

Laura ging in die vierte Klasse und sollte im nächsten Jahr aufs Gymnasium in die Stadt. Das wird für alle eine große Umstellung, denn zur Grundschule in die nächste Kleinstadt sammelte ein spezieller Schulbus die Kinder der umliegenden Dörfer ein. Leider gab es kein Gymnasium in der Nähe. Bis zum Gymnasium müsste Laura zuerst den Bus um 5:40 Uhr nehmen, in der Stadt in den Vorortzug umsteigen, wieder eine halbe Stunde fahren und schließlich vom Bahnhof zwanzig Minuten zum Gymnasium laufen oder den Stadtbus nehmen. Sie wäre am Abend später daheim als ihre Eltern. Es machte Sandra ein wenig Angst, sich ihr kleines Mädchen den ganzen Tag unterwegs vorzustellen.

Sandra würde lieber in der Stadt leben als hier auf dem Land. Das Leben auf dem Land war beschwerlich. Sie musste sich gut überlegen, welche Lebensmittel fehlten, weil sie zum nächsten Laden siebzehn Kilometer mit dem Auto fahren musste. Kleidung, Bücher, CDs orderte sie seit Jahren übers Internet, weil die nächste größere Stadt eine reichliche Autostunde entfernt war. Sie interessierte sich für die aktuelle Mode. Aber es gab im näheren und auch im weiteren Umkreis keine einzige Boutique, wo sie hübsche Kleider kaufen konnte und eigentlich auch keine Gelegenheit, diese hier im Dorf zu tragen. Das ärgerte sie sehr.

Sie ärgerte sich außerdem über die Nachbarn, die hier auf dem Land einfach in den Garten und sogar ins Haus kamen. Sie öffneten nur die Tür und standen plötzlich in der Küche. Daran konnte und wollte sie sich auch nach zwölf Ehejahren nicht gewöhnen.

Fast alle Nachbarn im Dorf waren mit Georg verwandt. Sein Vater hatte ein Beerdigungsinstitut, das jetzt Georgs älterer Bruder führte, jeder kannte ihn. Außerdem lebten alle seine fünf Geschwister mit ihren Familien hier im Ort, seine Eltern ebenfalls. Sandras Eltern und ihre Schwester wohnten 140 Kilometer entfernt in Weimar.

Georgs große Familie hielt sehr zusammen, sie feierten oft und gern und grillten im Sommer an jedem Wochenende gemeinsam. So kam Sandra selten fort und wenn ihre Eltern oder die Schwester sie besuchten, hatte sie das Gefühl, dass sie nicht recht in Georgs eingeschworene Gemeinschaft passten.

Georg liebte seinen Garten. Vor dem Haus hatten sie Blumen, viel Rasen und an den Rändern einige Sträucher. Sandra mochte die in Stein eingefassten Blumenbeete nicht, ihr wäre eine normale Wiese voller Blumen lieber gewesen als diese Rabatten und Reihen von gleichmäßig ausgerichteten Pflanzen. Sie kamen ihr wie Soldaten vor, wo keines der Blümchen aus der Reihe tanzen durfte und jeder falsch gewachsene Halm sofort auffiel. Hinter dem Haus gab es noch mehr Beete mit geraden Zeilen von Möhren, Zwiebeln, Kohlrabi und Salatköpfen. Sogar Petersilie, Schnittlauch und Dill wuchsen in Reih und Glied. Sandra mochte keine Gärten, keine Zäune, keine Parks mit Kieswegen, sie mochte den Wald, die unverfälschte Natur. Und sie liebte das hügelige Land, es war angenehm fürs Auge. Sie würde am liebsten mitten in einer Großstadt wohnen und die freien Tage im Gebirge verbringen.

Wenn Georg am späten Nachmittag nach Hause kam, stand er immer erst lange am Zaun, schaute auf seinen Garten und freute sich, weil alles so hübsch geordnet aussah. Sandra amüsierte sich darüber, es hatte so etwas rührendes.

Sagen konnte sie ihm das nicht, denn Georg wurde schnell wütend, besonders, wenn sie sich über seinen Garten lustig machte. Sie sollte ihn pflegen, Unkraut zupfen, vergilbte Blätter von den Blumen entfernen. Aber sie verstand sich nicht auf Gartenarbeit. Am Anfang ihrer Ehe hatte sie sich bemüht, aber es war nie richtig, was sie tat. Also ließ sie es schließlich bleiben. Außerdem arbeitete sie ebenso wie Georg Vollzeit in der gleichen Firma. Es gab nur diese eine Firma im Dorf, so dass sie mit Georgs Verwandten und ihren sämtlichen Nachbarn auch tagsüber zu tun hatte. Sie stellten Verpackungen her, Georg als Lagerleiter und Sandra in der Auftragsbearbeitung im Büro.

Sandra hatte im Laufe der Jahre keine wirklichen Freunde im Dorf gefunden, obwohl sie versuchte, sich in mehreren Vereinen einzubringen. Sie leitete einen Gymnastikkurs, gab Kindern Flötenunterricht und traf sich einmal im Monat mit der Ortsfrauengruppe. Ihr war klar, dass Vereine wichtig waren, denn wenn es keine Vereine gibt, dann ist ein Ort tot. Im Grunde waren ihre Freunde eher Freunde und Verwandte von Georg. Es strengte Sandra über die Maßen an, sich mit ihnen zu unterhalten. Sie redete gern, aber sie langweilte sich schnell, wenn die anderen nicht wirklich was zu sagen hatten. Sie schaute nie die gleichen Filme oder Serien wie die anderen und fand niemanden, der ihre Lieblingsschriftsteller kannte, der überhaupt lesen mochte außer SMS-Kurzschrift in Kleinbuchstaben oder alberne Chat-Grüße im Internet. Sie wollte verstanden werden, aber das schien ein völlig aussichtsloser Wunsch zu sein.

Sandra mochte keine Halbheiten. Eine Freundschaft bedeutete für sie komplettes Interesse am ganzen Menschen, für seine Neigungen, Gedanken, Gefühle, Pläne und Ängste. Georgs Freunde waren lustige Gesellschafter bei Grillfeiern – nicht mehr und nicht weniger. Aber Sandra wollte einen Menschen ganz oder gar nicht kennen und so hatte sie eben keine wirklichen Freunde.

Georg war ein sehr temperamentvoller Mann. Seine Freunde wussten das, denn er konnte ausgelassen feiern, vertrug allerhand Bier und Schnaps und war für jeden Spaß zu haben.
Georg war auch ein sehr leidenschaftlicher Mann, was Sandra merkte, wenn sie ihm beim Sportschauen vor dem Fernseher zuschaute. Er hatte sich extra Sky besorgt, damit er sich jederzeit aktuell über jede Sportart informieren konnte. Beim Fußballschauen sprang er oft auf, brüllte vor Zorn oder Begeisterung.
Ansonsten war Georg eher ruhig und sprach sehr wenig. Sie hatten sowieso wenig zu besprechen, denn sie arbeiteten in der gleichen Firma und wussten, was der andere tagsüber tat und mit welchen Problemen er sich gerade

plagte.

Georg kam am Abend erst ins Bett, wenn sie genug gelesen und das Nachtlicht gelöscht hatte. Und er nahm sie immer im Schlaf. Wenn sie Lust auf ihn hatte, löschte sie das Licht absichtlich früher und stellte sich schlafend.

Georg merkte das nicht. Er war ahnungslos und blind wie alle Männer, die sich nichts aus der Frau machen, die sie liebt.

Im Haus waren die Aufgaben in Bereiche aufgeteilt. Georgs Bereich war der Garten, sein Auto, die Garage und der Partykeller. Sandra kümmerte sich um Laura und den Haushalt. Sie mochte diese strenge Aufteilung in getrennte Bereiche nicht, ihr wären gleiche Ziele und mehr Gemeinsamkeiten lieber gewesen.

Nach der Firmenfeier gingen sie zu dritt nach Hause, Georg hielt Lucy im Arm, die neue Polin aus der Versandabteilung. Sandra richtete für Lucy das Gästebett her, aber Georg zog Lucy in die Schlafstube. Er murmelte: „Du kannst dort", er zeigte erst auf Sandra und dann aufs Gästebett, „schlafen, Lucy kommt mit ins Bett."

Georg war betrunken. Es hatte keinen Zweck, mit ihm zu diskutieren. Aber Sandra wollte Lucy nicht ins Ehebett lassen, natürlich nicht. Georg gab ihr einen Schubs, so dass sie rückwärts gegen die Wand prallte und sich den Kopf aufschlug. Georg merkte es nicht, er hatte längst die Tür hinter sich abgesperrt und Sandra hörte die zwei in ihrem Schlafzimmer kichern. Sie war stocknüchtern. Nicht, weil sie so wenig getrunken hatte, sie war entsetzt und fühlte sich hilflos. Sie lauschte an der Tür. Es war nichts zu hören, als waren die Beiden eingeschlafen. Georg würde es am nächsten Morgen sicher sehr peinlich sein, wenn er neben Lucy wach wurde. Es blieb ihr nichts anderes übrig, als sich ins Gästebett zu legen. Laura käme nicht vor dem Mittag von den Großeltern zurück und würde nichts merken.

Sandra stand am nächsten Morgen zeitig auf, sie hatte kaum schlafen können und immer wieder gelauscht, ob sie Geräusche aus ihrem Ehebett hörte.
Sie schaute in den Spiegel und sah eine attraktive junge Frau mit braunen Locken und großen blauen Augen und einem schönen Mund, die wesentlich jünger aussah als sie sich fühlte, von den tiefen Augenringen mal abgesehen. Sie räumte das Gästebett weg und machte sich in der Küche zu schaffen, dabei

klapperte sie absichtlich laut mit Tellern und Töpfen. Sollte sie Frühstück vorbereiten? Für zwei oder für drei Personen? Sie hatte keinen Hunger, aber sie musste irgend etwas tun und wusste nicht, was man in so einer Situation tun musste.

Schließlich schlurfte Georg über den Gang und ging ins Bad. Er ließ wie immer die Tür offen und wie immer ärgerte sie sich darüber. Sie hörte es schallern, hörte die Spülung, aber nicht den Wasserhahn. Dieses Ferkel.

Georg kam zurück. „Moin", grüßte er kurz. „Kaffee fertig?" Er ließ sich auf seinen Stuhl am Fenster plumsen, in Unterwäsche.

„Willst du dir nicht was anziehen?"

In diesem Moment tauchte Lucy auf. Sie hatte ein T-Shirt von Georg an, das ihren Hintern knapp bedeckte, aber die Schenkel frei ließ. Sie stellte sich direkt neben Georgs Stuhl und lehnte sich mit ihrem Bauch gegen seine Schulter. Georg tätschelte Lucy das Bein und fuhr langsam daran hoch. Georg grinste, Lucy lachte laut.

„Seid ihr verrückt geworden? Ihr könnt hier nicht in meinem Haus vor meinen Augen herumfummeln! Gestern wart ihr betrunken, aber heute erwarte ich, dass ihr euch normal benehmt."

„Madame beliebt zu scherzen."

„Ich scherze nicht. Lucy, du gehst jetzt!"

„Lucy ist mein Gast." Georg schaute zu Lucy hoch und klopfte mit der flachen Hand auf den freien Stuhl, auf Sandras Stuhl. Lucy setzte sich sofort hin und lachte. Ihr Lachen war offen, von Verlegenheit keine Spur.

„Was ist nun mit Kaffee?" Georgs Stimme klang ruhig, völlig entspannt.

Sandra fühlte sich wie in einem Albtraum. Sie sah einer grauenhaften Szenerie zu und konnte nichts machen. Sie wurde wütend und schrie: „Glaube nicht, dass ich euch auch noch bediene. Das hier ist meine Küche."

Georgs Ruhe schlug in kalte Wut um. „Das hier ist MEINE Küche und mein Haus. Und ab sofort ist es auch Lucys Haus. Daran wirst du nichts ändern. Hast du das kapiert?"

„Meinst du, wir leben jetzt zu dritt hier und Laura mittendrin? Ohne mich!"

„Wenn du nicht erwachsen genug bist, mit der neuen Situation umzugehen, musst du eben gehen."

Sie schluckte. „In Ordnung. Ich werde mich jetzt nicht mit dir streiten, schon gar nicht, so lange Lucy noch hier ist. Ich gehe jetzt und bin gegen

Abend zurück."

Sie hoffte, dass bis dahin sein Hirn wieder funktioniert.

Sandra setzte sich ins Auto und fuhr ziellos durch die Gegend. Sie konnte keinen klaren Gedanken fassen. Ob ihre Schwester Rat wusste? Zwei Stunden Fahrt bis Weimar, zwei Stunden zurück – es blieben gut zwei Stunden für ein Gespräch. Sie drückte die Kurzwahltaste für ihre Schwester.

„Sandra! Welche Überraschung! Wir haben gerade von dir gesprochen. Ich sitze bei den Eltern. Schade, dass du nicht hier bist."

Enttäuscht stammelte Sandra irgendetwas von verwählt und dass sie sich später noch einmal meldet, bat die Schwester, Grüße an die Eltern auszurichten und legte wieder auf. Nein, die Eltern durften nichts erfahren, sie mochten Georg sowieso nicht und waren von Anfang an gegen die Verbindung. Nicht, dass sie ihr Vorwürfe machen würden. Aber sie würden sich sorgen und keine Ruhe mehr finden, nicht schlafen können.

Sie fuhr trotzdem nach Weimar und bummelte durch ein Möbelhaus, das Sonntags zum Schauen geöffnet hatte. Dort setzte sie sich ins

Restaurant und bestellte einen Kaffee. So sehr sie über ihre seltsame Situation nachgrübelte, sie konnte nichts davon verstehen. Georg war nicht gerade sensibel und hatte sie schon oft vor Kollegen, Freunden und Verwandten bloßgestellt. Aber er würde ihr doch nicht im Ernst eine Beziehung zu dritt zumuten. Für sie kam das überhaupt nicht in Frage, das müsste Georg klar sein.

Georg war sehr aktiv im Faschingsclub und für seine derben Späße nicht nur im Dorf, sondern im gesamten Umkreis bekannt. Sollte er sich nur einen Scherz erlaubt haben? Dann war dies ein besonders übler Scherz, bei dem Sandra beim besten Willen die Stelle zum Lachen nicht finden konnte.

Sie fuhr zurück, sie fuhr sehr schnell und hielt vor dem Haus von Georgs Eltern.

„Laura ist längst daheim. Wo kommst du denn her?"

„Ach, da habe ich Georg wohl missverstanden. Schönen Abend noch."

Kurz überlegte sie, Georgs Eltern von Lucy zu erzählen, aber dann ließ sie es bleiben. Es hatte wohl wenig Sinn, sie um Rat zu fragen oder gar um Hilfe zu bitten. Mit einem recht mulmigen Gefühl fuhr sie die vier Häuser weiter und parkte in der Garage.

„Mami! Mami!" Laura fiel ihr um den Hals und plapperte fröhlich drauflos. „Lucy wohnt jetzt bei uns. Das wird lustig."

Am nächsten Morgen stand Sandra früher auf als gewöhnlich. Sie machte sich fertig für die Arbeit, sorgte für Lauras Frühstück und Schulbrot und weckte ihre Tochter. Dann ging sie zur Arbeit. Sie hatte einen Entschluss gefasst und suchte sofort Stefan auf, den zweiten Geschäftsführer. Sie wusste, dass er morgens meist der erste in der Firma ist und hatte sich nicht getäuscht, Stefan saß in seinem Büro.

„Guten Morgen, Stefan."

„Hallo, Sandra, was führt dich so früh zur Arbeit? Gab es am Freitag ein Problem beim Versand?"

„Nein, nein – alles in Ordnung. Es ist eher privat. Oder eigentlich nicht."

„Setz dich! Rede einfach los, ich höre dir zu."

„Lucy wohnt bei uns." Sandra schluckte und fügte schnell hinzu: „Im Ehebett. Georg hat sie nach dem Firmenfest in unser Haus geholt und mich ins Gästezimmer geschickt. Er will, dass sie bleibt. Er will auch, dass ich bleibe. Aber das kann ich nicht. Das halte ich nicht aus. Und hier im Dorf und in der Firma laufe ich Spießruten. Seine Eltern werden mir nicht helfen. Und ich weiß nicht, was ich tun kann."

Stefan überlegte nicht lange. „Ich weiß, wie ich dir helfen kann. Ich schicke dich noch heute auf Dienstreise zu unserem Lieferanten in die Eifel. Ich kündige dich telefonisch an, den Chef kenne ich sehr gut. Aus der Entfernung kannst du besser über alles nachdenken. Keine Sorge, ich rede mit niemandem darüber." Stefan lächelte. „Vielleicht kannst du direkt dort anfangen zu arbeiten. Hier bist du ohnehin unterfordert. Gute Leute wie du werden immer gesucht und sich schnell einarbeiten."

Sandra schaute eher erschrocken als interessiert.

„Wir verlieren dich nur sehr sehr ungern. Du weißt, jeder mag dich."

„Jeder mag mich! Ich habe es gründlich satt, gemocht zu werden. Was zum Teufel nützt es mir, gemocht zu werden?" Sie wurde rot vor Schreck über ihren plötzlichen Ausbruch.

Stefan stand auf und umarmte sie. „Geh nach Hause und packe. Die Fahrt dauert fast sechs Stunden. Nimm dir so viel Zeit, wie du für eine Entscheidung brauchst. Keine Sorge, über die

Modalitäten wie Gehalt, Urlaub usw. werden wir uns einigen."

Sandra hatte in der Eifel eine hochinteressante und obendrein gut bezahlte Arbeit gefunden und eine kleine, bereits möblierte 2,5-Raum-Wohnung mit einer perfekt eingerichteten, großen Essküche und einem wunderbaren Südbalkon. Das war ein Anfang. Sie wuchtete mit Hilfe eines netten Kollegen ein Bett in die kleine Kammer, wo sie ab sofort schlafen wollte. Laura sollte das große Zimmer bekommen, das sie so nach und nach zu einem richtig schönen Mädchenzimmer einrichten wollte.

Nach zehn Tagen fuhr Sandra in ihr Dorf zurück. Laura begrüßte sie stürmisch. Lucy winkte ihr aus dem Garten zu, wo sie in irgendwelchen Beeten harkte.

Sie nahm ihre Tochter an die Hand und erklärte ihr kurz alles von der neuen Arbeit, der neuen Wohnung, der neuen Schule.

„Komm, Laura, wir packen jetzt all deine Sachen in den großen Koffer und dann fahren wir los."

„Heute noch?"

„Ja, sofort."

„Aber es ist doch Freitag, also kommt jetzt das Wochenende. Ich habe mich mit meinen Freundinnen verabredet. Und heute Nachmittag ist Grillfest bei Opa."

„Nein, Laura, wir haben schon am Telefon alles besprochen. Du solltest dich von deinen Mädels und den Großeltern verabschieden."

„Ach, Mami, lass uns bitte noch eine Nacht hierbleiben, bitte."

„Nein, Laura, ich wüsste gar nicht, wo ich schlafen soll."

„Na, im Gästezimmer. Lucy ist voll nett."

„Du packst jetzt und ich rede mit deinem Vater. Wo steckt er überhaupt?"

„Na, bei Opa. Ich habe dir doch gesagt, dass wir heute grillen. Lucy hat den Kartoffelsalat schon fertig."

„Wir packen jetzt und fahren kurz bei Oma und Opa vorbei, um uns zu verabschieden."

„Du wagst dich hierher?", schrie Georg sofort, als Sandra aus dem Auto stieg.

„Wir haben am Telefon alles besprochen."

„Wir? Du! Du allein hast gesprochen und mir mitgeteilt, dass du ausziehst."

„Weil du eine andere Frau im Haus haben willst. Ich habe es mir nicht ausgesucht."

Georgs Mutter ging ohne Gruß sofort ins Haus, Laura hüpfte hinter ihr her. Georgs Vater nahm Sandra in den Arm. „Mädchen, ich mochte dich schon immer, das weißt du. Ich werde nie verstehen, dass der Junge so eine tolle Frau wie dich laufen lässt für ein polnisches Flittchen, das er sicher bald satt hat."

„Halte dich da raus!", brüllte Georg seinen Vater an.

„Schon gut, Junge." Er zuckte bedauernd mit der Schulter und ging ebenfalls ins Haus. Nun stand Sandra Georg direkt gegenüber.

„Wir hatten eine schöne Zeit, Georg."

„Wir? DU hattest eine schöne Zeit."

„Nun, es war nicht immer leicht."

„Glaube nicht, dass du mir so davon kommst. Du wirst dich noch wundern, Herzchen."

„Drohst du mir? Du setzt mir eine andere Frau vor die Nase und drohst mir? Sei froh, wenn ich dir keine Probleme mache. Jedenfalls will ich die Scheidung und zwar sofort. Mein Anwalt wird dir den Papierkram zuschicken."

„Ach, Madame hat schon einen Anwalt?"

„Allerdings. Ich habe mehrmals versucht, mit dir zu sprechen. Ich habe sogar gehofft, dass du dir alles noch einmal überlegst und die sehr unschöne Sache mit Lucy im Schlafzimmer bereust."

„Was gibt es da zu bereuen? Ich verstehe dein ganzes Problem nicht."

Sandra wandte sich ab, sie wollte jetzt nicht weinen. Sie atmete tief aus und bat Georg, Laura rauszuschicken.

„Darauf kannst du lange warten", zischte er und ging in den Schuppen, um die Grillutensilien herauszuholen.

Sandra stieg ins Auto und hupte. Sie musste noch mehrere Male hupen und länger als zehn Minuten warten, ehe Laura endlich aus dem Haus kam, sich zu ihr ins Auto setzte und sofort schimpfte: „Du bist gemein. Ich hasse dich."

Sandra war entsetzt. Sie verstand, dass so ein plötzlicher Umzug in eine unbekannte Gegend für ein kleines Mädchen ein großer Schritt war. Aber sie verstand nicht, dass eine Zehnjährige die Situation nicht verstand, in der sich ihre Mutter befand.

Laura lebte sich wie erwartet schnell ein. Sie musste nicht mehr mit dem Bus in die Schule fahren, sondern konnte in wenigen Minuten hinlaufen, auch das Gymnasium im nächsten Jahr war direkt fußläufig oder in fünf Minuten mit dem Fahrrad zu erreichen. Köln und

Düsseldorf waren kaum mehr als eine Autostunde entfernt. Sie hatte viel Abwechslung und viel zu sehen, da sie bisher nur das Dorf, ihre Freundinnen und die vielen Verwandten gewöhnt war.

Vier Wochen später begannen die Sommerferien. Sandra wollte eigentlich gleich am ersten Ferientag mit Laura nach Ibiza fliegen, aber das Kind wollte zuerst seinen Vater und die Großeltern besuchen und einige Wochen mit ihnen verbringen, schließlich konnte sie ihre Verwandten ab jetzt nur noch in den Ferien sehen. Also brachte sie Laura gleich am ersten Ferientag ins Dorf und hielt auf der Rückfahrt in Weimar bei ihrer Schwester.

Sie blieb übers Wochenende und fühlte sich endlich stark genug, alles zu erzählen. Es tat gut, sich mit jemandem zu unterhalten, der sie verstand und mit ihr fühlte und mit ihr weinte.

Sandra versuchte, so wenig wie möglich an Georg und Lucy zu denken. Ihre Gedanken drehten sie vor allem um Laura. Sie vermisste ihre Tochter sehr und sie rief sie täglich an. Nach zwei Wochen eröffnete ihr Laura am Telefon: „Mami, ich komme nicht mehr zurück, ich bleibe beim Papa.“

„Das geht nicht, Laura."

„Doch. Papa hat´s erlaubt."

„So war das nicht abgesprochen."

„Aber ich bleibe hier. Hier sind alle meine Freundinnen, die Tanten und Onkel, die Oma, der Papa und vor allem der liebe Opa."

Dann hörte sie Georgs Stimme: „Mein Bruder holt morgen Lauras Sachen ab, du weißt schon, die ganzen Klamotten, Spielsachen, Schulkram eben. Packe alles ein, damit mein Bruder nicht warten muss."

Ehe Sandra irgendetwas sagen konnte, hatte Georg aufgelegt.

Sandra hörte die Worte und verstand, was dies bedeutete. Aber sie wollte diese Worte nicht verstehen und auch nicht darüber nachdenken. Sie fürchtete, in diesem Fall wahnsinnig zu werden.

Sie hatte sich entschieden, Georg zu verlassen. Das war richtig so, denn es gab keine wirkliche Alternative. Aber nun musste sie mit den Folgen ihrer Entscheidung fertig werden. Sie wusste, dass sie es nicht aushalten konnte, aber aushalten musste. Sie fühlte sich schrecklich einsam. Sie war ganz allein.

Nicole

Sie hatte ein Gespür für den Augenblick – sie lebte im Augenblick, im Hier und Jetzt. Und genau jetzt war der richtige Augenblick, der ideale Zeitpunkt, endlich das langweilige Elternhaus zu verlassen und ihren ewigen Vorschriften zu entfliehen.

Alex hatte ihr einen Heiratsantrag gemacht, für den sie ihn gehörig auslachte. Er wusste sehr wohl, dass sie nie und nimmer heiraten wollte, ihn schon gar nicht.

Sie waren Nachbarskinder, zusammen zur Schule in die gleiche Klasse gegangen, hatten zusammen gespielt und sich ewige Treue geschworen. Kinderkram sagte Nicole heute dazu, aber Alex wollte sie nach wie vor unbedingt heiraten. Und er hatte seine Gründe und zwar ganz gewichtige Gründe: er bekäme Heimaturlaub zur Hochzeit und als verheirateter Mann einen höheren Sold. Er hatte sich gleich nach der Schule für eine freiwillige Zeit bei der Marine gemeldet und wollte gern auf die Gorch Forck oder wenigstens nach Ekkernförde. Beides klappte leider nicht. Und nun quälte er sich schon länger als ein halbes Jahr auf einer Marineschule bei Stralsund, wo er zum Mechaniker ausgebildet wurde.

Nicole war es gleichgültig, was er machte und warum. Sie wollte nur weg aus ihrem schwäbischen Dorf und als seine Frau konnte sie sofort zu ihm nach Stralsund ziehen.

„Selbstverständlich sollst du sofort zu mir nach Stralsund kommen, kannst sogar direkt im Gelände wohnen", schlug er vor. Und so willigte sie in die Heirat ein.

Sie fand es zwar idiotisch, jemanden zu heiraten, den sie nicht liebt, aber Alex war ein netter Kerl und würde ihr nicht auf die Nerven gehen. Außerdem war sie jung und liebte schnelle Entscheidungen. Es heißt, jung gefreit hat nie gereut. Und wenn sie wollte, konnte sie die Ehe ruckzuck wieder auflösen und ihre Freiheit genießen.

Knapp zwei Monate später waren Alex und Nicole offiziell Mann und Frau. Der neue gemeinsame Familienname de Winter gefiel ihr ausgesprochen gut, er klang so edel und in jedem Fall viel besser als Richter. Nicole Richter war einfach nur schrecklich gewöhnlich. Aber Nicole de Winter – das hatte etwas besonderes.

Sie brach sofort ihre Ausbildung zur Krankenschwester ab. Der Schichtdienst machte ihr keine Probleme, aber sie ertrug die Kommandos der Oberschwester nicht und wollte nicht unter deren Fuchtel arbeiten. Das war fast noch schlimmer als daheim bei den Eltern. Außerdem hasste sie den theoretischen Unterricht in der Schule mit all den lateinischen Begriffen, sie sah keinen Sinn darin, diese auswendig zu lernen. Sie wollte etwas tun, arbeiten und Geld verdienen, viel Geld, damit sie frei und unabhängig leben konnte.

Die angebotene Wohnung auf dem Bundes-wehrgelände lehnte sie entschieden ab, sie wollte sich nicht einschränken lassen. Also zog sie in eine kleine Wohnung mitten in der Stralsunder Innenstadt. Gleich am ersten Tag fuhr sie direkt an den Hafen, denn sie wollte unbedingt das Meer sehen.

So etwas wunderschönes hatte sie in ihrem ganzen Leben noch nicht gesehen. Völlig überwältigt von der unglaublichen Weite und dem unendlichen Wasser, das irgendwo direkt in den Himmel überging, setzte sie sich auf einen Poller, der wie ein Hocker aussah und mit dicken Stricken umwickelt war. Sie erkannte, dass damit das Schiff befestigt wurde, das direkt vor ihr im Wasser dümpelte.

Vom Sonnenuntergang war sie enttäuscht. Er war so anders als in den Filmen über Sonnenuntergänge am Meer. Ein alter Mann sagte zu ihr, dass sie weiter in den Norden müsse, ans offene Wasser, da gäbe es mehr zu sehen. Ans offene Wasser? War das hier nicht das Meer? Nicole riss sich vom Anblick los und suchte ihre Wohnung auf. Schade, dass sie keinen Balkon hatte, sie wollte sich nach diesen unglaublichen Eindrücken am Wasser noch nicht ins Bett legen.

Am nächsten Tag ging sie in die Marineschule und bekam sofort eine Stelle als Küchenhilfe. Da sie tüchtig zupacken konnte, bot man ihr bereits nach einer Woche eine Ausbildung zum Koch an. Nicole überlegte nicht lange und sagte zu.

Sie musste morgens fünf Uhr in der Küche sein und war bereits 14 Uhr wieder daheim. Meist bummelte sie durch die kleine Stadt bis zum Hafen, wo sie stundenlang den Schiffen auf dem Wasser zuschaute. Sie war zufrieden mit ihrem neuen Leben.

„Hallo, schöne Frau, so allein?"

Nicole schaute auf und direkt in schwarze Augen. Der Mann war viel älter als sie, trug einen schneeweißen Anzug, schwarze Schuhe, einen schwarzen Hut über schwarzen Haaren, die sich bis auf die Schulter wellten. In der Hand hielt er einen schwarzen Koffer, an sämtlichen Fingern trug er dicke goldene Ringe und an den Handgelenken und am Hals blinkten mehrere Goldketten.

„Sie sind ja behangen wie ein Weihnachtsbaum."

Der Fremde lachte schallend. Nicole lachte zurück.

„Ich bin   Schmuckhändler und deshalb so dekoriert."

„Aha." Das war mal eine Erklärung, die ihr sofort gefiel.

„Sie glauben mir nicht?" Der Fremde stellte seinen Koffer neben Nicole auf die Bank.

„Gestatten? Mein Name ist Dirk Schönfelder."

„Na und?"

Dirk lachte wieder und öffnete mit einem gekonnten „Klack" seinen Koffer. Nicole sah an die 50 Uhren in Reih und Glied auf samtenen Rollen, eine schöner und protziger als die andere. Dirk hob die Platte an und Nicole entdeckte darunter unzählig viele wunderschöne Goldringe, schmale und breite, mit verschiedenen Steinen wie Smaragd, Saphir, Rubin und Perlen. Sie beugte sich vor, um dieses Wunder besser betrachten zu können.

„Wow!" Sie staunte mit offenem Mund. Noch bevor sie nach einem schönen schmalen Ring mit einem hübsch eingefassten Onyx greifen konnte, gab ihr Dirk einen Klaps auf die Hand. Überrascht schaute sie auf, sie hatte ihr Umfeld direkt vergessen.

Dann jubelte sie: „Das wäre DER ideale Job für mich, den ganzen Tag mit irrsinnig vielen Klunkern an den Fingern, am Hals und an den Ohren herumzulaufen und das Zeugs in Nobelläden anzubieten. Toll!"

„Warum nicht?" Dirk taxierte sie. Nicole war sehr schlank, sah eher aus wie ein zwölfjähriger Junge als ein achtzehnjähriges Mädchen, was ihre rappelkurz geschnittenen, weißblonden Haare noch betonten. Sie trug ein schlichtes schwarzes T-Shirt und schwarze Jeans, dazu schwarze Turnschuhe.

„Was machen Sie hier? Warten Sie auf Ihren Freund?", forschte Dirk.

„Nein. Mein Mann ist bei der Marine und kommt nur an den Wochenende heim. Dieses

Wochenende kommt er zum Glück nicht, er hat irgendeine blöde Übung. Da habe ich meine Ruhe und kann machen, was ich will."

„Hätten Sie Lust, mich ein paar Tage zu begleiten?"

„Wohin denn?"

„Zuerst nach Hamburg und dann nach Kampen auf Sylt."

„Geil! Da war ich noch nie. Aber morgen muss ich arbeiten."

„Was machen Sie denn?"

„Ach, ich helfe in der Marineküche und mache dort ab Sommer eine Ausbildung zur Köchin."

Nicole betrachtete ihre Hände mit den Kratzern und Narben von Verbrennungen und ihre eher dicken Finger mit den kurzen Fingernägeln. Schöne Ringe konnte sie mit diesen Händen nicht präsentieren.

„Ich bin die Niki und würde gern mitkommen. Die in der Küche kommen auch ohne mich klar. Ich rufe schnell an, damit sie nicht auf mich warten."

Dirk führte sie zu seinem Auto, einem riesigen schwarzen Mercedes mit weißen Ledersesseln. Nicole blieb staunend davor stehen.

„Wahnsinns-Karre!", rief sie aus.

Dirk öffnete ihr galant die Beifahrertür und bat sie, einzusteigen. Die Sitze waren zwar nicht so weich wie ihr Sofa daheim, aber irrsinnig bequem.

„Es sind Massage-Sessel, sie können deinen Rücken auf drei verschiedene Arten massieren."

Nicole lachte und glaubte ihm nicht.

„Das Auto kann noch mehr. Es merkt, wenn ich müde werde und warnt mich."

Sie lachte lauter. Technik war nur ein simples Mittel zum Zweck und hatte wohl nichts mit Dirks märchenhaften Beschreibungen zu tun, aber sie fand sie trotzdem überaus lustig.

Dirk sprach weiter: „Es kann allein einparken, ich muss nicht einmal das Lenkrad festhalten. Wenn es dunkel wird, schalten sich die Schein-werfer ganz von selbst ein und wenn es regnet, bewegen sich die Scheibenwischer von ganz allein. Mein Auto erkennt sogar Fußgänger und berechnet den Abstand, hält die Fahrspur und ..."

Nicole lachte immer lauter. „Hör auf!", japste sie. Das konnte sie nun wirklich nicht glauben.

„Aber ein Lenkrad hat dein Wunderauto trotzdem und total sinnlos bist du als Fahrer nicht, oder?"

Nun lachte Dirk ebenfalls. Während der Fahrt nach Hamburg erzählte er von seiner Arbeit, den Messen in Indien, China, Russland, Kuweit und seinen Lieblingsmessen in Genf und Basel. Nicole fand das aufregend. Sie war in ihrem Leben nur in ihrem schwäbischen Dorf und jetzt in Stralsund gewesen. Sie wusste gar nicht, wo sich all die Orte befanden, von denen Dirk so viel Interessantes berichtete, aber sie hätte gern alle diese Orte kennengelernt. Ob Dirk sich überreden ließ, sie mitzunehmen?

Sie schätzte den Mann auf Ende 30 – also etwa doppelt so alt wie sie, in jedem Fall ein viel zu alter Mann für eine junge lebenslustige Frau wie sie. Vermutlich war er verheiratet und sah in ihr nur ein albernes Abenteuer. Aber damit hatte sie kein Problem, wie ein gewöhnlicher Lustmolch sah er jedenfalls nicht aus.

Dirk war nicht nur gepflegt, nett und humorvoll, er hörte ihr auch zu, lachte über ihre Scherze und fragte nach ihrer Meinung.

Ihr Mann Axel war eher ein normaler Freund für sie und alles andere als ein aufregender Mann. Die Wochenenden verbrachte er am liebsten daheim vor dem Fernseher oder seiner Playstation.

Nicole las viel, am liebsten Krimis, oder ging ins Kino. Sie hatten beide nie das Bedürfnis, irgend etwas gemeinsam zu tun. Wer Hunger hatte, bediente sich am Kühlschrank oder bestellte eine Pizza oder ging einen Döner essen. Es gab keine festen Zeiten, an denen beide gleichzeitig am Tisch saßen. Nicole gefiel das.

Dirk besaß eine sehr große Wohnung in Hamburg, in der alles schwarz-weiß war: schwarze Bodenfliesen, weiße Ledersitzmöbel, schwarze Schränke, weiße Tische und Stühle. Das begeisterte Nicole sofort. Und es standen nirgendwo Nippes herum, auch das war ganz nach ihrem Geschmack. Sie mochte es praktisch und spartanisch. Auch die Küche war komplett weiß mit schwarzer Granit-Arbeitsplatte.
Das Häuschen in Kampen sah vollkommen anders aus. Es wirkte klein und irgendwie rund, das Reetdach reichte fast bis zur Erde und schien das Häuschen wie eine schützende warme Decke zu umhüllen. Es bestand innen komplett aus Holz. Auch die altmodische Einrichtung war aus Holz. Hier gab es im Gegensatz zur Hamburger Wohnung allerhand Tand, trockene Zweige in großen bunten

Bodenvasen, kleine Engelchen auf antiken Schränkchen und allerhand anderen Kram.

Trotzdem fühlte sie sich ausgesprochen wohl, das lag sicher daran, dass der Strand direkt vor dem Haus begann, dahinter das Meer. Sie konnte es rauschen hören, wenn sie im Haus war und vor allem, wenn sie im Bett lag.

Dirk stammte vom flachen Land und wollte nirgendwo anders leben, am liebsten mit ihr. Sie fand das großartig. Schon am zweiten Tag wurden sie sich einig. Dirk bot ihr tausend Euro Taschengeld im Monat zur freien Verfügung an, dazu Kost und Logis. Sie durfte seinen Schmuck tragen, das war ausdrücklich gewünscht.

Sie schickte Alex eine SMS: „Komme nicht zurück. N."

Ein volles Jahr begleitete sie Dirk auf all seinen Reisen. Dann ließ ihre Begeisterung für ferne fremde Länder schlagartig nach, sie hatte keine Lust mehr, ihre Koffer zu packen, in schicken Hotels zu wohnen und zu essen. Den Schmuck trug sie nach wie vor gern und zwar täglich – er hob sich wunderbar von ihren schlichten schwarzen T-Shirts ab.

Sie hielt sich meist im Haus in Kampen auf, wo

sie jederzeit hinaus aufs Meer schauen und stundenlang am Strand entlanglaufen konnte. Das gab ihr regelrechte Glücksgefühle. Sie vermisste Dirk nicht, wenn er tage- und manchmal wochenlang unterwegs war.

Ob Dirk sie vermisste, wusste sie nicht, er sprach nie darüber und er beklagte sich nie. Pünktlich am ersten Tag in jedem Monat fand sie neben ihrem Bett tausend Euro Bargeld vor. Vermutlich legte es eine der Putzfrauen bereit, wenn Dirk nicht daheim war.

Eines Tages erklärte sie Dirk, dass sie schwanger war von einem Burschen, der so jung wie sie sei, eigentlich sogar jünger. Eine einzige Nacht sei es gewesen.

Dirk verstand nicht, weshalb sie ihn verlassen wollte. Er wollte schon lange ein Kind mit ihr, hatte nur nicht gewusst, wie er es ihr sagen sollte. Sie sagte immer, dass sie keine Kinder mag und keine eigenen will.

Er hatte ihr nie gesagt, dass er sie liebte, das war sentimentales Gewäsch für sie. Sie mochte nicht einmal normale Komplimente. Nun merkte er, dass sie seine Eifersucht nicht verstand. Sie packte einfach ihre T-Shirts und Jeans in eine Tasche und ging.

Als sie drei Monate später Kevin heiratete, geschah es weniger seinetwegen, sondern weil sie ein Kind erwarteten. Sie brauchten nicht darüber zu reden, keinen Entschluss zu fassen, alles war klar – es gab keine andere Wahl. Das Kind, das sie erwarteten, veränderte sie.

Sie stellten sich vor, wie sie das Kind auf das Leben vorbereiten würden, wie sie ihm laufen und sprechen, singen und musizieren beibringen wollten.

„Jetzt brauchen wir ein Haus mit Garten und einen Hund", verkündete Kevin.

Nicole war erschrocken. „Nie! Ich will kein Haus. Ich will keinen Garten und ich will auch keinen Hund, keine Katze, keine Fische." Dann schrie sie: „Ich hasse Tiere!"

Kevin nickte. Er war irritiert. Weil sie auf dem Land aufgewachsen war, glaubte er, es müsse nun ein Haus für das Kind sein.

„Ich hatte das alles schon. Ich will das nicht mehr."

Alles drehte sich nur noch um das Kind, obwohl es noch gar nicht da war. Sie zogen in eine schöne Wohnung mit Küche und Balkon im ersten Stock am Stadtrand von Kiel. Kevin wollte ein schönes typisches Mädchenzimmer einrichten mit rosa Wänden, weißen Möbeln und einem Himmelbettchen mit einem Dach aus rosa Spitze.

„Bist du verrückt? Ich hasse rosa!"

„Aber du hast doch gesagt, es wird ein Mädchen."

„Na und?"

„Mögen die Mädchen nicht alle rosa Sachen?"

„Ich bin schließlich auch ein Mädchen. Und ich mag nur Schwarz. Es gibt ganz süße schwarze Babysachen."

Kevin sagte nichts mehr. Nicole hatte sich verändert. Sie war nicht nur um den Bauch herum rund geworden, sondern auch im Gesicht. Und sie wurde schnell wütend. Besonders schnell wütend wurde sie auf Kevin. Er konnte ihr nichts recht machen. Sagte er etwas, sagte er das Falsche. Sagte er nichts, hielt sie ihn für desinteressiert und gleichgültig.

Als das Kind kam, waren sie beide hilflos. Sie wussten nicht, was sie mit diesem kleinen zerknitterten Wesen anstellen sollten. Es lag wie ein Wurm im Körbchen, bewegte das, was einmal Arme und Beine werden sollten, unkontrolliert hin und her, die Augen geschlossen, der Mund auf. Und es schrie.

Sie nannten das Kind Cornelia Brigitte nach

den beiden Großmüttern. Irgendwo hatten sie gelesen, dass man das so macht.

Nicole hatte ab sofort viel Arbeit mit dem Kind und keine Zeit mehr für Kevin. Kevin fing an zu trinken. Er ließ überall seine Sachen liegen, seine Kleider, seine Wäsche, seine Zeitungen, blieb den ganzen Tag im Bett oder schlappte in Pantoffeln und Schlafanzug durch die Wohnung. Er hörte auf, sich zu rasieren, die Zähne zu putzen und ging nicht mehr zur Arbeit. Er wollte sowieso ein Drehbuch schreiben. Dazu brauchte er Ruhe und Zeit.

Trotzdem überwachte er alles, was Nicole tat. Wenn sie aus dem Haus ging, musste sie sich abmelden und er berechnete die Zeit, die sie weg sein würde und wurde zornig, wenn sie diese Zeit überschritt und sich verspätete.

Kevin konnte sie mit seinem kalten Zorn frieren machen. Und wenn er dies über Tage durchhielt, trieb er sie damit zur völligen Verzweiflung.

Kevin erstellte einen festen Tagesplan, wann gegessen, wann eingekauft, wann geschlafen wurde. Das passte für Nicole überhaupt nicht zusammen, weil er sich selbst so hängen ließ und um nichts kümmerte, aber sie in ein enges Zeitkorsett quetschen wollte.

Dann war das Geld aufgebraucht, das Nicole gespart hatte.

„Du wirst deinen blöden Tagesplan um meine Arbeitszeit erweitern müssen. Ich gehe ab sofort am Abend kellnern und zwar ab heute. Du wirst auf das Kind aufpassen. Und ich schwöre dir, wenn das Kind drei Jahre alt ist, werde ich dich verlassen."

Kevin lachte sie aus. Er glaubte ihr nicht.

Nicole ging jeden Abend ins „Neptun" zwei Häuser weiter. 19 Uhr begann ihr Dienst als Küchenhilfe und endete selten vor zwei Uhr morgens. Sie freundete sich sofort mit dem Koch an. Er hieß Bernd, ihm gehörte der Gasthof. Bernds Frau Birgit bediente an manchen Abenden, wenn sie Lust dazu hatte. Wenn sie keine Lust hatte, bediente Nicole. Sie flitzte dann zwischen der Küche und den Gästen an ihren Tischen hin und her. Bernd war von ihrem Tempo und ihrer Umsicht ganz beeindruckt, die Gäste ebenfalls.

Seine beiden Söhne halfen nur Freitags, wenn ihre Kumpel zum Poolbillard und Biertrinken kamen. Gegen Mitternacht zogen sie dann weiter in irgendeine Diskothek in der Stadt.

Birgit hatte Donnerstags ihren Mädelsabend.

Ihre vier Freundinnen, eine Friseurin, eine Kosmetikerin und zwei Erzieherinnen kamen pünktlich 20:30 Uhr und machten einen Höllenlärm. Sie hatten alle die 50 längst überschritten, benahmen sich aber wie knapp 20, vergleichbar wie die überdrehten Frauen aus der Serie „Sex in the City". Sie setzten sich nie an einen der Tische, sondern standen bis zur Sperrstunde am Tresen. Sie wollten Figur zeigen, mit dem Hintern wackeln, ihren Marktwert testen. Sie animierten die Männer, ihnen Bier und Sekt zu spendieren, machten zotige Bemerkungen und nahmen jede noch so plumpe Anmache als Kompliment.

„Die besten Geliebten sind glücklich verheiratete Frauen, denn sie machen keinerlei Probleme, die lassen sie bei ihrem Männlein", schrie Birgit quer durch den Gasthof.

Nicole fand das alles megapeinlich. Sie war froh, dass Bernd hinten in seiner Küche dieses ganze Theater nicht mitbekam. Sie wusste nicht, ob Bernd wusste, wie sich seine Frau benahm, wie sie ihn bloßstellte und lächerlich machte. Sie wusste auch nicht, ob ihn das überhaupt stören würde.

Nach Feierabend lief sie nach Hause und fiel sofort ins Bett. Tagsüber fütterte sie das Kind, kaufte ein, putzte die Wohnung und kochte das Essen. Manchmal, wenn das Kind während der Mittagszeit schlief, half sie im Gasthof beim Saubermachen und Gemüseschneiden.

Kevin gab es auf, sich um das Kind zu kümmern. Nicole merkte das sofort und versuchte, mit ihm darüber zu reden. Aber er starrte sie nur stumm an, als wäre sie ein Ungeheuer.

Bernd besorgte ihr ein Zimmer über der Gaststube und half ihr, ihre Sachen und die des Kindes dort unterzubringen. Nun nahm Nicole das Kind immer mit in die Küche, wenn sie arbeitete. Und am späten Abend lief sie immer mal schnell die Treppe hoch und kontrollierte den Schlaf des Kindes.

Sie fragte sich, ob Kevin wusste, dass sie direkt nebenan wohnte. Jedenfalls reichte sie sofort die Scheidung ein.

Tagsüber besuchte Bernd sie oft in dem winzigen Zimmer. Er brachte kleine Geschenke mit und spielte mit dem Kind. Sie waren fast vom ersten Tag an ein Paar.

Auch Bernd reichte die Scheidung ein. Seine Frau versprach, ihm keine Schwierigkeiten zu machen, wenn er ihr sofort den Gasthof überschrieb und auf der Stelle auszog. Auch Nicole wollte sie nicht mehr im Haus sehen - weder in der Küche noch im Gastzimmer.

Das war Nicole nur recht. Sie schlug Bernd vor, gemeinsam zurück in ihr Heimatdorf, ins Haus ihrer Eltern zu ziehen. Bernd war sofort einverstanden. Sie packten noch am gleichen Tag ihre Sachen in Koffer und Kisten und fuhren los. Ihren Eltern stellte sie Bernd als ihren Mann und Vater des Kindes vor. Die Eltern mochten Bernd sofort, er war im gleichen Alter wie sie.

Sie zogen in die winzige Einliegerwohnung im Erdgeschoss ein und hatten von der Küche aus freien Zutritt zum großen Garten. Das Kind fühlte sich vom ersten Tag an wohl.

Bernd arbeitete als Koch in der Großküche der Universität in Tübingen. Nicole kümmerte sich um das Kind und den Haushalt. Als das Kind drei Jahre alt war, war die Scheidung durch und sie konnten endlich standesamtlich heiraten. Das Kind wurde im Kindergarten angemeldet und Nicole arbeitete halbtags in der Garten-abteilung eines Baumarktes in Tübingen.

Nicoles Tage waren ausgefüllt. Aber sie mochte dieses Leben nicht, das sie lebte. Sie fühlte sich eingeengt und gefangen. Am liebsten hätte sie sofort ihre Tasche gepackt und wäre auf und davon, egal wohin, Hauptsache weg. So weit weg wie irgend möglich. Ihr fehlte außerdem das flache Land, die See, die Stunden, in denen sie einfach nur aufs Wasser schaute. Hier zwischen den Hügeln und den dunklen Wäldern fühlte sie sich einfach nicht wohl. Aber natürlich konnte sie nicht weg. Sie hatte nun ein Kind, um das sie sich sorgen und das sie großziehen musste. Sie nahm sich fest vor, zum 18. Geburtstag des Kindes wieder zurück ins flache Land zu ziehen. Dann hatte sie keine Verantwortung mehr und konnte tun, was sie wollte.

Nicoles Eltern liebten ihr Enkelkind sehr. Aber ihnen war vor allem wichtig, dass das Kind gehorchte. Es musste sich im Haus leise verhalten wie damals Nicole, es durfte nicht durch den Garten laufen, damit keine Blume zertreten wird. Sie machten keine Ausflüge mit ihm, so wie sie mit Nicole nie ins Kino gegangen oder in den Urlaub gefahren sind. Auch Bernd hatte keine Lust, nach Feierabend das Haus zu verlassen. Er war glücklich, dass er jeden Tag pünktlich zur gleichen Zeit daheim war und die Abende vor dem Fernseher mit hochgelegten Beinen verbringen konnte. Er genoss seine ungewohnt freien Wochenenden und den bezahlten Urlaub sehr. Er liebte das Kind und er liebte Nicole und er ging davon aus, dass auch Nicole ihn liebte.

Den Urlaub verbrachten sie zu Nicoles Freude in jedem Sommer auf der Insel Norderney. Dort war es noch schöner als an der Ostsee und auch schöner als auf Sylt. Sie liebte es, am Meer entlangzulaufen und sich vom Wind durchpusten zu lassen. Das Kind baute Burgen am Strand oder ging schwimmen. Das war Nicole unheimlich, denn weder sie noch Bernd gingen ins Wasser, es war ihnen zu kalt und zum Schwimmen zu unruhig. Also stand sie am Rand, wo sie argwöhnisch das Kind und die Wellen im Auge behielt.

„Der Wind ist kalt. Du solltest dir eine Jacke überziehen", bat Nicole besorgt, weil Bernd immer nur ein kurzärmeliges Hemd trug. Auch draußen.

„Mir ist nicht kalt", beruhigte sie Bernd. „Mir ist niemals kalt. Meine Eltern hatten eine Fleischerei und ich habe mich nach der Schule immer dort aufgehalten. Wir hatten nur kaltes Wasser und keine Heizung, nur eine Kühlung."

Auch im Ferienhaus bestand Bernd darauf, dass überall die Fenster und Türen offen standen. Überall zog es und oft krachte unvermittelt eine Tür oder ein Fenster zu. Gemütlich war das nicht und schon gar nicht komfortabel, Nicole wäre ein Hotel lieber gewesen, wo sie nicht wie daheim kochen, einkaufen und saubermachen musste. Aber sie beschwerte sich nicht, wenn sie nur so oft und so lange wie möglich draußen am Meer sein durfte.

Bernd gewöhnte sich recht schnell an sein neues bequemes Leben. Er schätzte den regelmäßigen Tagesablauf sehr und genoss es sichtlich, dass er keinem Stress und keinen finanziellen Sorgen mehr ausgesetzt war.
Die Abende verbrachte er generell vor dem Fernseher, meist schaute er Sport. Am liebsten Boxen. Das konnte Nicole gar nicht ertragen. Was war so unterhaltsam daran, einen anderen Menschen zu Boden zu schlagen? Trotzdem setzte sie sich dazu. Aber lange hielt sie es nicht aus, denn sämtliche Ansagen waren in englischer Sprache und sie verstand keine Fremdsprache. Sie verstand auch nicht, weshalb die Ansagen englisch erfolgten, denn

der Boxkampf war in Düsseldorf, also in Deutschland. Obendrein boxten zwei Deutsche. Dass ausgerechnet ein Schwarzer die deutsche Nationalhymne sang, fand sie dagegen lustig, vor allem, weil er sie nicht fehlerfrei hinbekam. Sie mochte den Nationalkram nicht und freute sich, wie die Hymne so verballhornt wurde.

Gern hätte sie ein eigenes Zimmer gehabt, wohin sie sich zurückziehen könnte. Aber die Wohnung war zu klein. Im Obergeschoss hatten ihre Eltern erheblich mehr Platz.

Dann kam der erste Schultag für das Kind. Die Mutter hatte ein großes Transparent über dem Hauseingang anbringen lassen, „Cornelias Schulanfang" stand in leuchtend roten Buchstaben darauf, was von der Straße aus weithin zu lesen war. Nicole ärgerte sich, weil ihre Mutter das alles nur für die Leute tat, für das Gerede der Nachbarn. Und es kam noch schlimmer. Die Mutter hatte ihre drei Schwestern mit deren Männern, ihre Eltern und ihre Schwiegermutter zu einem großen Fest in ihre große Wohnung eingeladen. Sie meinte, das gehöre sich so, es sei ein neuer und wichtiger Lebensabschnitt im Leben des Kindes. Und sie hatte für Cornelia ein pinkfarbenes Kleid mit hellgrüner Spitze gekauft, über das sich das Mädchen sehr freute. Es trug schon lange nicht mehr die praktischen schwarzen T-Shirts, die Nicole für ihr Kind kaufte, sondern mochte rosa oder pinkfarbene Kleidung, die die Großeltern schenkten.

Als besondere Überraschung überließen sie dem Kind Nicoles Mädchenzimmer im Obergeschoss, das sie mit neuen Möbeln und einem Schreibtisch mit Drehstuhl ausgestattet hatten. Cornelia war überglücklich, Nicole dagegen völlig fassungslos vor Zorn.

„Ihr könnt nicht einfach das Kind zu euch nehmen."

„Warum nicht? Bei uns oben ist mehr Platz als bei euch. Die kleine Kammer, in der Cornelia bisher schlief, kann Bernd als Arbeitszimmer nutzen."

Wozu brauchte Bernd ein Arbeitszimmer? Sie schaute ihren Mann an. Der saß breitbeinig auf seinem Sessel an der Stirnseite des Tisches und lachte. Nicole war sich sofort darüber klar, dass sie Bernd nicht mochte, wie er so breitbeinig zufrieden lachte. Sie fragte sich, ob sie ihn überhaupt jemals gemocht hatte.

Aber das war jetzt nicht mehr wichtig. Sie stand

einfach auf und ging aus dem Zimmer. Während sie ihre Sachen in eine Tasche stopfte, hörte sie oben die vielen Leute, die ihr allesamt fremd und seltsam vorkamen, lachen. Nicole packte ihre Tasche in ihr kleines Auto, setzte sich hinein, startete und fuhr los – ohne sich noch einmal umzudrehen.

Sie hatte ein klares Ziel vor Augen und freute sich auf ihr neues Leben auf dem flachen Land.

Mein netter Nachbar Dennis

Ich wohne in einem Vier-Generationen-Haus: meine Oma, meine Mutter, meine Schwester, meine dreijährige Tochter und ich. Ein reines Mädelhaus sozusagen. Das Haus steht in Flöha, wo meine Mutter und meine Schwester arbeiten. Ich arbeite in Chemnitz Hilbersdorf als Zahnarzthelferin, das ist ein kurzer Arbeitsweg von nur zwanzig Minuten Autofahrt. Ich fühle mich wohl hier.

Doch mein Freund Daniel möchte endlich mit mir zusammenziehen, um eine richtige Familie zu gründen. Er meint, in Hilbersdorf könnten wir eine schöne Wohnung finden nahe meiner Arbeit, nahe zum Wald und nahe zum Kindergarten. Auch zwei Schulen gäbe es in der Nähe, wo meine Kleine später gut aufgehoben wäre.

Daniel ist selbständiger Malermeister. Es ist heute nicht so einfach, davon zu leben, weil viele Leute geschickt genug sind, ihre Wände selbst zu tapezieren oder zu malern. Manchmal kann ich mir sehr gut vorstellen, mit Daniel zusammenzuziehen und vielleicht sogar, mit ihm ein gemeinsames Kind zu haben. Aber manchmal glaube ich, dass ich lieber hier im Mädelhaus bleiben sollte. Wer hat heute so ein großes Glück wie ich, mit seiner gesamten Familie in einem Haus zusammenzuleben?

Schließlich stimme ich zu, heute nach der Arbeit eine Wohnung in Hilbersdorf zu besichtigen. Die Wohnung ist in der gleichen Straße wie die Praxis, in der ich arbeite. Das Haus macht von außen einen guten Eindruck, es hat sogar einen Innenhof mit Stellplätzen für die Autos der Mieter.

Die Wohnung liegt im ersten Stock, hat eine Stube mit offener Küche, eine Schlafstube, ein wunderbar großes helles Kinderzimmer, ein Bad, ein Gästeklo und einen schönen Balkon. Mir gefällt die Wohnung. Auch der Mietpreis ist in Ordnung, er ist in Chemnitz sogar niedriger als in Flöha. Die Wohnung ist leer und wir könnten sofort einziehen.

Wir sind sofort eingezogen. Ich brauche mein Auto kaum noch, denn bis zur Arbeit laufe ich nur wenige Schritte, der Kindergarten für meine Tochter ist kaum fünf Fußminuten entfernt. Alles ist praktisch und schön. Nur meine Familie fehlt mir sehr, vor allem die vielen Frauengespräche, die nun mit Daniel nicht mehr möglich sind. Daniel ist ein lieber Kerl, aber er ist ein Mann. Solch eine Nähe zu einem Mann habe ich so noch nie gespürt und habe ich mir so auch nicht vorgestellt.

Daniel scheint nie zu begreifen, was ich will. Er hört ganz offensichtlich nicht zu. Und er redet nicht. Wie soll ich wissen, was er denkt oder was er will und was er nicht will, wenn er nicht redet? Wenn ich rede, stört ihn das beim Denken. Und wenn ich nicht rede, stört es mich beim Denken. Ich kann gar nicht denken ohne zu reden. Das begreift Daniel nicht.

Als ich noch im Mädelhaus lebte, war alles viel leichter, viel einfacher für mich. Da starrte keiner einfach so vor sich hin, ohne etwas zu sagen. Eigentlich haben wir pausenlos immer irgendetwas gesagt, auch viel gelacht und gesungen.

Einmal habe ich ein Lied mitgesungen, das gerade im Radio kam, da sagte Daniel: „Lass es lieber bleiben, du machst das Lied ja kaputt."

Zuerst habe ich gelacht, ich habe seine Worte für einen Scherz gehalten, aber Daniel meinte es ganz ernst. Ich bin kein Sänger. Ich meine, ich bin kein ausgebildeter Sänger. Ich will gar nicht richtig singen können, ich will nur vergnügt sein. Auch wenn ich nicht die richtigen Töne treffe und falsch singe, so ist es nicht falsch, dass ich singe. Aber für Daniel ist das falsch, ich soll nicht singen. Und ich soll nicht so viel reden.

Ich habe das Gefühl, dass mich Daniel gar nicht so sehr mag wie ich ihn mag. Denn ihn interessiert es gar nicht, was ich sagen will. Er fragt auch nichts. Und wenn ich ihn frage, wie es bei der Arbeit war, dann sagt er: „Gut.", mehr nicht.

Beim Einkauf stehe ich an der Kasse. Der Mann vor mir sieht sehr elegant aus in seinem italienischen Anzug. Er hat dichte braune Locken, sanfte braune Augen und einen eher weiblichen Schmollmund. Ich starre ihn unentwegt an, ich kann einfach nicht anders, als ihn anzustarren. Da werde ich unsanft zur Seite geschoben, ein weiterer Mann drängelt sich an mir vorbei und schiebt mir dabei meinen Wagen gegen die Beine. Ehe ich schimpfen kann umarmt er den schönen Herrn vor mir und gibt ihm einen Kuss direkt auf den Mund. Schade. Dieser traumhaft tolle Typ ist also für die Frauen verloren.

Der zweite Mann dreht sich um, um diesen

Stab aufs Band zu legen, der seine Ware von meiner trennt. Jetzt erkenne ich ihn. Es ist der Makler, der uns die Wohnung vermietet hat.

„Hallo. Sie erinnern sich? Sie haben uns im vorigen Monat eine Wohnung hier in der Straße vermittelt."

„Natürlich erinnere ich mich, guten Tag, Frau Schmieder."

„Oh! Sie wissen sogar meinen Namen. So ein gutes Gedächtnis habe ich leider nicht."

„Das ist mein Freund Dennis."

Dennis reicht mir seine Hand. Natürlich ist es eine sehr schöne Hand.

„Angenehm."

„Sechsundvierzig, achtzig." bestimmt die Kassiererin.

Der schöne Dennis tritt zur Seite, mein Makler geht an ihm vorbei, bezahlt und packt die Lebensmittel in einen großen Korb. Als ich mit meinen Einkäufen aus dem Laden komme, warten die beiden Männer auf mich.

„Lust auf einen Kaffee?"

Ich habe noch eine gute Stunde Zeit, aber hier gibt es kein Café in der Nähe. Ich schaue die Männer fragend an.

„Wir wohnen im Nachbarhaus, direkt neben euch. Stellen Sie einfach Ihre Sachen daheim ab, wir warten und nehmen Sie mit zu uns."

Ich schaue immer noch fragend. Diese Einladung kam so plötzlich und unerwartet, außerdem kennen wir uns gar nicht.

„Wir haben eine supertolle neue Kaffeemaschine, eine echt italienische, das sollten Sie sich auf gar keinen Fall entgehen lassen."

„In diesem Fall ...", lache ich, „werde ich die Gelegenheit selbstverständlich gern nutzen."

Die Wohnung der beiden Männer ist unglaublich groß, es müssen mehr als zweihundert Quadratmeter sein. Allein das Wohnzimmer mit der riesigen offenen Küche misst mehr als achtzig Quadratmeter. Ein im Raum stehender, auffallender Holzblock mit einem Gasherd bildet eine Art Grenze zwischen Wohn- und Essbereich. Außer dem antiken Esstisch mit acht geschwungenen Stühlen sehe ich nur noch verschieden große Sofas, lustig kleine, wo sich die Sitze gegenüber stehen, ein Kanapee und zwei riesige Liegeflächen voller bunter Kissen.

Dennis balanciert zierliche kleine Espresso-Tassen und stellt sie auf einem winzigen Tisch ab, das wie ein altmodisches Tablett auf Beinen aussieht. Jetzt bemerke ich, dass überall so kleine Tische stehen, worauf man wunderbar ein Glas oder eben eine Tasse abstellen kann.

„Lustig ist, dass meine Schwester Denise heißt", sage ich.

Dennis lacht und ruft Richtung Küche: „Bring doch gleich mal den Champus, mein Lieber! Wir wollen auf gute Nachbarschaft anstoßen."

Die Stunde vergeht wie im Fluge.

Von diesem Tag an sehe ich die beiden Männer oft. Eigentlich sind sie zu dritt. Der dritte Mann hat eine eigene kleine Wohnung im Stock darunter. Neben seiner Wohnung ist ein Extra-Wellnessbereich mit einem riesigen Bad, einer Sauna und mehreren Gästezimmern. Da die Wände bis zur Hälfte kräftig grün und weiter oben wie die Decke blau bemalt sind mit vielen nackten Engeln, kann ich mir schon ausmalen, wofür das alles genutzt wird.

Dennis spielt Klavier. Das passt zu seinen wunderschönen Händen. Ich habe immer gedacht, dass bei Schwulen derjenige kocht, der eher weiblich wirkt. Doch das stimmt nicht. Mein Makler Christoph sieht eher wie ein Kerl vom Bau aus, nicht viel anders als mein Freund Daniel, aber er kümmert sich um den Haushalt und er kocht. Er kocht wundervolle komplizierte

Gerichte, die trotzdem ganz hervorragend schmecken. Ich bin heilfroh, dass die Jungs nicht zu mir zum Essen kommen wollen, denn ich kann nicht besonders gut kochen. Spaghetti Carbonara, Spaghetti Napoli oder notfalls auch Spaghetti Bolognese. Ansonsten bevorzuge ich Fertiggerichte, das ist praktisch und geht schnell. Meist gibt es bei uns am Abend Brot mit Wurst oder Käse.

Mit den Jungs kann ich wunderbar lange und ausführlich diskutieren, stundenlang, wenn ich Zeit habe. Sie geben mir viele wertvolle Tipps, die mir das Zusammenleben mit meinem Freund erleichtern. Nun weiß ich, dass normale Männer wie Daniel anders denken und vor allem anders reden als Frauen. Und mir ist nun klar, weshalb es so oft Ärger zwischen uns gab.
„Du bist langweilig!", kritisiert Dennis. „Männer wollen geheimnisvolle Frauen, die nicht so leicht zu durchschauen sind wie du. Sie wollen erobern, man muss sie hinhalten, mit ihnen spielen."
Mir ist das zu albern.
„Schau dich um!", spricht Dennis weiter. „Du bist eher ein Kumpeltyp, mit dem man Pferde stehlen will. Aber du bist keine Frau, vor der

man niederkniet und der man Schmuck schenken will. Der man Schmuck schenken MUSS, damit sie nachgibt."

Jetzt bin ich empört. „In welcher Zeit lebt ihr denn? Das wäre mir viel zu dumm."

„Das glaube ich. Und was hast du davon? Dass dich dein Daniel eines Tages sitzen lässt und zu einer Zicke geht, die ihm das Leben zur Hölle macht. Aber dann ist er zufrieden."

Das finde ich nicht lustig. So albern bin weder ich noch mein Freund.

„Du darfst dir auch niemals anmerken lassen, wenn du verärgert bist."

„Warum? Wenn ich sauer bin, dann wackeln mal kurz die Wände und dann ist alles wieder gut."

„Das ist ein großer Fehler, Süße. Natürlich sollst du herumbrüllen, eine bühnenreife Szene liefern – aber doch nicht echt. So eine Szene muss klug inszeniert sein, sie muss einen Sinn haben. Du musst damit etwas erreichen wollen, damit dein Kerl hinterher zu Kreuze kriecht."

„Nein, das wäre Manipulation. Davon halte ich gar nichts, das lasse ich mir nicht einreden. Ich bin und bleibe immer geradeheraus. Ich will es auch nicht anders. Und einen Kerl, der zu Kreuze kriecht, will ich schon gar nicht."

„Ein Mann sieht das aber ganz anders."
Noch viel krasser drückt sich mein Makler aus, der überhaupt kein Verständnis dafür hat, wenn jemand seine Gefühle oder gar seinen Unwillen zeigt. Er bezeichnet mein offenes Verhalten als kulturlos und direkt unhöflich bis ungezogen. Er rät mir dringend, mir ein Beispiel an den Franzosen zu nehmen, die nicht einmal im familiären Umfeld über private Probleme sprechen und schon gar nicht in der Öffentlichkeit. Und er empfiehlt mir eine Reihe Literatur, um mich diesbezüglich zu bilden.

Ich will mich selbstverständlich gut benehmen, doch drastisch ändern will ich mich nicht, ich kann es auch gar nicht. Was sollte falsch daran sein, dass ich offen zeige, ob ich vergnügt oder verärgert bin? Warum sollte ich jemandem etwas anderes vorspielen als ich fühle und vor allem ausgerechnet meinem Freund? Und dieses Falschsein sollte eine lange Beziehung garantieren? Das kann ich nicht glauben.
Ich will mir keine Sorgen machen. Sollte mein Freund eines Tages tatsächlich eine Zicke bevorzugen, kann ich leicht zurück in mein Mädelhaus.

Einige Zeit später sehe ich meinen Makler. Er kommt direkt auf mich zu und steuert seinen Hauseingang an. Er sieht mich nicht. Und was ich sehe, erschrickt mich direkt. Seine Haltung ist gebeugt, die Schultern hängen schlaff herunter, sein Gang ist nicht mehr federnd wie sonst, sein Gesicht sieht aschfahl aus, die Augen liegen in tiefen Höhlen und haben schwarze Schatten. Mit hängendem Kopf geht er an mir vorüber, ohne meinen Gruß zu erwidern.

„Bist du krank?", will ich wissen.

Er antwortet nicht, hebt nicht einmal den Kopf.

Ich laufe ihm nach und erreiche ihn an seiner Haustür. Er hat bereits aufgesperrt, steht aber im Eingang, als könne er sich nicht entschließen, ins Haus einzutreten.

Ich lege meinen Arm um ihn und frage: „Was um Himmels Willen ist denn passiert? Du siehst ja grauenhaft aus."

Er hebt nur kraftlos die Schultern, aber er schaut mich nicht an.

„Komm mit rüber zu mir, ich mache uns einen Kaffee und wir reden", biete ich an.

Statt einer Antwort sehe ich nur ein kaum merkliches Kopfschütteln. Dann murmelt er: „Ich kam gestern unerwartet früh nach Hause, da lag Dennis mit einem Anderen im Bett."

„Das ist ja furchtbar! Aber macht ihr nicht Partys, wo es sagen wir mal etwas durcheinander zugeht?"

„Schon. Aber doch nicht mein Dennis." Seine Stimme ist kaum vernehmbar leise und klingt unbeschreiblich traurig.

Das war das letzte Mal, dass ich meinen Makler gesehen habe. Offenbar hat er sich von diesem Schock nie wirklich erholt. Es heißt, er sei gleich am nächsten Tag nach Berlin gezogen und würde sich dort mehr schlecht als recht über Wasser halten.

Lebensabend

Karin fühlte sich alt, obwohl sie mit fast 60 Jahren nicht direkt alt war, aber jung auch nicht mehr. Angeblich zählte sie zum sogenannten besten Alter. Sie hatte gelesen, dass das Alter fünfzehn Jahre nach dem eigenen Alter beginnt und sich somit immer verschiebt. Das hielt sie für Unsinn, weil ein Altersunterschied von fünfzehn Jahren zwischen einem Zehn- und einem Fünfundzwanzigjährigen anders zählt als zwischen einer Fünfzig- und einer Fünfund-sechzigjährigen.

Manche teilten die Lebenszeit in Jahreszeiten: bis 20 Jahre bedeutet Frühling, bis 40 Sommer, bis 60 Herbst und danach wird es Winter. Da sie aber alle Jahreszeiten gleich gern mochte, gefiel ihr diese Einteilung nicht.

Sie bevorzugte den Tagesablauf: bis 20 Jahre galt der Morgen, bis 40 die Tagesmitte, bis 60 der Nachmittag und sie gehörte ab ihrem 60. Geburtstag wohl zum Lebensabend, danach kam die Nacht und kein neuer Morgen.

Den Lebensabend stellte sie sich gemütlich vor, als Zeit des Genießens. Die Nacht wollte sie nach Möglichkeit nicht mehr bewusst erleben.

Karin war früher eine recht laute und vor allem ungeduldige Frau gewesen. Sie lachte viel und lebte im Augenblick, die Vergangenheit war vorüber und die Zukunft noch nicht da. Auch mit ihren Kindern ging sie laut und unkompliziert um, sie hatte sie eher chaotisch und fröhlich als ernst und streng erzogen. Das Laute und Ungeduldige hat die Tochter gehasst, der Sohn war zufrieden damit.

Inzwischen äußerte sie sich nicht mehr so laut. Sie musste ihre Wut nicht mehr verbal heraus-schreien, sondern konnte sie über die Haut ableiten oder abstoßen – als Pickel. Diese Wutpickel wuchsen im Gesicht, am Rücken und zwischen den Brüsten, wenn sie sich ärgerte und diesen Ärger still hinunter schluckte. Das Ärgerliche am Ärger ist, dass er keinem nützt, aber einem selbst schadet. Sie war einfach nicht mehr in der Lage, sich Luft zu machen und schluckte viel zu viele Worte hinunter. An hinuntergeschluckten Worten war noch keiner erstickt und an Pickeln noch keiner gestorben, sie verschwanden sowieso nach drei Tagen wieder. Wenn der Körper seinen Schmerz über die Haut ableiten kann, ist das am einfachsten.

Sonst verfestigt er sich im Magen oder im Herzen.

Die Leute beklagten, dass die Zeit mit zunehmendem Alter schneller vergeht. Aber das stimmt nicht, das scheint nur so. Manche fürchten, dass die verbleibende Lebenszeit weniger wird und die Zeit deshalb so rast. Karin sah das nüchtern und mathematisch, denn für sie stand die Zeit immer in Relation zur vergangenen Zeit. Das heißt, drei Jahre fallen für einen Schulanfänger extrem ins Gewicht, für einen Jugendlichen ebenfalls, doch für sie als Sechzigjährige kaum noch.

Sie konnte sich noch gut an ihren 50. Geburtstag erinnern. Da war die Welt noch in Ordnung. Sie hatte viele Gäste und es wurde viel gelacht und ausgelassen getanzt.

Drei Jahre später starb ihre Tochter mit nicht einmal 20 Jahren, sie hatte weder ihre Mittagszeit noch ihre Sommerzeit erreicht. Danach blieb für Karin die Zeit einfach stehen. Während des ersten Jahres nach dem Tod der Tochter dümpelte sie wie durch einen Nebel, nahm weder ihr Umfeld noch die Zeit wahr. Es spielte nichts mehr irgendeine Rolle, nichts hatte mehr eine Bedeutung. Sie ertrug weder

Musik noch Gespräche, die sich nicht um die Tochter drehten und nahm es sehr persönlich, dass niemand ihre Verzweiflung verstand.

Die Freunde versuchten anfangs zu trösten: „Dein Kind hätte nicht gewollt, dass du so lange trauerst."

Natürlich nicht!

Manchmal wollte ein Freund wissen: „War sie krank?"

„Nein." Mit dieser Antwort gab sich jeder zufrieden. Manchmal raffte sie sich auf zu ergänzen: „Plötzlicher Hirnschlag."

Oft bekam sie zu hören: „Das Leben geht weiter."

Natürlich geht das Leben weiter. Aber nicht für sie. Sie wusste, dass ihr Kind „nur" gestorben war, unwiderruflich, aber sie wusste nicht, wie sie den Tag ohne ihre Tochter überstehen sollte, wie sie zur Tagesordnung übergehen könnte.

Nach diesem Nebeljahr wurde es noch schlimmer, weil ihr an jedem Morgen bei jedem Wachwerden die Katastrophe bewusst wurde, dass ihre Tochter nicht mehr lebte. Sie war nicht in der Lage aufzustehen und etwas zu essen. Sie sah keinen Sinn darin, aufzustehen und etwas zu essen.

Eines Tages brachte ihr Mann einen Hund mit nach Hause. Da hatte sie zum ersten Mal seit mehr als zwei Jahren Wut.

Sie schrie ihn an: „Was soll das? Ich hasse Tiere! Ich dulde keine Tiere in meinem Haus. Bring es weg! Sofort!"

Aber Achim brachte es nicht weg. Er setzte den kleinen Hund auf Karins Bett und ging aus der Schlafstube. Der kleine Hund rührte sich nicht. Obwohl sie nichts von Hunden verstand, sah sie, dass es kein Welpe war. Sie hob ihre Decke an, das Tier rutschte vom Bett und blieb unten auf dem Teppich liegen. Karin setzte sich auf. Ob er sich verletzt hat? Immerhin war das Bett einen halben Meter hoch.

Es dauerte einige Tage, bis Karin begriff, welch eine wunderbare Idee der kleine Hund für sie und ihre Gesundheit war. Sie rief ihn einfach Hund oder nannte ihn Mucha, was aus dem Russischen übersetzt Fliege bedeutet. Immer, wenn sie so gemütlich in ihrem Nebel verschwinden wollte, nervte Mucha wie eine lästige Fliege und ließ sie nicht in Ruhe dahindämmern.

Also stand sie morgens auf, um den Hund nach draußen zu bringen. Dazu zog sie nur einen Mantel über ihr Nachthemd. Danach frühstückte sie gleich im Nachthemd mit Achim, der den Tisch für beide gedeckt hatte. An den Nachmittagen hielt sie sich stundenlang mit dem Hund im Wald auf. Anfangs saß sie nur auf einer Bank, später machte sie lange Spaziergänge. Und eines Tages freute sie sich auf diese Spaziergänge, sogar auf die vielen zufälligen Begegnungen mit anderen Leuten, mit denen sie immer häufiger ins Gespräch kam. Sie merkte, dass sie immer seltener in Tränen ausbrach und wusste auf einmal, dass sie wieder gesund war.

Sie hatte auch wieder Appetit und freute sich auf die gemeinsamen Abendessen mit Achim: Bratkartoffeln mit Spiegelei, Spaghetti mit Tomatensoße, Bratwurst mit Sauerkraut oder was ihr sonst so einfiel. Viel konnte sie nicht essen, da offenbar ihr Magen während der letzten zwei Jahre geschrumpft war. Sie hatte wohl an die zwanzig Kilogramm abgenommen, aber sie fühlte sich wohl dabei.

Seit damals hatte sie dieses irrsinnig laute Fiepen im Kopf. Es fing in den Ohren an und breitete sich im ganzen Kopf aus, übertönte ihre Worte und sogar ihre Gedanken. Sie hörte immer weniger normale Geräusche neben diesem Fiepen. Es war ein sehr hoher eindringlicher Ton vergleichbar mit dem Testton im Fernsehen zu früheren Zeiten. Anfangs machte ihr das große Angst. Aber es blieb ihr nichts anderes übrig, als sich daran zu gewöhnen, denn dieses Fiepen ging nie weg, weder am Tag noch in der Nacht. In der Nacht war es besonders laut, störte den Traum und weckte sie. Mit der Zeit konnte sie keine hohen Töne mehr hören, keine Türklingel, kein Vogelgezwitscher und den Liedern fehlten die hohen Töne.

Ihre Freundin Elke riet ihr zu einer Kur. Aber das kam für sie überhaupt nicht in Frage. Zum einen zahlte sie ihren Urlaub lieber selbst und wollte Ort und Zeit frei wählen. Zum anderen wollte sie sich keinen fremden Ritualen beugen, sich Gespräche mit fremden Leuten, die sie nicht mochte, aufzwingen lassen. Und vor allen Dingen wollte sie keinesfalls ohne ihren Mann verreisen. Was sollte das bringen? Erholung ganz sicher nicht. Nicht einmal das Essen würde ihr ohne seine Gesellschaft schmecken und schlafen konnte sie ohne ihn an ihrer Seite sowieso nicht.

Achim war der Meinung, dass sie sich wieder

eine Arbeit suchen sollte. Im Institut, wo sie fast zwanzig Jahre lang gearbeitet hatte, wollte man sie nicht mehr haben. Und die Stellenanzeigen im Internet und in den Zeitungen suchten ausschließlich junge Leute. Junge Leute unter dreißig Jahren, mit einer abgeschlossenen Berufsausbildung, Studium und Berufserfahrung. Als ob so etwas möglich wäre!

Karin meldete sie sich eines Tages im Arbeitsamt bzw. Jobcenter wie es heute heißt. Sie musste ihren Schulabschluss vorlegen, der gut vierzig Jahre alt war und über sie gar nichts aussagte.

Als Wiedereingliederungsmaßnahme - dieses Wort empfand sie als diskriminierend – wurde Karin in eine Großküche gesteckt. Die Arbeit war nicht angenehm, aber sinnvoll. Deshalb blieb sie. Schließlich stimmte sie einer Festanstellung als Küchenhilfe für zwanzig Stunden pro Woche zu.

Es herrschte ein für Karin ungewohnt barscher Umgangston, man brüllte quer durch die Küche, keiner machte sich die Mühe, auch nur einen Schritt auf seine Kollegen zuzugehen. Derbe Scherze flogen hin und her, es wurde gelacht, aber eine Unterhaltung kam weder bei den recht eintönigen Handgriffen noch während der Pausen zustande. Fragen nach dem Privatleben wurden als „neigiersch" (neugierig) ausgelegt, nicht als Interesse am Mitmenschen. Das machte ihr sehr zu schaffen. Trotzdem versuchte sie, von den Kollegen gemocht zu werden. Dafür schämte sie sich, denn sie spürte, wie die Kollegen sie ablehnten, sie als Fremdling, als nicht zugehörig betrachteten. Es belastete sie, dass die Leute so zu ihr waren wie sie eben waren und sie es nicht ertragen konnte.

Karin verachtete ihre Kollegen für ihre Garstigkeiten untereinander, ihre Häme, ihre Herablassung den Schwachen gegenüber. Trotzdem blieb sie freundlich zu allen.

Auch zu Biggi, die zusammen mit Karin vom Arbeitsamt aus in die gleiche Großküche geschickt wurde, obwohl beide keinerlei Küchenerfahrung hatten. Biggi mochte kein Thema außer Schlager und deren Sänger, doch sobald sich jemand unterhielt, brüllte sie: „Quatsch ni, orbeide!" (Rede nicht, arbeite!) Biggi trieb zur Arbeit an, schaffte allerdings ihr eigenes Pensum nicht, was regelmäßig die Kollegen übernehmen mussten. Überdies kritisierte sie die schlechte Arbeit der anderen und machte für ihre eigenen Fehler die anderen verantwortlich.

Karin mochte die freundliche Gerdi aus der Verwaltung, zumindest anfangs. Später merkte sie, dass sich Gerdi zwar sehr hilfsbereit gab, aber hinter dem Rücken schlecht über ihre Kollegen sprach. Am Telefon verhielt sich Gerdi freundlich zu den Kunden, falls sie überhaupt ans Telefon ging. Sie hatte dessen Klingel auf lautlos gestellt, um bei der Arbeit nicht gestört zu werden, wobei vor allem das Aufnehmen von telefonischen Bestellungen ihre Hauptaufgabe war.

Über den Chef wunderte sich Karin am meisten. Die Fähigkeiten eines Chefs erkennt man an seiner Fähigkeit, die Fähigkeiten seiner Mitarbeiter zu erkennen. Das schien ihm gar nicht wichtig – er behandelte alle gleich, so als lebten sie im Kommunismus und Leistung zähle nicht. Er gab einer Frau mit mehr als fünfzehnjähriger Erfahrung bei der Logistik-Leitung keinen Cent mehr als einem ungelernten jungen Burschen, der nichts allein zuwege brachte. Dem Chef ging es allein um Hygiene-Vorschriften, die jeder einzuhalten hatte. Schuhe, Hände und Arbeitsflächen mussten ständig desinfiziert und jeder Handgriff protokolliert werden – das war ihm wichtig. Die Probleme der Mitarbeiter interessierten ihn nicht.

Wenn Hygienekontrolleure die Großküche kontrollierten, dann kontrollierten sie nicht, ob zum Beispiel der Boden sauber war, sondern ob es ein Protokoll darüber gab, wann der Boden gesäubert wurde. Sie wollten nicht das Essen sehen, sondern den Zettel, worauf die gemessene Temperatur des Essens vermerkt ist. Sie interessierte nicht, dass Chemie in den Lebensmitteln war, sondern der Aufkleber auf den Verpackungen, der die Zusatzstoffe angab. So eine Art Kontrolle hielt Karin für unsinnig. Die Unmengen an Plastikmüll, die durch die vielen Verpackungen und das ständige Umpacken fabriziert wurden, kamen für sie einer Umwelt-Katastrophe gleich.

Nach einigen Monaten hatte sich Karin eingefügt, nicht untergeordnet, aber eingefügt. Sie merkte, dass die Arbeit gut für sie war. Sie war am Abend müde, ging früh und vor allem wieder gerne ins Bett, schlief besser und hatte keine Angst mehr vor bösen Träumen. Wenn man alt ist, schläft man nicht mehr so wie ein junger Mensch, der jederzeit und überall leicht einschläft oder eben wach ist.

Sie war ruhiger geworden Es ging ihr gut. Sie hatte einen Mann, der sich wunderbar um sie kümmerte. Er war immer sehr besorgt um sie, achtete darauf, dass es ihr gut ging, dass ihr nichts fehlte.

Sie weinte nur noch selten. Nur beim Happyend eines Films weinte sie fast immer, er manchmal auch. Er musste sich erst zur Seite drehen, weg von Karin, sich räuspern, bevor er sprach. Sie merkte es trotzdem. Sie wusste nicht, ob er wusste, dass sie es merkte. Sie wusste auch nicht, ob es ihm peinlich war oder gleichgültig. Ihre Tränen nannte er Melancholieren und er versuchte immer sofort, sie abzulenken und zu zerstreuen.

Eines Tages merkte sie, dass sie bei der Hausarbeit vor sich hin summte. Das war ein gutes Zeichen. Und sie wusste auf einmal, dass ihr großes Fest zum 60. Geburtstag gut und ganz sicher lustig werden würde. Aber wen sollte sie einladen? Sie wünschte sich 60 Gäste für ihren 60. Geburtstag.

„Mir wäre es lieb, du würdest dich auf zwanzig Gäste beschränken", bat Achim. „Du kannst nicht alle Leute einladen, die du kennst."

Karin lachte. „Natürlich nicht. Aber ich finde es lustig, für jedes Lebensjahr einen Gast zu haben."

„Wie wäre es, wenn du außer der Familie nur unsere besten Freunde einlädst?"

„Ich habe keine Freunde, jedenfalls keine richtigen. Es sind alles nur Bekannte."

Achim schüttelte seinen Kopf. „Was erwartest du von einem Freund?"

„Dass er für mich da ist, mir zuhört, sich für mich und meine Meinung interessiert."

„Du erwartest zu viel und bist am Ende enttäuscht, weil kein Mensch deine viel zu hohen Erwartungen erfüllen kann."

„Enttäuschungen gehören zum Leben dazu und ohne Erwartungen kann ich nicht leben."

„Damit WILLST du nicht leben", antwortete Achim. „Du bist dir selbst der ärgste Feind."

Verständnislos schaute ihn Karin an. Dann sagte sie leise: „Jeder hat seine Gedanken und weiß nichts vom anderen, von dessen Gedanken. Es interessiert niemanden, was ich zu sagen habe. Nicht einmal dich."

Bevor er protestieren konnte sprach sie weiter: „Es wäre besser, wenn ich nichts mehr sagen wollte. Aber dann würde ich ersticken an all den ungesagten Worten. Also rede ich. Ich fühle mich schrecklich allein zwischen all den Leuten um mich herum. Es ist nicht gut, sich mitten zwischen vielen Menschen allein zu fühlen."

„Du übertreibst. Du willst reden und zwar auch dann, wenn es keiner hören will."

Karin dachte über diese Worte nach. Sie war erschöpft vom Streit und wollte nicht weiterstreiten. Ihr war es gleichgültig, dass er Recht behielt, wenn sie nicht widersprach. Ihr war nur wichtig, dass er da war. Doch sie fühlte sich trotz seiner Gegenwart manchmal einsam, als wäre er nicht da.

Im Laufe der Jahre hatte Karin an Gewicht zugelegt, ihre Hüften waren breiter, die Schenkel kräftiger geworden. Die festen Mädchenbrüste waren ihr zum Glück geblieben, durch sie wirkte sie niemals billig oder gar ordinär, sondern eher sportlich elegant. Das Gesicht zeigte die ersten Falten und im dunklen Haar leuchteten mehrere graue Stellen. Sie sah nach wie vor fabelhaft aus. Für ihr Alter.

Außerdem brauchte sie seit einiger Zeit zum Lesen eine Brille. Manchmal reichte die nicht und sie nahm zusätzlich eine Lupe zu Hilfe, um besonders kleine Zahlen oder Buchstaben zu erkennen. Sie liebte Zahlen und Buchstaben und fühlte sich nun eingeschränkt, weil sie zum Sehen eine Hilfe brauchte und manchmal trotzdem keine Zahlen und Buchstaben mehr erkannte.

Sie hatte sich überhaupt verändert, komplett verändert. Nicht mehr laut, sondern leise; nicht mehr forsch und sicher, eher zurückhaltend. Nicht mehr bissig angreifend, eher vorsichtig und schnell beleidigt und überhaupt sehr empfindlich. Manchmal wollte sich sich verkriechen und niemanden sehen, dann wieder wollte sie mitten in den Trubel hinein. Mal still und bewegungslos daheim sitzen, am nächsten Tag plagte sie das Fernweh.

Am schlimmsten war, dass sie nicht mehr damit zurecht kam, wenn irgendetwas nicht genauso verlief wie von ihr geplant, dann wurde sie sofort wütend, frustriert, enttäuscht, hilflos und manchmal alles gleichzeitig. Sie schlug verbal um sich und traf damit fast ausschließlich ihren Mann.

Achim mochte ihre Ausbrüche nicht. Er ging dann einfach aus dem Zimmer. Dabei ließ er die Tür offen, was sie jedes Mal noch mehr ärgerte. Manchmal sah es so aus, als hätte er die Tür geschlossen, aber das war sie nicht, sie war nur angelehnt. Er wartete einfach ab, bis sie sich von allein beruhigte.

Manchmal nahm er seine Jacke vom Haken und ging eine Runde um den Block. Seine dunkle Jacke hing immer an einer bestimmten Stelle, es war der ganz linke Haken an der Garderobe. Auf allen anderen Haken und auf den Kleiderbügeln hingen ihre Jacken und Mäntel. Sie hatte eine Jacke zum Drunterziehen, eine für den Wäscheplatz, eine für Stadtgänge, eine dünnere, eine dickere und im Schrank noch mehrere in verschiedenen Farben.

Achim war schon Rentner und hatte Zeit. Diese Zeit vertrieb er sich am Computer und vor dem Fernseher. Er räumte seine Tasse nie in die Spülmaschine, er stellte sie immer oben auf die Arbeitsplatte. Aber er kümmerte sich um die Wäsche und den Einkauf und war sehr auf Karins Wohl bedacht.

Er wollte hinter dem Haus einen kleinen Garten anlegen mit vielen Blumen, weil sie Blumen so gern mochte. Sie hatte sich immer so sehr über Blumen gefreut. Und einen großen Grillplatz würde er bauen, damit alle Nachbarn mit ihren Familien Platz fanden.

Wenn sie in drei Jahren ebenfalls Rentner

wäre, wollten sie reisen. Das mochten sie beide sehr gern. Früher reisten sie viel, erst mit den Kindern durch sämtliche Urlaubsländer wie Österreich, Schweiz, Italien, Spanien, Tunesien, England und sogar USA, später zu zweit auch nach China und Malaysia. Sie hatten viel von der Welt gesehen und durch die vielen Reisen erkannt, dass es nirgendwo so wunderschön ist wie in Deutschland. Sie machten Pläne, auf welche Weise sie ihr Heimatland erkunden sollten, Bundesland für Bundesland.

Karin freute sich auf ihren Lebensabend. Ihre Freundin Elke konnte nicht verstehen, dass sie sich auf die Rente freute.

„Wie kann man sich darauf freuen, überflüssig zu sein und allen zur Last zu fallen? Außerdem würde mir die Decke auf den Kopf fallen und ich würde mich schrecklich langweilen."

Karin langweilte sich nicht. Sie mochte ihren Alltag, die wunderbar ruhigen Abende mit Achim. Er stellte ihr immer ein Glas Rotwein auf den Couchtisch, dazu zwei Pralinen und einige Apfelspalten. Dann saßen sie auf dem Sofa eng nebeneinander und schauten einen Film, den sie gemeinsam ausgewählt hatten. Und genauso ruhig und gemütlich wie ihre gemeinsamen Abende würde auch ihr Lebensabend sein. Darauf freute sie sich.

Unvermittelt sagte Achim: „Ich werde verreisen."

„Oh! Wohin willst du?"

„Das weiß ich nicht. Ich war noch nie weg."

„Aber das stimmt nicht", ereifert sie sich. „Du warst geschäftlich, mit mir und den Kindern viel unterwegs." Sie wollte Beispiele nennen, Länder und Städte aufzählen, doch er unterbrach sie.

„Ja, für die Firma und mit dir, mit euch, aber nie für mich. Jetzt werde ich für mich reisen."

Achim stand auf, nahm seine dunkle Jacke vom Haken, griff nach einer gepackten Reisetasche und ging aus der Tür.

Karin hörte die Haustür ins Schloss fallen.

Ein mögliches Ende

Warum halte ich noch aus? Wozu diese Qual? Ich will nicht mehr leben. Ich will nur noch meine Ruhe. Meine Ruhe vor allem. Vor allen. Ich weiß, dass ich damit den einen Menschen verletze, der mich vermissen wird. Meinen Mann Helmut, mit dem ich seit 45 Jahren verheiratet bin. Wer würde mich sonst vermissen? Meine Kinder?

Ich weiß, man erzieht seine Kinder nicht für sich, sondern für die Welt. Das war mir immer klar. Nur hatte ich mir das ganz anders, viel einfacher vorgestellt. In meiner Vorstellung gründen die Kinder eigene Familien und leben ganz in der Nähe und ich könnte mich mit den Enkeln beschäftigen und mich um sie kümmern.

Aber die Tochter lebt mit ihrem Mann und den drei Kindern in Australien. Der Sohn ist Chirurg in Afghanistan. Ihm ist es ein menschliches Bedürfnis, so viel er kann zu helfen, dieses grauenhafte Leid zu lindern, dass der Herr Friedensnobelpreisträger mit seinen Truppen und Waffen über das gesamte Land bringt. Zum

Sohn gibt es keinerlei Verbindung, nicht einmal Skype wie zur Tochter. Ich erfahre höchst selten und unregelmäßig, wie es ihm geht und hoffe, dass er noch am Leben ist und er nicht allzu sehr hungern muss.

Würden die Freunde mich vermissen? Wahrscheinlich wird man sich kurz erinnern, kurz lachen. Punkt. Aber vermissen würden die Freunde mich nicht.

Meine Schwester? Sie hat Familie. Zu ihrer Familie gehören ihre Kinder und Enkel. Punkt.

Mein Bruder? Der am wenigsten. Er käme nur wegen der Leute zu meiner Beerdigung. Er erträgt mich nicht mehr, seit ich vor gut zehn Jahren einen Nachbarn grüßte, der offensichtlich ein Moslem ist. Moslems sind für ihn eine ernste Bedrohung und deshalb seine Feinde. Wer die Feinde meines Bruders grüßt, der ist auch sein Feind. Mein Bruder ist religiöser Fanatiker. Er wohnt im Nachbarhaus, aber wir sehen uns nicht, er will mich nicht sehen.

Ich möchte meinen Mann nicht unglücklich zurücklassen. Ich möchte aber auch nicht unglücklich weiterleben. Ich kann den Gedanken, das Ende meines Lebens einsam und allein aushalten zu müssen, nicht ertragen.

Ich möchte mein Leben beenden, aber ich habe Angst, dass mein Vorhaben misslingt. Und ich habe große Angst vor der unbekannten Ewigkeit. Ich habe schon mit meinem Mann darüber gesprochen. Er sagt, dass er mir helfen würde, wenn es mir sehr schlecht ginge und es keine andere Möglichkeit gäbe.

Aber zur Zeit geht es mir gut. So sieht das mein Mann. Aber ich fühle mich nicht wohl, schon lange nicht mehr.

In einer Gesellschaft mag ich oft die Themen nicht, kann ich nicht verstehen, worüber sich die Leute aufregen und mehr noch, worüber sie sich nicht aufregen. Das regt mich auf, maßlos. Und wenn ich dann nicht mehr an mich halten kann und meine Meinung sagen will, habe ich den Eindruck, als ob es niemanden interessiere, was ich zu sagen hätte. Natürlich könnte ich trotzdem einfach weiter reden, lauter werden. Aber das passt mir nicht. Es hat keinen Sinn zu reden, wenn es keiner hören will. Ich habe es aufgegeben, mich an einer Unterhaltung beteiligen zu wollen.

Außerdem schmerzt mein Kopf von all der verdrehten Grammatik, die ich mir anhören muss. Die deutsche Sprache kennt vier Fälle, aber der zweite Fall scheint vielen Leuten völlig unbekannt. „Wegen dir!" oder „Wegen dem schlechten Wetter..." statt deinetwegen oder wegen des schlechten Wetters. Einzigste, totalste, maximalste, perfekteste, optimalste usw. - das ist kein Deutsch, sondern nur noch grauenhaft. Und überall höre ich *wie* statt *als* oder sogar *als wie*: schneller wie, besser als wie – unerträglich für mich und meine Ohren. Zumindest hört man nicht, wie diese Leute schreiben würden.

Dialekt ist etwas anderes, denn Dialekt ist Heimat, gelebte Kultur. Ich liebe meine Heimat und ich liebe meinen sächsischen Dialekt. Ich höre ihn gern, ich spreche ihn im Freundeskreis und ich benutze ihn, wenn ich etwas lustiges erzähle. Nur in der Fremde, wenn ich etwas sage und verstanden werden will, rede ich hochdeutsch.

Oft bin ich enttäuscht. Es heißt, ich erwarte zu viel. Aber wie macht man das, weniger zu erwarten? Oder gar nichts zu erwarten? Man erwartet immer etwas, wenn man sein Umfeld und seine Mitmenschen wahrnimmt. Ich stehe immer in Bezug zu allem, was mich umgibt. Ohne den persönlichen Bezug kann man nicht denken, nicht fühlen, nicht lieben und nicht hassen.

Mein Mann versteht nicht, warum ich durchs Leben gehe und grüble, statt die Dinge einfach so zu nehmen wie sie nun mal sind. Aber er wundert sich nicht, dass ich grüble, denn ich habe ein ganzes Regal voller Bücher, in denen es nur um die Gefühle der Menschen geht. Wer sich mehr mit Gefühlen als mit Dingen beschäftigt, der braucht sich nicht zu wundern, wenn er Kopfschmerzen bekommt – sagt mein Mann.

Mir waren immer nur die Menschen wichtig. Ich möchte wissen, was sie fühlen, warum sie tun, was sie tun oder warum sie es nicht tun.

Alles, was ich tue, hat meine volle Aufmerksamkeit. Ich mache nie etwas nebenbei oder mehrere Dinge zugleich. Ich habe Achtung vor den Dingen, die ich tue.

Mein Körper ist Teil des Universums. Alles hat seine natürliche Ordnung und Richtigkeit. Auch das Altern und der Verfall. Ich färbe mir niemals meine Haare. Es ist albern, jünger aussehen zu wollen als man tatsächlich ist. Das ändert gar nichts an der Tatsache, dass man eben so alt ist wie man eben ist. Dass man überhaupt so ist wie man eben ist.

Mode. Was soll ich mit Mode, die mir ein völlig Unbekannter diktieren will? Oder Farben, in denen ich krank aussehe? Soll ich sie tragen, weil sie im Moment Mode sind? Ich trage am liebsten Blau, Lila oder Grün. Und ich trage Sachen, in denen ich mich schön und wohl fühle, die praktisch sind wie Jeans und im Winter Rollkragenpullover. Ich mag Blusen mit Blümchen und Wäsche in der gleichen Farbe wie das Kleid. Manchmal glaube ich, dass die besonders Modebewussten daheim keinen Spiegel haben, sonst würden sie leicht sehen, dass sie schlecht gekleidet sind.

Ich gehe nicht gern Kleider kaufen. Ich finde mich in den Kaufhäusern nicht zurecht. Wenn ich eine grüne Bluse kaufen will, kann ich nicht einfach an einen Ständer gehen, wo Blusen in der Größe 40 hängen und dort nach einer passenden grünen Bluse schauen. Nein, es gibt sehr viele Stellen in den Damen-abteilungen der Kaufhäuser, wo grüne Blusen hängen könnten. Das kommt ganz auf die Marke des Herstellers an, denn die Kleider sind nicht nach Funktion, nicht nach Blusen oder Pullover geordnet, sondern nach Marken. Bei einer Marke finde ich nicht nur Blusen, sondern auch Hosen und Jacken. Damit kann ich mich nicht anfreunden. Also benutze ich das Internet und gebe „Bluse grün 40" ein. Das ist einfacher für mich.

„Sale!" Das ist auch so ein Unding für mich, mit dem ich nicht umgehen kann. Oder „Coffee to go!" Warum sollte man Kaffee unterwegs trinken? Und wieso ausgerechnet englischen? Trinken die Engländer nicht eher Tee?

Heute habe ich eine Hackfleischsoße für meine Nudeln gekocht. „Sag doch gleich Sauce Bolognese, das ist einfacher."

Einfacher? Hackfleischsoße ist eine Soße aus Hackfleisch, das ist eindeutig und damit einfach. Muss man Sauce Bolognese kennen, weil es dann einfacher wäre?

Jede Nacht werde ich von wüsten Albträumen wach. In der letzten Nacht träumte ich, dass ich mit viel Mühe eine Reihe Leute mit Kindern aus einem Haus rettete. Die Räume standen etwa einen Meter unter Wasser. Als endlich alle draußen vor der Tür standen, kam eine Riesenwelle und wir alle ertranken, das Haus wurde weggespült und völlig zerstört. Mein ganzer Einsatz, meine ganze Mühe war völlig vergebens.

Ich habe im Traumbuch nachgelesen. Es könnte bedeuten, dass ich nicht verhindern kann, etwas für mich sehr wertvolles zu verlieren. Das macht mir noch mehr Angst. Ich will nichts verlieren und schon gar nichts, was für mich sehr wertvoll ist.

Ich weiß, dass ich nicht alles regeln und in Ordnung bringen kann. Aber ich möchte es gern können.

Mein Mann redet. Er redet über Sport, Musik, Politik, Baustellen in der Stadt. Aber er sagt nichts, wenn ich ihn etwas frage. Er wiederholt meine letzten Worte als Frage und schaut mich dann stumm an. Ich habe inzwischen die Lust verloren, ihn etwas zu fragen. Er sagt seine Meinung nicht gern, schon gar nicht zu jedem.

Manchmal weiß ich ein Wort nicht. Ich weiß, dass ich es kenne und gewöhnlich benutze, wenn es mir einfällt. Aber es fällt mir nicht ein. Dann bitte ich ihn, mir bei der Wortsuche zu helfen, weil ich weiß, dass auch er das Wort kennt und weil ich glaube, dass er weiß, wovon ich reden will. Aber er hilft mir nicht. Denn wenn ich ihm nicht sagen kann, wovon ich reden will, kann er mir das Wort nicht nennen. Dabei sagt er immer, dass er weiß, was ich sagen will und deshalb beendet er meist meine Sätze. Dann muss ich nicht mehr nach Worten suchen. Dann muss ich nicht mehr reden. Dann kann er allein reden.

Er hasst es, wenn ich über alles reden will – ich hasse es, wenn ich schweigen soll.

Er erträgt es nicht, wenn ich ihn etwas frage – ich ertrage es nicht, wenn er nicht antwortet.

Dann sage ich so schlimme Dinge, die man nur jemandem sagt, der einem wichtig ist, auf den man sich verlassen kann, der diese entsetzlichen Worte aushält, von dem ich weiß, dass er mich trotzdem liebt.

Manchmal bin ich morgens so müde, dass ich nicht aufstehen kann. Mir ist kalt und gleichzeitig heiß und ich bekomme Angst. Dann suche ich Trost im Gebet. Ich bete jeden Tag, dass alles gut wird. Ich versuche, meine Angst wegzubeten.

Bevor ich am Morgen aufstehe, sage ich mir, dass ich mich auf all die schönen Dinge freue, die ich heute erlebe und auf all die angenehmen Begegnungen. Eine Weile hilft das auch. Ich sitze zufrieden am Frühstückstisch. Dann reißt mich irgendeine Bemerkung aus der Zufriedenheit heraus, dann brechen alle Erinnerungen gleichzeitig über mich herein. Ich sitze wehrlos und ohne Sprache da und weiß nicht mehr, wie man atmet, wie man kaut, wie man lächelt, wie man sich normal benimmt, wenn nichts passiert ist. Ich glaube, ich bin schwachsinnig oder verrückt. Oder beides.

Vielleicht wäre damals, gleich nachdem ich verwundet wurde, der Schmerz zu heilen gewesen. Jetzt ist es zu spät. Ich lebe schon zu lange mit meinen Narben, viel zu lange. Und es kommt vor, dass diese Narben aufbrechen und heftig schmerzen. Ein Wort genügt, eine zufällige Bemerkung, ein bestimmtes Lächeln, eine Szene in einem Film und schon glaube ich, es nicht mehr aushalten zu können vor Schmerzen.
Warum bin ich bei ihm geblieben? Was für eine Frage. Eine Weile kannst du wählen, willst weglaufen, nicht mehr mit ihm leben. Aber eines Tages ist dir klar, dass dieser eine Mensch dein Leben ist. Und warum du bei deinem Leben bleibst ist eine ziemlich dumme Frage.
Hoffnung habe ich immer – auch wenn es eigentlich hoffnungslos ist. Ich habe keinen Grund, mich so zu fürchten und schon gar

keinen Grund, so unglücklich zu sein. Wir haben immer irgendeine Hand beieinander. Er hat die Hand auf meinem Schenkel oder ich halte seine Hand. Wir brauchen die körperliche Nähe, die Berührung, den Beweis, dass der Andere tatsächlich da ist. Das ist wichtig.

Er ist sehr besorgt um mich.

„Was möchtest du trinken?", fragt er. Er schenkt mir Rotwein ein, schält einen Apfel, holt Schokolade aus dem Schrank. Er legt für jeden zwei Stück bereit und schenkt mir sein zweites Stück. Er lächelt dabei und freut sich, mir eine Freude zu machen. Jeden Abend.

Liebe ist Hingabe, selbstlos, gebend. Wir fordern nichts, wir sind zufrieden mit dem Alltag.

Er sagt, er braucht mich. Das glaube ich. Er braucht mich für sein leibliches Wohlbefinden, um satt und zufrieden zu sein. Er erwartet, dass ich funktioniere. Aber nicht nur das, ich soll auch noch gut gelaunt funktionieren. Wenn es mir nicht gut geht, wird er ärgerlich und zieht sich bestenfalls zurück. Meist sagt er, dass er nichts machen kann und ich zum Arzt gehen soll.

Der Arzt verschreibt Medikamente gegen

Krankheiten. Aber er behebt nicht deren Ursachen, er forscht nicht einmal danach. Gegen die Nebenwirkungen seiner Medikamente hat er neue Medikamente. Der Mensch stirbt nicht an seinen Krankheiten, sondern an den Mitteln, die er dagegen einnimmt.

Warum also sollte ich zum Arzt gehen?

Ich war trotzdem beim Arzt.

Er hat meinen Kopf zu Watte gemacht. Das fühlte sich nie gut an, aber ich musste mich nicht mehr erinnern.

Jede Krankheit hat ihre Ursache in der Psyche, davon bin ich fest überzeugt. Mein Arzt sieht das anders. Er will mich operieren. Aber ich will nicht operiert werden. Ich bin ein Mensch und keine Maschine, bei der man mal eben ein paar Teile austauschen kann, damit sie wieder tadellos funktioniert.

Der Arzt schien den Moment zu genießen, mir die ganze Aussichtslosigkeit meiner Situation und meiner Wahl, mich nicht operieren zu lassen, vor Augen zu halten. Er lächelte.

„Gut. Wenn Sie sich nicht helfen lassen wollen – zwei Monate gebe ich Ihnen noch, vielleicht drei, mehr nicht."

Plötzlich stand er auf. „Gehen Sie! Wir sind hier fertig." Er wies mit der Hand in Richtung Tür.

Ich stand ebenfalls auf. Und ging. Ich wusste nur nicht, wohin ich gehen sollte. Nach Hause? Und dann? Mein Mann würde mir sofort ansehen, dass irgendetwas nicht stimmt mit mir. Aber es ist nichts. Nur meine Lebensuhr hört auf zu ticken.

Er erträgt es nicht, wenn es mir schlecht geht. Nicht nur, weil nichts wie gewohnt funktioniert und damit sämtliche Gewohnheiten durcheinander geraten. Vor allem fühlt er sich hilflos. Er weiß nicht, was er machen soll, damit es mir wieder besser geht und das macht ihn aggressiv. In diesen Momenten, Stunden oder Tagen bin ich so schwach, dass ich einfach nur gehalten werden will. Oder manchmal nur Ruhe brauche. Auch vor ihm, besonders vor ihm. Aber er soll trotzdem für mich da sein, damit ich mich sicher fühlen und wieder ruhiger werden kann.

Ich möchte beschützt und gerettet werden. Meine eigene Kraft ist verbraucht – ich gebe auf. Dabei sollte ich ruhiger sein, denn die zwei Monate, die mir der Arzt als Restlebenszeit gegeben hat, sind längst vorüber, sogar die drei. Der Arzt hatte sich also geirrt. Vielleicht sind Ärzte auch nur Menschen.

Die Stiche im Kopf sind heute besonders schlimm, das rechte Ohr hackt bis ins Hirn, das rechte Auge schmerzt so stark, dass ich kaum damit sehen kann.

Ich bin nicht krank, damit sich mein Arzt nicht langweilt. Vielmehr hat er viele Jahre studiert, um mir helfen zu können. Und jetzt, da mir seine Hilfe nicht geholfen hat, jetzt will er die Sache nicht zu Ende bringen. Jetzt lässt er mich allein. Jetzt muss ich mir allein helfen, ein unwürdiges Ende ausdenken und in der Fremde laienhaft zu Ende bringen.

Das Leben ist ungerecht. Doch kein Mensch ist so hilflos, dass er keine Wahl hätte. Auch ich nicht. Zumindest jetzt im Moment nicht. Ich möchte nicht hilflos sein und mein Lebensende an Maschinen gesteuert aushauchen. Das Piepsen und Flimmern der Bildschirme, das Zischen der Sauerstoffapparate, das Brummen hydraulischer Matratzen und das Blinken bunter elektronischer Signale – all das ekelt mich. Es ist keine Atmosphäre, um in Frieden sterben zu dürfen. Ich bin für mich selbst verantwortlich und möchte nicht dann sterben, wenn ein Arzt die Zeit für gekommen hält.

Wenn meine Zeit kommt, möchte ich den einen Menschen um mich haben, der mir auch im

Leben sehr viel bedeutet hat und der darauf achtet, dass man mir unnötige Schmerzen erspart.

Ich lege nicht wegen der Schmerzen Hand an mich, aber da es keine Hoffnung auf Besserung gibt, sagt mir mein noch gesunder Menschenverstand, dass mir eine Operation alles nimmt, was mir das Leben lebenswert macht.

Wir waren schon einige Jahre nicht mehr im Urlaub. Seit wir in Rente sind, reicht einfach das Geld nicht mehr für einen Urlaub. Geld hat mich nie interessiert, meinen Mann auch nicht. Wir hatten nie viel, aber wir hatten immer genug.

In diesem Jahr fahren wir an die Ostsee, in eine kleine Pension auf Rügen, nicht weit von den Kreidefelsen entfernt. Ich mag die See nicht, aber ich habe zu meinem Mann gesagt, dass es mir dieses Mal gefallen wird.

Mein Plan ist, ganz nahe am Abgrund spazieren zu gehen und von den Felsen hinunter in die Tiefe zu stürzen.

Das wäre ein mögliches Ende.

Am Ende ist alles gut.
Und wenn es nicht gut ist
ist es nicht das Ende.

Weitere Veröffentlichungen von Petra Weise

-Eine verhängnisvolle Diagnose
Kurzgeschichten, ISBN 9783734730962
-Mein Hund Benno, Roman,
ISBN 9783734734939
-Ein halbes Leben, biografischer Roman,
ISBN 9783739210285
-Ein ganz anderes Leben, biografischer
Roman, Fortsetzung, ISBN 9783741253911
-Das Leben geht weiter, biografischer Roman,
Fortsetzung, ISBN 9783743124318
-Farbige Geschichten, Kurzgeschichten,
ISBN 9783744834247
-Der andere Vater, Roman,
ISBN 9783744895705
-Eine unbestimmte Ahnung, Kurzgeschichten,
ISBN 9783746028873
-Ich besuche dich trotzdem!, Roman,
ISBN 9783746077840
Ab in den Urlaub!, Kurzgeschichten,
ISBN 9783746025582
-Die Freundin meines Mannes, Roman,
ISBN 9783752879001
-Schweigen nach dem Anruf, Roman
ISBN 9783752896770

sämtliche Titel sind auch als E-Book erhältlich

Petra Weise wurde 1954 in Freiberg/Sachsen geboren und lebt nach zahlreichen Wohnungswechseln durch Hessen und Bayern seit 1993 wieder in ihrer Heimat Sachsen.

Sie liebt das Erzgebirge mit all seinen Traditionen und fühlt sich auch in den Alpen wohl. Wenn sie nicht schreibt oder liest, wandert sie gern mit ihrem Hund durch den Wald oder spielt Klavier.

www.autorinpetraweise.de